dtv

Reihe Hanser

Hanna ist anders: Sie hat keine Lust auf Parties, mag sich nicht schminken und Knutschen findet sie völlig bescheuert. Und plötzlich gehört sie nicht mehr dazu, obwohl sie gern dabei wäre. Enttäuscht zieht sie sich immer mehr zurück.

Johanna Nilsson wurde 1973 in Uppsala in Schweden geboren, wo sie auch heute noch lebt. Sie studierte Naturwissenschaften, Literatur und Theologie und wollte eigentlich Wissenschaftsjournalistin werden. Doch dann begann sie ihre eigene Kindheitsgeschichte literarisch zu verarbeiten und schrieb ihren ersten Roman ›... und raus bist du‹.

Johanna Nilsson

... und raus bist du!

Aus dem Schwedischen
von Birgitta Kicherer

Deutscher Taschenbuch Verlag

Ungekürzte Ausgabe
In neuer Rechtschreibung
Oktober 2001
2. Auflage Februar 2003
Deutscher Taschenbuch Verlag GmbH & Co. KG,
München
www.dtv.de

Titel der Originalausgabe:
›Hon går genom tavlan ut ur bilden‹
(Wahlström & Widstrand Förlag, Stockholm 1996)

Umschlag und Fotografie: Peter Hassiepen
Satz: Satz für Satz. Barbara Reischmann, Leutkirch
Druck und Bindung: Druckerei C. H. Beck, Nördlingen
Gedruckt auf säurefreiem, chlorfrei gebleichtem Papier
Printed in Germany · ISBN 3-423-62064-1

Für Großvater Malte

Sie liegt unter dünnen weißen Leintüchern im Bett und schläft. Sie ist noch sehr jung, zwanzig Jahre alt, und atmet leicht wie ein Schmetterling, ihre dünnen Schultern zittern, aber ihre Haut ist warm. Sie schläft und träumt, nach dem Aufwachen wird sie die besiegten Erinnerungen auf eine Leinwand malen. Die Sommersprossen sind von ihrem bleichen Gesicht gewichen, haben tiefen Schatten Platz gemacht. Ihre kurzen kastanienbraunen Haare liegen wirr um den Kopf, die Augen unter den geschlossenen Lidern sind dunkelblau. In einer roten Vase auf dem Nachttisch leuchten drei gelbe Tulpen, an der weißen Wand dahinter herbstliche Apfelbäume, eine regenschwere Hängematte, ein Bild, das sie als Erinnerung an die Außenwelt gemalt hat. Sie bewohnt einen geschützten Raum, kann aber bereits auch ohne die braunen Glasfläschchen mit dem beruhigenden Inhalt, ohne die Wohltat der Spritzen überleben. Hauptsache, sie darf schlafen, dann werden sich die Falten in ihrem Gesicht glätten. Auch die Haare werden ihr nicht mehr ausgehen. Sicherheitshalber hat man ihr die Nägel geschnitten, jetzt ist nichts mehr da, womit sie sich kratzen kann. Hier ist man sehr fürsorglich.

Morgen wird sie ihre Eltern treffen, Mama und Papa werden ihr lächelnd gegenübersitzen und sie fragen, wie es ihr geht. Die dunkle Unruhe in den Augen der Eltern möchte sie am liebsten mit Worten wegwischen, möchte ihnen mit Worten Hoffnung schenken. Hoffnung, dass es ihr gut geht. Dass sie nicht mehr in Erinnerungen herumwühlt, dass sie die Dinge auf sich beruhen lässt. Sehen sie denn nicht, dass allmählich Licht in ihr Gesicht sickert? Sie schließt die Augen und tastet mit den Fingern nach dem Licht, versucht die kleinen dünnen Lichtstrahlen einzufangen, die die Zeit über ihre Haut gelegt hat. Auch Großva-

ter hat mit seinen Worten dazu beigetragen, dass sie langsam von einer spröden Schicht aus Licht bedeckt wird. Tief in ihrem Innern beginnt etwas zu keimen. Sie hofft nur, dass es nicht die Schwärze ist, die in ihr zu brodeln beginnt, jene große schwere Leere, die hereingerauscht kommt, alles zermalmt und sie Stück für Stück zerbröselt. Die ihr zuflüstert, dass sie gar nicht existiert.

Die Eltern werden Blumen und Obst mitbringen, Äpfel aus dem Garten. Sie kann den Duft nach Zuhause schon spüren, diesem fernen Daheim, das ihr durch die Träume hindurch immer wieder zuruft. Papas Augen werden lächeln, aber hinter dem Lächeln schlafen Schatten, die es verdunkeln. In letzter Zeit ist er schnell gealtert, jeder Tag ritzt neue Falten in sein Gesicht, hinterlässt mehr Weiß in seinem Haar. Er ist stark, aber das, was an ihrem Körper nagt, vermag er nicht zu tragen. Ihren Zorn, ihre Trauer hat er nie zu tragen vermocht. Sie klagt niemanden an, will nicht, dass jemand anderes ihre Last trägt. Das würde niemand verkraften. Sie schließt die Augen und denkt an Mama, wie Mama ihr jedes Mal die Hand um das Gesicht wölbt und damit eine warme Schale formt, in die sie all ihre Träume legen kann. Aber Mama weiß nicht, wie tief die Albträume reichen, und nicht, wie gut sie Theater spielen kann. Mama flüstert: Die Zeit heilt alle Wunden und der Wundschorf löst sich schon.

Mit geschlossenen Augen lächelt sie vor sich hin, lacht müde über ihre Träume. Denkt an Papa, der immer sagt, sie soll nicht alles so ernst nehmen. Man müsse auch über das Leben lachen können.

Emma, ihre Schwester, wird wohl auch heute nicht kommen, die Wände sind ihr zu weiß, das Licht zu scharf. Es riecht nach Medizin und Seife, nach pflegenden Händen, die nicht wissen, was sie pflegen. Der Duft des Wahnsinns frisst sich in seine Umgebung. Ihr Bruder Andreas kommt hin und wieder und sieht sie mit ruhigen, trau-

rigen Augen an. Im Zimmer riecht es nach Ölfarbe, sie selbst hat keinen Duft. Sie hat eben erst atmen gelernt. Bald wird sie es wagen, ihrem eigenen Spiegelbild zu begegnen. In Kürze.

Hanna sank noch tiefer in den schwarzen Ring, die Schaukel gab unter ihrem Gewicht nach. Sie wartete auf Karin, die noch beim Schularzt war. Vielleicht stach die spitze Nadel gerade jetzt in Karins Fleisch. Sie hatten vor, anschließend zum Kiosk zu gehen, Süßigkeiten zu kaufen, Süßes und Saures, bei dem sich die Zunge zusammenzog. Karin hatte zehn Kronen mehr und konnte sich eine größere Tüte leisten. Hanna hatte versucht, auch mehr Geld von Papa zu kriegen, aber er hatte nur gemeint, man müsse frühzeitig Sparsamkeit lernen. Bei diesen Worten war ein Schatten über sein Gesicht gezogen. Ihre Arme hatten nicht zu ihm hinaufgereicht. Sonst wollte er immer, dass sie oben auf seinen Schultern ritt und den Himmel mit ihren Händen einfing.

Mama sagte, den Schatten habe er von Großmutter geerbt, die habe schon immer das Geld gut zusammengehalten, auch nachdem sie zu was gekommen seien. Hanna schloss die Augen und dachte an die Großeltern. Komisch, dass Papa ihr Kind war. Papa, der schon immer so groß war. Aber sie hatte Bilder aus seiner Kindheit gesehen, Großvater und Großmutter waren noch jung gewesen, schön hatten sie ausgesehen. Glatte Gesichter, fast unberührt von der Zeit. Manchmal setzte sie sich mit den schweren Fotoalben auf Papas Schoß und ließ ihn von jener Zeit erzählen.

Papa erzählte gern aus seiner Kindheit und davon, wie er nach und nach die Welt erobert hatte. Er erzählte von Großvater, der immer so viel unterwegs gewesen war. Großvater war Politiker – Sozialdemokrat mit Rednergabe. Inzwischen war er im Ruhestand, aber es kam immer noch vor, dass man ihn bat, irgendwo einen Vortrag über Gerechtigkeit zu halten. Wenn Großvater hinkam und den Zorn der Leute wegwischte, fiel es ihnen leicht, sich zu vertragen. Es gab niemanden, der Großvater nicht leiden mochte, nicht mal die konservativen Politiker.

Sie stieß sich von der Schaukel ab und sprang in den Sand. In ihren Schuhen knirschte es. Als sie sich wieder auf die Schaukel setzte, leerte sie den Sand aus. Karin ließ auf sich warten, vielleicht war sie ohnmächtig geworden, als der Arzt mit der Spritze kam. Sofia und Lina waren beide ohnmächtig geworden. Sie machten ja immer alles gleich. Erika, Pia und Sanna würden es bestimmt nachmachen, weil sie bei den Jungen genauso beliebt sein wollten wie Sofia und Lina. Weil sie im Toilettendunkel geküsst, von Jungenhänden und Jungenblicken berührt werden wollten.

Sofia und Lina standen ganz oben auf der Liste der Jungen. Hanna wusste nicht, wo sie stand, vielleicht irgendwo in der Mitte. Sie hatte mit Karin eine Liste über die Jungen in ihrer Klasse aufgestellt. Ganz oben hatte sie Olle platziert. Er war blond und hinter allen Mädchen her. Außerdem war er ein guter Fußballspieler, nur mit dem Schreiben haperte es, deshalb brauchte er Förderunterricht. Doch das spielte keine Rolle, er stand trotzdem ganz oben auf den Listen der Mädchen. Er hatte Hände, die wussten, wie man Haut berührt.

Ganz zuunterst auf Hannas Liste stand Peter. Karin hatte ihren Augen nicht getraut, als Hanna den scheußlichen Namen ins Papier drückte.

»Du spinnst ja, der ist doch süß!«

»Aber doof.«

»Weil du Angst hast, dass er in Mathe besser ist?«

»Nein, weil er einfach doof ist.«

Peter und Hanna wetteiferten ständig. Sie schwitzten über ihren Mathebüchern und durften schon die Aufgaben der nächsten Klasse lösen. Die Rivalität spannte sich wie eine stumme Übereinkunft zwischen ihren Bänken im Klassenzimmer.

Peter war in allen Fächern gut bis auf Sport und Werken.

Hanna hatte ihn beim Sechzigmeterlauf geschlagen, sein dunkler Blick hatte versucht, sie kurz vor der Zielgeraden zu Fall zu bringen. Später wischte er die Schande, dass er von einem Mädchen besiegt worden war, einfach beiseite und fing an, auf den Händen durch die Gegend zu laufen. Er behauptete, es kein einziges Mal geübt zu haben, aber Hanna wusste, dass er log.

Hoffentlich musste er bald umziehen. Aus der Klasse waren schon einige weggezogen. Ein paar Bänke standen leer. Hanna vermisste Nina, das lange Mädchen mit der Zahnspange. Die war mit ihren Eltern ins Ausland gegangen. Nina schickte ihr Briefe, in denen lag Wüstensand. Die raschelnden Umschläge flüsterten von einer anderen Welt. Hanna seufzte. Aber wenigstens hatte sie Karin. Sie zog den Ärmel ihres Pullis hoch und guckte die rote Impfstelle an.

Jetzt wartete sie schon ziemlich lange. Vielleicht war Karin wirklich umgekippt. Hanna wollte endlich zum Kiosk und ihre Lieblingsschokolade kaufen. Karin kaufte immer Milky Way und Drops, die so sauer waren, dass die Zunge erschauerte.

Großmutter kaufte auch immer saure Bonbons. Die kamen in eine Spezialdose zum Anbieten, die nur für Gäste hervorgeholt wurde. Großmutter hatte auch die ganze Tiefkühltruhe voller Kuchen und Gebäck, die waren nur für andere Leute bestimmt. Sich selbst gönnte sie nie mehr als ein Plätzchen und eine halbe Tasse Kaffee. Früher hatte Großmutter als Krankenschwester gearbeitet. Sie arbeitete immer noch, besuchte Alte und Kranke. Im Herbst wurde sie siebzig, wollte ihre Arbeit aber nicht aufgeben. Ihr dünner, zerbrechlicher Körper war nichts als eine Schale um einen Kern aus Eigensinn und Kraft. Großmutter ertrug es nicht, stillzusitzen und tatenlos zu sein. Dann wurde sie unerträglich, wie Papa immer sagte. Hanna wusste nicht recht, ob sie vor Großmutter Angst haben sollte oder nicht. Großmutter gab ihr zur Begrüßung immer die Hand, blieb auf Abstand.

Mit Großvater war alles anders. Er hob sie jedes Mal hoch in die Luft und drückte sie an sich, bis sie nach Luft japste. Wenn er in seinem roten Drehsessel saß und von der Welt erzählte, durfte sie auf seinem Schoß sitzen. Großmutter konnte auch erzählen, aber Hanna hatte noch nie gewagt, auf ihren Schoß zu klettern. Vielleicht würde Großmutter kaputtgehen, wenn man ihr zu nahe kam. Vielleicht würde sie unter dem Gewicht einer Person, die so schnell wuchs wie Hanna, zerbröckeln.

Jetzt klingelte es. Die Türen gingen auf und die Jungen kamen herausgerannt, um ja als Erste bei der Bushaltestelle oder den Fahrradständern zu sein. Ihre Schatten bedeckten den Asphalt. Ein paar würden zum Fußball dableiben oder um Brennball zu spielen, vereinzelt durften sogar auch Mädchen mitspielen, solche wie Lisa zum Beispiel, die einmal mit Bild in die Zeitung gekommen war. Lisa ging in die Sechste und war Stürmerin.

Hanna spielte am liebsten zu Hause auf der Wiese mit Papa und Andreas Fußball. Andreas war Torwart in einer Fußballmannschaft. Er verlangte, dass Hanna fest und weit schoss. In ihren dünnen Beinen steckte viel Kraft. Papa lobte sie oft.

Andreas ging in die Sechste, sie sah ihn manchmal in den Pausen mit den anderen großen Jungen zusammenstehen. Dann nahm er sie meistens gar nicht zur Kenntnis. Nach der Schule war das anders, da gingen sie zusammen von der Bushaltestelle nach Hause und Andreas erzählte ihr von seiner Welt. Sie hörte zu und sog seine Geheimnisse in sich auf. Andreas hatte starke, flinke Fäuste. Wenn er in der Nähe war, brauchte Hanna keine Angst zu haben. Dabei prügelte er sich gar nicht oft. Papa hatte ihm beigebracht, die Fäuste nicht unnötig zu benützen, sondern lieber zu verhandeln, so wie Großvater es immer getan hatte.

Andreas sah Großvater ähnlich, beide waren schön und hatten dies seltsame Licht in den Augen, das sogar die Sonne zu blenden vermochte. Mama nannte es den Adlerblick.

Neben den Fahrradständern standen die Kleinen und starrten die Großen ehrfurchtsvoll an. Hanna sah zu den Fahrrädern hinüber. Das grüne mit der Dreigangschaltung gehörte ihr. Karin hatte eine Fünfgangschaltung und einen Rennlenker, kein Helm schützte ihren Kopf, und die langen Haare flatterten ihr um die Ohren, wenn sie Tallbacken und die gewundenen Radwege hinuntersauste. Hanna wurde ganz wohlig, als sie daran dachte, dass sie bald mit Süßigkeiten im Mund neben Karin gehen würde. Sie würden über ihre neuen Kleider für die Abschlussfeier am nächsten Donnerstag reden. Jede würde von den Süßigkeiten der andern probieren.

Plötzlich ging die Tür auf und Karin kam heraus. Ihr Gesicht war geschwollen, am Arm hatte sie ein rotes, pochendes Mal.

»Ich hab gedacht, ich sterbe«, vertraute sie Hanna an, als sie vor der Schaukel stand. »Das ist Folter! Wieso muss man sich so was gefallen lassen?«

Sie waren gegen Wundstarrkrampf geimpft worden.

»Das machen die Erwachsenen doch nur, um sich zu rächen«, schimpfte Karin weiter.

»Wieso denn rächen?«

»Dass sie selbst Spritzen bekommen haben, als sie klein waren. Du weißt doch, jeder zahlt irgendwann heim, was er durchgemacht hat, als er selbst klein war. Wenn die Jungen aus unserer Klasse in die Sechste kommen, verhauen *sie* die Kleinen«, erklärte Karin. Und sie ließ den Blick über den Schulhof wandern, auf der Suche nach den Jungen aus ihrer Klasse, die so verlockend waren, auch wenn sie sich manchmal dumm und kindisch benahmen. Die

Mädchen waren dabei, die Jungen im Wachstum zu überholen, Zentimeter für Zentimeter zogen sie davon.

Bis zu den Sommerferien waren es nur noch zwei Wochen, alle in der Klasse hatten vorn am Lehrerpult erzählen dürfen, wie sie die Ferien verbringen würden. Hanna hatte nur gesagt, dass sie nach Öland fahren würde und viel baden wollte. Wieder zurück in der Bank, war sie in Träume versunken und hatte alle Schnecken und Steine gezählt, die sie sammeln würde. Sie träumte, in der Hängematte Bücher zu lesen, die Lichtpunkte am Himmel zu zählen und die Namen sämtlicher Sternbilder zu lernen. Um den Maibaum wollte sie tanzen. Mama nähte ihr gerade ein blaues Sommerkleid, sie freute sich schon, es zu tragen. Vielleicht würde sie sich die Haare wachsen lassen, bis sie die Spitzen an der Taille kitzelten. Und genau wie Andreas würde sie in Omas und Opas Apfelbäumen bis hinauf in die Wipfel klettern. Karin fuhr nach Rhodos, um knallbraun zu werden.

Sie gingen zu den Fahrradständern hinüber und führten ihre Räder aus den »Boxen«, wie Karin es nannte. Seit neuestem ging sie einmal in der Woche zum Reiten und sammelte die ganze Zeit neue wichtige Wörter. Hanna interessierte sich nicht sonderlich für Pferde, machte aber trotzdem gute Miene zu Karins Gerede über Schritt, Trab und Galopp.

»Sofia und Lina sind fast jeden Tag im Reitstall. Hast du gewusst, dass Lina ein eigenes Pferd hat?«

»Mhm ... der Reitstall gehört doch ihrem Vater, oder?«

»Und ihre große Schwester hat jede Menge Turniere gewonnen, du müsstest mal ihre Pokale sehen!« Karin schob ihr Fahrrad über die Straße, ohne vorher nach rechts und links zu sehen. Hanna warf rasch einen Blick in beide Richtungen und eilte hinterher. Der Kiosk lag ein paar hundert Meter entfernt. Sie sah Peter und Stefan davor stehen und Eis essen. Die beiden verströmten einen so eisigen

Atem, dass Hanna eine Gänsehaut bekam. Ihre Lust auf Süßigkeiten war wie weggeblasen.

Woher wusste Karin überhaupt, dass Linas große Schwester so viele Pokale besaß? Karin hatte doch Hanna versprochen, Lina, die Angeberin, links liegen zu lassen. Sie hatten sich gegenseitig versprochen, weder Linas Pferd noch Sofias Meerschweinchen oder Erikas Hund zu beachten. Schließlich hatten sie ihre eigenen Geheimtiere, ihre eigenen Geheimspiele.

»Bist du etwa bei Lina zu Hause gewesen?«, fragte sie und suchte in ihrer Hosentasche nach Geld. Karin seufzte und zuckte die Schultern.

»Natürlich nicht, Lina quasselt bloß die ganze Zeit davon.«

»Aber du hast doch gesagt …?«

»Gar nichts hab ich gesagt. Willst du jetzt was kaufen oder nicht?« Karin lachte und zog ihren rosa Geldbeutel aus der Tasche. Sie stellten sich vor das Verkaufsfenster und taten, als ob sie noch überlegten, obwohl sie genau wussten, was sie haben wollten. Karin warf Peter und Stefan ein Lächeln zu und kaufte mehr Süßigkeiten als sonst, zusätzlich noch eine Tüte Autos, die nach Schaumgummi schmeckten. Erst als Peter und Stefan davongeradelt waren, riss Hanna vorsichtig etwas von der Verpackung ab und begann an ihrer Schokolade zu knabbern. Sie schloss die Augen, spürte den milden Geschmack im Mund und sehnte sich nach den Sommerferien und nach Großvater.

Karin redete weiter über Pferde, stopfte sich den Mund mit Milky Way voll und erzählte von Lisas großer Schwester, deren Pferd aus Versehen zu viel Futter bekommen und so lange gefressen hatte, bis es fast gestorben wäre.

»Pferde wissen irgendwie nicht, wann sie aufhören müssen. Sie fressen und fressen, obwohl sie gar keinen Hunger haben. Komisch, nicht?«, sagte Karin und wühlte mit den Fingern in der Bonbontüte.

Hanna nickte. Karin würde wahrscheinlich dick werden, wenn sie so weiterfutterte. Im Sportunterricht hatte Hanna festgestellt, dass Karin schon kleine Brüste hatte. Sie wusste auch, dass mit allen Mädchen bald etwas Schreckliches passieren würde. Karin hatte gemeint, dass der Körper eines Tages anfangen würde zu bluten. Hoffentlich war das eine Lüge. Hanna biss noch ein Stück Schokolade ab und steckte den Rest in die Tasche. Den würde sie Emma mitbringen – Emma, die immer mit ihrem ganzen Körper lachte, wenn man sie mit einem Geschenk überraschte. Emma war noch so klein und Hanna so groß. Hanna steckte die Schokolade tief in die dunkelste Ecke ihrer Tasche, um nicht in Versuchung zu geraten und sie wieder herauszuholen.

An der Stelle, wo der Radweg steil den Berg hinaufführte, hatten sich Peter, Stefan und Olle postiert. Sie verstummten, als Hanna und Karin ankamen. Die Fahrräder klapperten, und auf Peters Gesicht breitete sich ein Grinsen aus. Genauso grinste er immer, wenn er als Erster die Matheaufgaben oder eine Klassenarbeit beendet hatte. Wenn er Hanna besiegt hatte.

Hanna schielte zu Karin rüber, doch die lächelte nur und sah mit ihren großen blauen Augen Olle an. Karin war in Olle verliebt. Das musste man sein, sonst war man nicht ganz bei Trost. Sogar Katarina behauptete, in Olle verliebt zu sein, obwohl er mal ihre Schultasche so über den Schulhof geschmissen hatte, dass sie kaputtging. Katarina war vor einem halben Jahr neu in die Klasse gekommen, sie stammte aus Nordschweden, sprach komisch und aß Blutklopse. Olle hatte gesagt: »Blutklopse sind eklig, aus Blut und Hirn« und behauptet, ihre Eltern hätten Katarinas beide Katzen geschlachtet, um daraus Blutklopse zu machen. Katarinas Katzen waren nämlich verschwunden. Inzwischen hatte Katarina als Ersatz zwei Wellensittiche mit harten gebogenen kleinen Schnäbeln, einen grünen und einen gelben. Die Wellensittiche waren so dick, dass sie kaum fliegen konnten, vielleicht fütterte Katarina sie die ganze Zeit nach der Schule, sie hatte ja niemanden zum Spielen. Hanna überlegte, was das wohl für ein Gefühl war, so allein zu sein.

»Wohin wollt ihr denn?«, fragte Stefan und versperrte mit seinem Fahrrad den Weg.

»Nach Hause natürlich!«, erwiderte Karin, lachte und versuchte sich vorbeizudrängen. Stefan lachte ebenfalls, ließ sie aber nicht durch. Auch Peter und Olle versperrten mit ihren glänzenden Rädern den Weg. Sie bildeten mit Stefan eine Mauer aus stummem Grinsen.

»Mann, seid ihr kindisch«, seufzte Karin und drehte sich zu Hanna um. »Findest du nicht?«, fragte sie. Hanna nickte und lächelte vorsichtig. Ihr war übel und schwindlig, die Schokolade im Mund schmeckte bitter. Peters Grinsen klebte an ihrem Rücken, an Schultern, Nacken und Kopf.

»Wir fahren einfach mitten durch«, flüsterte Karin und lächelte geheimnisvoll. Hanna nickte wieder und trat in die Pedale. Plötzlich drehte sich ihr der Kopf. Peter grinste, Olle und Stefan grinsten, Karin fuhr durch die Mauer, warf die Haare zurück und lachte triumphierend. Olle haschte nach Karins Kleidern und Haaren, dabei entstand in der Fahrradmauer ein kleines Loch, durch das Hanna durchzuschlüpfen versuchte.

»Haltet sie auf!«, schrie Peter und schob rasch ein Bein vor Hannas Rad. Olle kam ihm zu Hilfe und schloss die Lücke. Karin stand auf der anderen Seite und lächelte, ihre langen Haare glänzten, und sie sah unentwegt Olle an. Für Hanna, die inzwischen blass und müde war, hatte sie keine Augen.

»Ich muss nach Hause«, murmelte Hanna und versuchte durchzukommen. Peter wieherte höhnisch und sah Olle und Stefan an.

»Uns pressiert es gar nicht«, sagte Stefan. »Stimmt's, Olle?«

»Uns pressiert es kein bisschen!«

Langsam drehten sie sich um, schoben ihre Räder den Hang hinauf und bewachten dabei Hanna, die immer wieder an ihnen vorbeizukommen versuchte. Karin auf der anderen Seite lächelte immer noch Olle an. Hanna biss sich auf die Lippe, um nicht zu heulen. Ihr Herz hämmerte so wild, dass man es bestimmt durch den Pulli sehen konnte. Warum durfte Karin an den Jungen vorbei, sie aber nicht? Hanna hielt krampfhaft die Lenkstange fest und blieb stehen, ihre Beine zitterten und wollten keinen Schritt tun. Weiter oben, an der Kreuzung, entfernten sich endlich die Jungen in verschiedene Richtungen. Inzwischen war aber der Schmerz in Hannas Brust so heftig, dass sie glaubte, sterben zu müssen. Bei jedem Atemzug drangen piepsende und zischende Töne aus ihrer Kehle. Sie bekam keine Luft. Karin stand oben am Hang und wartete, immer noch lächelnd, mit der Bonbontüte in der Hand. Mit letzter Kraft strampelte Hanna den Hang hinauf. Erst jetzt merkte sie, dass sie weinte und ihre Nase tropfte. Sie fuhr an Karins Lächeln und der raschelnden Bonbontüte vorbei, ließ die Bushaltestelle hinter sich, den Kindergarten und den Spielplatz. Hörte Karin rufen, ohne sich drum zu kümmern. Strampelte sich schweißnass und schwindlig. Irgendwo bellte ein Hund. Als sie in ihre Straße einbog, sauste es in ihren Ohren.

In der kühlen Garagenluft wischte sie sich die Tränen ab, der Kloß im Hals löste sich auf. Sie schnäuzte sich und fuhr sich mit dem Pulliärmel über die Augen, dann ging sie zwischen Papas Werkzeug hin und her, spannte die Muskeln und hämmerte gegen die Wände und in die Luft. Eines Tages würde sie Peters Grinsen zerschlagen, mit den Nägeln würde sie ihn zerkratzen, bis ihm die Haut aufplatzte.

Doch dann wollte sie nicht mehr an Peter denken. Plötzlich spürte sie, dass sie Hunger hatte. Mama würde sich Sorgen machen, wenn sie noch länger wegblieb. Sie öffnete die Garagentür und huschte hinaus, lief den Gartenweg und die Treppe hinauf, wollte, dass Mama sie sah und hörte. Im Vorbeilaufen bemerkte sie, dass der Garten blühte und Papa die Hängematte zwischen den beiden Apfelbäumen aufgespannt hatte.

»Hallo, ich bin da!«, rief sie und zog sich die Schuhe aus. Das Geräusch des Staubsaugers drang ihr entgegen, alle Teppiche lagen draußen vor der Haustür. Vorsichtig tapste sie die Treppe hinab zu ihrem Zimmer. Unten stand Mama und saugte die Fliegen aus den Fensterrahmen. Bei jeder Fliege, die in die schwarze Grabesöffnung verschwand, entstand ein schlürfendes Geräusch.

»Hallo, Schatz, wie war's? Gut?«, fragte Mama lächelnd. Hanna nickte und verschwand in ihr Zimmer. Der dicke Kloß im Hals war wieder da, sie musste das Pony eine Weile in den Arm nehmen. Das alte abgewetzte Pony mit seinem einen Auge lag auf dem Bett und schlief. Es war fast so groß wie Emma. Hanna hatte es von Opa bekommen, als sie drei war. Links hatte das Pony eine kleine Mulde, in die Hanna immer den Kopf legte. Vor dem Pony hatte sie keine Geheimnisse.

Mama staubsaugte. Hanna zählte die Tage bis zu den Sommerferien. Mama schüttelte die Teppiche aus. Hanna rollte sich zu einem Knäuel zusammen und wollte, dass Mama kam und mit ihr redete. Sie sollte nur auf der Bettkante sitzen und ein bisschen mit ihr reden. Emma kam die Treppe heruntergeplumpst, sie rutschte von Stufe zu Stufe und lachte mit ihrem ganzen Körper. Andreas riss die Haustür auf, lief durchs Haus und erzählte den Wänden von dem überragenden Spurt, den er beim Brennball geliefert hatte, und von den vielen Punkten, die seine Mannschaft geholt hatte. Hanna fror, ihre dünnen Arme überzogen sich mit Gänsehaut. Bald würde Papa mit seiner Aktenmappe und seiner guten Laune nach Hause kommen. Er würde Mama küssen und ihre Hausarbeit loben, dann würde er den Rasen mähen und den Abwasch machen. Emma würde um seine Beine herumtanzen und auf seinen Arm klettern. Hanna zählte die kleinen grünen Tulpen auf der Tapete. Dann schlief sie ein, den Kopf an das Herz des Ponys gelehnt.

Im Zimmer ist es kalt, ihre Haut schimmert bläulich, zieht sich zu Gänsehaut zusammen. Es heißt, ihr Blut streikt. Ihr Kreislauf. Sie soll sich mehr bewegen, nicht nur zusammengekauert auf dem Bett schlafen oder malen. Man gibt ihr Tabletten, damit es ihr besser geht, Nahrung in Form von bitter schmeckenden Kügelchen. Jeden Morgen behauptet die Schwester, sie sehe schon viel besser aus, selbst dann, wenn die Nacht schlaflos und voller erstickter Schreie gewesen ist. Sie muss ins Kissen beißen, um den Wahnsinn zu verbergen, denn wenn sie schreit, wird sie nie hier rauskommen.

Sie möchte vergessen, aber man lässt sie nicht. Sie soll mit ihren Erinnerungen fertig werden und dann weitergehen. Man hat einen Plan für ihre Genesung aufgestellt. Bisher hält sie sich dran, ist ihm sogar um ein Stück voraus. Sie war immer allen Stundenplänen voraus, warum nicht auch hier? Malen darf sie gern – Trauer abstreifen und Kraft malen, das ist gut. Angeblich sieht sie glücklich aus, wenn sie die Leinwand mit Farbe bedeckt. Vielleicht ist sie glücklich, sie weiß nicht genau, was das Wort bedeutet. Sie erinnert sich nur vage an Momente, als Papa sie in die Luft hob und im Kreis herumwirbelte, bis es weich in der Magengrube kitzelte. Damals besaß sie die ganze Welt. Vielleicht war das Glück. Sie erinnert sich an Großvaters flatterndes Herz, an das sie ihr Ohr gepresst hielt, an sein großes schaukelndes Knie, an die Hände, die sich um ihre Gedanken wölbten. Das war Glück. Vielleicht lebt auch irgendwo die Erinnerung an Mamas Herzschlag, die Erinnerung an das Universum, in dem sie als Ungeborene schwebte. Wahrscheinlich will sie dorthin zurück. Sie weiß nicht, ob sie es wagen wird, in der Außenwelt zu leben.

Immerhin geht es ihr inzwischen besser. Sie muss nicht mehr gefüttert werden, sie zerschlägt keine Teller und Glä-

ser mehr, versucht nicht mehr, sich selbst zu verletzen. Dazu ist sie zu müde. Die Träume bleiben in ihrem Bewusstsein hängen, tagsüber versucht sie, die geträumten Bilder zu malen. Das Rollo ist heruntergezogen, als Schutz vor dem Unbekannten. Sie ist schon lange nicht mehr im Freien gewesen, aber angeblich wird es bald so weit sein. Bald wird sie stark genug sein. Das Bald erstreckt sich in die Ewigkeit. Sie denkt an Mama. Mama will, dass sie weiterlebt. Streicht mit dem Zeigefinger über die Narben am Unterarm.

Mama saß übers Kochbuch gebeugt, mit der Grübelfalte auf der Stirn. Das dunkle lockige Haar fiel ihr ins Gesicht. Sie hatte die rot karierte Schürze umgebunden, die ein Festmahl und frisch gebackenes Brot verhieß. Morgen kamen Gäste, Papas Arbeitskollegen mit Anhang. Papa wollte selber etwas zu essen vorbereiten. Mama lachte nur und schüttelte den Kopf. Nein, das müsse schon ordentlich gemacht werden. Hanna bedauerte Papa, der fast nie in der warmen Küche sein durfte. Er hatte bloß seine große, unaufgeräumte Garage, in der es kalt und grau war. Sie wanderte hin und her zwischen dem Esstisch, wo Mama saß, und dem Sofa, wo Papa lag und die Zeitung las.

Papa wackelte mit dem Zeh, er hatte sich nur ein Badehandtuch um den Leib gewickelt. Hanna sah seinen Bauch, der sich in weichen Wogen hob und senkte. Am liebsten hätte sie ihren Kopf darauf gelegt und wäre eingeschlafen. Als sie klein war, hatte sie rittlings auf seiner Brust sitzen und ihn kitzeln dürfen, bis sie beide zappelten und schrien. Dafür war sie jetzt zu groß, und das Große lag wie Blei in ihrem Körper. Karin hatte gesagt, wenn Blut aus dem Körper kommt, ist man groß, jedenfalls wenn man ein Mädchen ist. Wann die Jungen groß wurden, wusste Karin nicht, vielleicht zeitgleich mit den Mädchen? Hanna setzte sich auf die Sofakante, dicht neben Papas großen Körper und den Duft nach Herrenparfüm und Rasierwasser.

»Wie war's denn, mein Schatz?«, fragte Papa und linste über den Rand der Zeitung. Hanna sagte nichts. Er las weiter, ohne auf eine Antwort zu warten. Sie ballte die Faust und hätte am liebsten gegen seine badewarmen Füße gehämmert. Er hatte nie Zeit, auf Antworten zu warten, die man sich erst überlegen musste.

Mama backte und sang, die Radiostimmen lösten einander ab und das dichte Sommergrün strömte zum Fenster herein. Hanna tanzte in dem grünen Licht und schlug mit den Fäusten in die Luft, um zu vergessen. Zerschlug Peters Grinsen und zerrte den meerblauen Teppich mit dem Fuß im Kreis herum. Rundherum fuhr der Teppich, während Emma, die das für ein Spiel hielt, hinterherjagte. Als Hanna aufhörte, kroch Emma dicht an sie heran und legte ihr die weichen Arme um den Hals. Emma lachte und plapperte über alles und nichts. Sie war hingerissen von der Tatsache, dass sie existierte und dass Hanna existierte und dass sich Teppiche auf dem Holzfußboden im Kreis drehen konnten. Ihr helles Haar fiel weich um ihr kleines Gesicht und auf Hannas Wangen. Emma wollte immer alles, was sie erlebte, mit andern teilen. Als Papa sich auf dem Sofa aufrichtete, hüpfte Emma sofort zu ihm hin und sprang in seine Arme.

»Schultern, Papa, auf den Schultern tragen!«, lachte sie und wippte ungeduldig auf und ab. Lange blonde Haare fielen wie goldene Saiten zu Boden. Hanna hob ein einzelnes Haar auf und wand es sich um ihr dünnes Handgelenk. Ein Armband aus Gold. Dann blickte sie zu Papa auf, der Emma hoch oben auf den Schultern trug.

»Guck, Hanna, guck!«, rief Emma und berührte die Zimmerdecke mit den Händen. Hanna nickte und legte sich auf den Boden. Sie sah zu den vielen Gesichtern hinauf, all den dunkelbraunen Astaugen, die sie von der Holzdecke herab anstarrten. Papa hatte das Haus selbst gebaut, und an die Decke hatte er Bretter genagelt, die Augen hatten.

Mama sang nicht mehr, sie konzentrierte sich auf den Teig, der zu runden Bällen geformt und dann leicht platt gedrückt werden musste. Andreas saß am Esstisch, schaukelte auf dem Stuhl und futterte ein Brot nach dem andern. Emma und Papa tanzten im Wohnzimmer herum. Sie versuchten, nicht auf Hanna zu treten, mussten sie aber doch ab und zu berühren, sie ein bisschen kitzeln. Es war ein seltsames Gefühl, auf dem Boden zu liegen und ihnen zuzusehen, wie sie sich hoch über ihr bewegten. Ob es wohl möglich war, die Augen so fest zuzukneifen und sich so schwer zu machen, dass alles einfach verschwand? Dass man durch die Erde sank und jenseits des Traums wieder aufwachte?

Bald verbreitete sich der warme, sättigende Duft nach frisch gebackenem Brot im Haus. Andreas lief in die Küche, dicht gefolgt von Emma und Papa. Hanna blieb liegen und dachte nach, was sie tun würde, wenn sie groß wäre. Sie hatte keinen Hunger, war nur müde. Wenn sie erst mal groß wäre, würde sie nie müde sein, dann wäre sie so stark wie Großvater. Dann würde ihr niemand den Weg versperren.

»Magst du probieren, Hanna?« Emma legte ein warmes Brötchen an Hannas Wange und lachte sie mit ihren großen blauen Augen an. Hanna nickte und nahm das Brötchen. Emma war schon wieder davongerannt, um noch mehr zu holen. Papa lobte Mamas Backkünste, Mama strahlte übers ganze Gesicht.

»Nimm dir noch eins, Hanna!«

»Mhmm …« Hanna lächelte mit vollem Mund. Sie wollte in dem sommerlich grünen Licht liegen bleiben. Wollte sich auf dem Boden zusammenrollen und erst aufwachen, wenn Großvater ihre Wangen mit seinen warmen, braun gefleckten Händen bedeckte. Stattdessen stand sie auf und ging zu den andern. Mama machte sich immer gleich Sorgen, wenn Hanna zu lang still und einsam dasaß. Hanna wollte den dunklen Schatten auf Mamas Gesicht und die Falten nicht sehen. Papa hatte einmal gesagt, dass Mama sensibel sei und dass man gut auf sie aufpassen müsse. Hanna nahm sich noch ein Brötchen, bestrich es mit Butter, die sofort schmolz, und trank ein Glas Milch. Mama strich ihr übers Haar und fragte, ob sie geimpft worden sei. Hanna nickte und krempelte den Ärmel ihres Pullis auf. Das rote Mal war kaum noch sichtbar, aber sie war trotzdem ein bisschen stolz. Sie hatte nicht geweint und war nicht ohnmächtig geworden. Emma berührte den roten kleinen Punkt und sah Hanna bewundernd an.

Hanna kauerte sich neben Papa vor den Fernseher. Sie schob ihre kalten Hände zwischen seine großen Handflächen. Er hatte die gleichen Hände wie Großvater, nur vielleicht etwas breiter. Großvater hatte Diplomatenhände, sagte Papa immer. Großvater hatte rassige Beine, Geheimratsecken, Grübchen in den Wangen und eins am Kinn, eine hohe Stirn und den Blick eines Adlers. Hanna wusste nicht, warum sie sich ständig nach Großvater sehnte. Vielleicht weil sie bei ihm auf dem Schoß sitzen und alles erzählen durfte, was sie Mama und Papa nicht erzählen konnte. Vielleicht weil er ihr die dunklen Schatten von Stirn und Wangen strich und flüsterte, sie dürfe ruhig weinen. Manchmal weinte sie dann, obwohl sie eigentlich gar keinen Grund hatte, traurig zu sein. Meistens saßen sie nur da und unterhielten sich. Gemeinsam zählten sie seine Leberflecken, und das Ergebnis war jedes Mal eine magische Zahl. Großvater verzauberte alle Zahlen, bis sie das zeigten, was er wollte. Die sieben Leberflecken auf seiner rechten Hand bedeuteten sieben Schritte vom Apfelbaum zur Haustreppe. Sieben Sätze die Treppe hinauf, sieben Schritte in die Küche hinein und sieben Plätzchen in die gewölbte Hand. Sie aßen jeder zwei Plätzchen und ließen den Rest in der Kuchendose, weil Großmutter sonst etwas merkte.

Papa hatte auch sieben Leberflecke auf seiner rechten Hand, von Großvater geerbt. Hanna selbst hatte Mamas Muttermale auf dem Rücken geerbt. An ihren Händen und Armen fanden sich auch ein paar von Papas Leberflecken wieder. Sie legte ihren dünnen Arm neben den von Papa und verglich die Größen. Papas Arm war wie ein dicker Baumstamm, rotbraun und behaart. Ihrer war eher gelblich braun, sie war die Einzige in der Familie mit gelblicher Haut. Andreas wurde schokoladenbraun, genau wie Mama und Emma. Die Schokoladenfarbe hatten sie von Opa geerbt, der bloß in die Sonne zu blinzeln brauchte, damit die winterliche Blässe verschwand. Ob Oma und Opa jetzt wohl in der Hollywoodschaukel saßen und sich über den Garten und ihre Erinnerungen unterhielten? Sie wohnten in derselben Stadt wie Großmutter und Großvater, nur weiter auswärts, ländlich. Oma und Opa hatten sieben große Apfelbäume und einen Birnbaum, Großmutter und Großvater nur zwei Apfelbäume, aber das war mehr als genug. Im Herbst kochten Großmutter und Oma Apfelmus und Saft, sie füllten ihre Tiefkühltruhen, und wenn Besuch kam, gab es Apfelkuchen und Apfelmost. Mama seufzte manchmal und sagte, das sie nie wie Oma werden wolle. Sie wollte wieder anfangen zu arbeiten. Wenn Emma im Herbst in die Schule kam, wollte Mama wieder an einer Schule unterrichten. Auf dem Rücken hatte sie elf Leberflecken, das bedeutete elf Jahre daheim bei den Kindern.

Hanna schlief auf ihrem Platz neben Papa fast ein, die Fernsehstimmen summten ihr in den Ohren und verstummten schließlich. Es war halb zehn. Papas Nähe umschloss sie, wurde zu einer Decke, einem Mantel. Jemand schaltete den Fernseher aus, es wurde so still, dass sie Papas Herzschlag und Mamas Schritte auf dem Teppich hören konnte. Nur noch sechs Tage bis zur Abschlussfeier – im Kopf konnte sie schon die Sommerlieder hören, und als sie an das blaue Kleid dachte, das Mama genäht hatte, musste sie im Halbschlaf lächeln.

Im Zimmer war es plötzlich seltsam kalt, sie wäre am liebsten unter Papas Achselhöhle geschlüpft, um dort einzuschlafen. Hatte gar keine Lust, aufzustehen, die fünfzehn kalten Schritte zur Toilette und zur Zahnbürste zurückzulegen und zwischen die eisigen Laken und die Traumdüfte zu schlüpfen.

»Papa?«

»Was ist, Hanna?«

»Fahren wir bald zu Großvater?«

»Wenn ich Urlaub habe. Einverstanden?«

»Ich will aber jetzt zu Großvater!«

»Du kannst ihn doch anrufen!«

Hanna schüttelte den Kopf und merkte plötzlich, dass sie am ganzen Körper zitterte.

»Du frierst ja«, stellte Papa erstaunt fest und ließ sie auf seinen Schoß klettern. Er legte eine warme Decke um sie, sie kniff die Augen fest zu und wurde ganz klein.

»Hat dich was traurig gemacht?«, fragte Papa.

Hanna wusste nicht, was sie sagen sollte. Die Sache mit den Fahrrädern war ja eigentlich nicht so schlimm. Es hatte etwas mit der Art zu tun, wie die drei gegrinst hatten, wie sie die drei Jungen angeguckt hatten.

»Sie haben mich nicht durchgelassen«, flüsterte sie schließlich und drückte Papas Zeigefinger.

»Wer?«

»Die Jungen, sie sind ganz gemein, sie haben bloß Karin vorbeifahren lassen.«

»Aha, ja, das war natürlich nicht nett. Weißt du was …?«

Hanna fühlte Papas Lächeln auf ihrer Haut. Sie schüttelte den Kopf und sperrte die Ohren auf.

»Die haben bestimmt was für dich übrig. Jungen stellen sich immer ein bisschen dämlich an, wenn sie was für ein Mädchen übrig haben«, fuhr Papa fort.

Hanna wollte noch einmal den Kopf schütteln und Papa erzählen, dass alle Jungen nur für Sofia, Lina und Ulrika was übrig hatten und dass sie selbst ganz weit unten auf der Liste der Jungen stand. Aber sie schwieg und genoss es, dass Papa ihr über die Stirn strich. Er erzählte davon, wie Mama und er sich kennen gelernt hatten und dass Mama fast noch ein Kind gewesen war, das noch viele Jahre in die Schule gehen musste. Er erzählte auch von dem Deutschen, der Mama einen Heiratsantrag gemacht hatte, als sie gerade erst fünfzehn war, und dass sie Nein gesagt und stattdessen ihn, Papa, gewählt hatte. Papa versuchte zwar ruhig zu klingen, aber Hanna merkte, dass sein Herz heftiger schlug und seine Stimme ein bisschen schriller wurde. Sie presste ihre Wange an seine und sagte, dass es gut sei, dass Mama ihn gewählt habe.

»Sonst gäb es mich ja nicht, oder?«

»Nein, sonst gäb es dich nicht. Ist das nicht seltsam?«, sagte Papa und zauste Hanna die Haare. Dann gingen sie miteinander die fünfzehn Schritte zum Badezimmer und putzten sich die Zähne, dass die Zahnpasta nur so ins Gesicht und auf den Spiegel spritzte. Papa erzählte von Onkel Ingemar, der auf einer Zahncremetube herumgehüpft war, um noch den allerletzten Rest herauszupressen. Hanna lachte und verschluckte etwas Schaum, dann gurgelte sie mit Papa um die Wette und wackelte wie er mit den Zehen. Danach huschte sie in ihr Zimmer und stellte sich mit beiden Füßen auf den Bettvorleger. Das unheimliche schwarze Loch unterm Bett atmete stoßweise modrige Luft gegen ihre dünnen Beine aus. Sie erschauerte, machte einen Satz ins Bett und schlüpfte schnell unter die frischen sauberen Leintücher, die sie sich fest um den Leib wickelte. Auch heute war es ihr wieder gelungen, den kalten Fußboden nicht zu berühren. Papa streckte den Kopf herein und lachte.

»Du siehst ja wie eine Mumie aus, Hanna«, sagte er und trat ans Fenster. Die Dunkelheit des Rollos umfing sie, und ihr Herz beruhigte sich allmählich. Hier war sie in Sicherheit, hier konnte sie atmen, unter der Lakenhülle konnten keine Monsterhände sie erreichen. Die Geschöpfe der Finsternis verschwanden jedes Mal nach einer gewissen Zeit. Papa ließ die Tür einen Spaltbreit offen und löschte im Flur das Licht. Als er die Treppe hinaufging, ertönte ein leichtes Knarren.

Als die Gäste kamen, wurde das Haus warm und eng. Alle redeten und lachten, rochen nach Parfüm und frisch gebügelten Kleidern. Hanna begrüßte kalte, verschwitzte, magere und weiche Hände, sie lächelte ihr Theaterlächeln und dachte unablässig daran, dass ihr Kleid zu groß war und ihr die Ohren schmerzten von dem vielen Krach. Mama klapperte auf hohen Absätzen durchs Haus und war ein einziges Lächeln, Papa lachte so laut, dass Hanna sich schämte, Andreas und Emma waren die einzigen Normalen. Die drei Kinder standen aufgereiht da und begrüßten die Gäste, die Blumen und Pralinen mitbrachten, obwohl kein Mensch Geburtstag hatte. Mama versprach Emma Schokolade, damit sie sich ruhig verhielt. Nachdem Hanna alle Gäste begrüßt hatte, schlüpfte sie kurz ins Schlafzimmer der Eltern. Sie musste etwas Wichtiges erledigen, wusste aber nicht genau, was. Sie saß auf Mamas Bett und überlegte, drückte ein Kissen an sich und sog Mamas Duft ein. Dann kullerte sie in Papas Bett und zu seinen Düften hinüber. Das Gelächter aus dem Wohnzimmer wollte ins Schlafzimmer dringen. Sie fühlte sich einsam. Auf Papas Nachttisch stand das Telefon. Sie wählte die Nummer von Großmutter und Großvater, die sie auswendig wusste, vorwärts und rückwärts.

»Rickard Norén.«

Großvater war am Apparat. Hanna seufzte vor Erleichterung, mit Großmutter zu sprechen war immer so schwierig, da musste man ein besonderes Anliegen haben, etwas Wichtiges. Mit Großvater war das ganz anders.

»Hallo, Großvater, hier ist Hanna.«

»Hallo, mein Mädchen, wie schön, dass du anrufst, hab in diesem Moment an dich gedacht!«

»Wir haben Besuch«, sagte Hanna und wickelte sich das Telefonkabel ums Handgelenk. Sie hörte förmlich, wie Großvater am andern Ende der Leitung lächelte.

»Bestimmt fällt dir gleich was Schönes ein, was du tun

kannst, du mit deiner Fantasie. Ist niemand dabei, den du zeichnen magst? Jeder Mensch hat doch was Besonderes!«

»Ich weiß, Großvater, ich guck sie mir gleich an. Ich wollte bloß ...«

»Du wolltest bloß anrufen und ein bisschen schwatzen?«

»Mhm ...«

Ein kurzes Schweigen entstand, mit Großvater konnte man genauso gut schweigen wie reden. Manchmal schwiegen sie sich am Telefon minutenlang an, unterhielten sich aber trotzdem. Großvater konnte gut Gedanken lesen.

»Zur Abschlussfeier krieg ich ein blaues Kleid. Mama hat es genäht, es ist wunderschön!«

»Das musst du mir vorführen, wenn ihr im Sommer herkommt!«

»Ich hab Sommersprossen gekriegt, elf Stück, glaub ich.«

»Na, ist doch großartig, Hanna, Sommersprossen sind schön.«

»Großvater, du fehlst mir.«

»Bald ist ja Sommer, in den Ferien sehen wir uns. Großmutter erwartet euch mit Himbeertorte und Saft, sie hat auch Heimweh nach euch.«

»Mhm ... Ich glaube, jetzt gibt's Essen. Mama hat Fleischpastete gemacht.«

»Dann wollen wir lieber auflegen. Sag dem Pony Gute Nacht, bevor du heute Abend einschläfst.«

»Tschüss, Großvater.«

»Tschüss, mein großes Mädchen.« Hanna legte den Hörer auf und kniff drei Sekunden lang die Augen zu. Dann ließ sie Großvater langsam los und erhob sich. Als sie in das Gelächter und die Wärme hinausging, fühlte sie sich ganz ruhig. Emma hockte auf dem Schoß einer fremden Frau und erzählte von ihrer geheimen Höhle unter dem Tischtennistisch. Andreas saß nur da und starrte ein Mädchen an, das beim Lachen seine Zahnlücke zeigte. Aus der Küche drangen verheißungsvolle Düfte. Mama sagte, das Essen sei fertig. Sofas und Stühle knarzten, als alle aufstanden und zum Küchentisch gingen. Hanna setzte sich auf einen Stuhl zwischen Papa und einer Frau, die nach Erdbeeren duftete. Als sie zu essen begann, merkte sie erst, wie hungrig sie war. Mama strahlte, und die Pastete wurde herumgereicht. Das Gelächter stieg und sank wie Wellen, und Hanna nahm sich vor, eines Tages so ein Gelächter zu malen. Ihr wurde ganz warm vom Essen, von den Stimmen und den vielen großen Körpern, die sie mit selbstverständlicher Sicherheit umschlossen. Als sie fertig gegessen hatte, legte sie ihr Besteck auf die Seite und guckte durch ihr Glas die flackernde Kerzenflamme an.

Die Gäste blieben so lange, dass Hanna schließlich gähnen musste. Papa zwinkerte ihr zu und sagte, sie könne schon ruhig zu Bett gehen. Er werde nachher zu ihr hereinschauen und Gute Nacht sagen. Bei diesem Versprechen wurde ihr noch wärmer. Wohlige Schläfrigkeit stieg in ihr auf. Bevor sie ins Bett schlüpfte, guckte sie noch zu Emma hinein, die bereits fest schlief. Ihre Wangen waren so rund und rot, ihr Atem ging leicht wie bei einem Vögelchen.

Als die Nachtschwester kommt, liegt Hanna schon lange wach. Ihre Augen sind geschlossen, niemand darf ihre Gedanken ahnen. Sie hat von grünen Tulpen geträumt und von toten Wellensittichen, von in der Luft festgefrorenen Vögeln, Eisskulpturen, die der Wind geformt hat. Hat von Kindern geträumt, die Schlingen um die Hälse der Wellensittiche legen und sie grinsend mit harten Händen zuziehen, Kinder, die hohnlachend mit ihrer ganzen Kraft zudrücken. Auch als sie wach liegt, zieht sich ihr der Hals noch zu. Sie sieht die Gesichter, hört die Stimmen. Sagt sich die Namen auf wie einen Fluch. Wenn sie nur vergessen und verzeihen könnte, wenn sie nur lieben könnte. Aber vielleicht ist ihr Herz zu eng.

Sie sehnt sich nach anderen Leintüchern, nach anderen Träumen, anderen Düften. Vielleicht nach den Düften des Apfelbaums daheim im Garten, nach dem Gefühl von Gras zwischen den Fingern und dem leisen Wind, der im Laub der Bäume vor sich hin pfeift. Es ist lange her, seit sie dort war, manchmal glaubt sie fast, dass es besser wäre, alles außerhalb dieser weißen Wände zu vergessen. Es wäre einfacher, tiefer in den Irrsinn zu versinken als den Versuch zu wagen, sich aus dieser verrückten Welt zu lösen. Das Schweigen der Wände täuscht, ab und zu vibrieren sie von Schreien, öffnen sich über Abgründen oder bewegen sich langsam nach innen, drücken gegen die Haut und die Gedanken, verdrängen auch noch den letzten Streifen Licht. Sie weiß, dass dies ein Gefängnis ist und kein Ort der Pflege. Sie weiß, dass sie bestraft wird, weil sie anders ist, weil es ihr nicht gelingt, das Leben zu lieben.

Die Nachtschwester schwebt vorbei, zieht fremde Düfte mit sich, das Geräusch kleiner Absätze. Bückt sich über das Bett, tastet mit den Augen über ihr Gesicht. Seufzt leise, bedauert den jungen Irrsinn. Doch die Welt ist böse, also ist es vielleicht nicht weiter verwunderlich. Viele kommen hierher, die versucht haben, das Leben zu zerschneiden. Sie kommen, um die äußeren und inneren Wunden zu heilen. Manchmal gelingt es. Dann sind keine Spritzen, keine Medikamente mehr nötig.

Irgendwo atmet das Licht. Wenn sie die Augen schließt und die Ohren anspannt, kann sie es hören. Sie greift nach der Erinnerung an Großvater und lässt sich von seinen alten Händen mit Trost bedecken. Er flüstert, dass sie die Zukunft malen soll, die darf sie sich nicht auch noch entgleiten lassen. Sie nickt und schlingt die Arme um die angezogenen Beine. Ein Panzer gegen die Luft. Ihre Augen sind weit aufgesperrt, das Blau verfärbt sich, wird schwarz. Erinnerungen überspülen die Haut, sie lässt sie kommen, wie es ihnen gefällt. Sie befindet sich nicht in diesem Zimmer, um zu vergessen, sondern um eine hellere Welt zu malen. Sie lauscht dem Schweigen, der Leere, will, dass die Nachtschwester zurückkommt, dass der lebendige weiß gekleidete Körper, die lebendigen Hände, die Anwesenheit eines Menschen zurückkehren. Hauptsache, jemand ist in der Nähe. Das Bedürfnis nach anderen Menschen, nach Geräusch und Körper. Nach dem eigenen und den Körpern der anderen.

Andreas' weißer Schlafanzug hatte ein Muster aus grünen Elefanten. Als Hanna in die Küche kam, kauerte Andreas bereits auf einem Stuhl und sammelte Morgengeräusche. Die Tiefkühltruhe brummte dumpf, an der Wand tickte die Uhr, die Terrassentür war leicht geöffnet und ließ den Wind herein. Die nächtlichen Träume lagen noch auf seinem Gesicht, und er entdeckte Hanna erst, als sie sich nach einer Teetasse im Schrank streckte.

»Du bist zu klein«, sagte er, stand auf und nahm die große Erdbeertasse zwischen seine langen schlanken Finger. Hanna nickte und ließ ihn in dem Glauben, dass sie klein sei, obwohl sie seit letztem Jahr mehrere Zentimeter gewachsen war.

Heute war ein Überraschungsmorgen, das hatten Hanna und Andreas ausgemacht. Sie kochten Kaffee und bereiteten Fantasiebrote, die mit Käse und Wurst, Kaviarpaste, Weintrauben, Tomaten und Bananen belegt waren. Andreas wollte auf die Wurstscheiben Kaviar spritzen, doch das konnte Hanna gerade noch verhindern. Dann kochten sie Eier und dachten sogar an Mamas Vitamintabletten. Morgens nahm Mama viele verschiedene Tabletten, für den Magen, die Haut, die Haare und die Laune.

Hanna nahm nur eine Tablette täglich, die schmeckte nach Kirschen und enthielt lauter nützliche Sachen. Emma hatte einmal eine ganze Dose leer gefuttert, weil sie dachte, es seien Bonbons. Hanna hatte einmal Weinessig getrunken, das war ihr schlimmster Streich. Aber eigentlich war es gar kein Streich gewesen, sie hatte den Essig nämlich wirklich für Limonade gehalten. Andreas und Emma hatten so viele Streiche hinter sich, dass es gut und gern für eine ganze Schulklasse reichte. Hanna war still und brav, das ließ sich irgendwie nicht ändern. Andreas war erst in letzter Zeit ruhiger geworden. Anstatt Steilhänge hinunterzurasen oder in lebensgefährliche Bäume hinaufzuklettern, saß er am Klavier und hämmerte seine Träume in die Tasten. Andreas war ein Teenager geworden. Eigentlich komisch, fand Hanna, denn er war ja kein bisschen gefährlich und immer noch ziemlich kindlich. Jetzt stellte er die Frühstückssachen auf die beiden Tabletts und pfiff eine Melodie, die ihm einfach so zugeflogen war. Andreas komponierte. Wenn Hanna daran dachte, erschauerte sie vor Stolz.

Mama und Papa sahen seltsam klein aus, wie sie so einander zugewandt dalagen und mit offenem Mund schliefen. Papas Bett war zerwühlt, seine Beine guckten unter dem Leintuch vor. Ein Kissen war auf den Boden gefallen, das andere hatte er zweimal gefaltet und sich wie einen Teddy unter den Arm gestopft. Mamas Bett war glatt und ruhig, sie bewegte sich kaum im Schlaf.

»Überraschungsfrühstück«, flüsterte Hanna Mama ins Ohr.

»Überraschungsfrühstück«, flüsterte Andreas Papa ins Ohr.

Hanna strich Mama über die Wange und fing ihre Wärme mit der Hand ein. Dann zog sie vorsichtig das Rollo hoch, damit es nicht wütend zusammenschnurrte und knallte. Der Morgen war hellgrün und voller Düfte. Vor dem Fenster blühte Geißblatt, und zwischen den Blättern und Blüten gab es ein verborgenes Vogelnest.

»Ist ja wunderbar!« Papa rieb sich den Schlaf aus den Augen und lachte.

»Überraschungsfrühstück?« Mamas Stimme schwebte immer noch in einem Traum, doch dann sah sie Hanna mit erstauntem, freudigem Blick an und streckte die Arme aus.

»Komm her, Hanna, ich muss mich vergewissern, dass du da bist!«, sagte sie und stellte das Tablett auf den Nachttisch. Hanna kauerte sich neben Mama und ließ sich in den Arm nehmen.

»Ich hab so sonderbar geträumt«, flüsterte Mama. »Du bist durch einen Wald gegangen, der war ganz schwarz, und hast einen weißen Stein gesucht. Du bist hoffentlich nicht allein draußen im Wald herumgelaufen?«

Hanna schüttelte den Kopf und platzierte das Tablett auf Mamas Schoß.

»Hast du keinen Hunger, Mama?«, fragte sie. Mama sollte jetzt endlich die leckeren Brote probieren.

»Doch, ich habe einen Mordshunger«, sagte Mama lächelnd und klopfte ihr Ei auf. Hanna wurde selber fast satt, als sie zusah, wie Mama aß. Mamas seltsamer Traum machte sie froh. Sogar im Schlaf konnte sie noch bei Mama sein.

Die Tabletts wackelten bei jeder kleinsten Bewegung. Als Emma hereingestürzt kam und kuscheln wollte, ließ Papa das Wurstbrot zwischen die Leintücher fallen und stellte sein Tablett rasch auf dem Nachttisch ab. Mama lachte und stellte auch ihr Tablett weg. Emma kullerte zwischen den Betttüchern herum und klammerte sich an jedem fest, den sie erwischte. Bald darauf saß sie zwischen Mama und Papa im Bett und bediente sich von beiden Tabletts. Die Krümel stoben nur so und ihr rosa Schlafanzug mit den weißen Schafen war bald mit Saftflecken bedeckt. Hanna und Andreas tapsten in die Küche zurück und machten sich Kakao und Riesenbrote. Andreas erzählte von dem Golfplatz, wo er und Patrik jobbten. Patrik war Andreas' bester Freund, sie spielten in derselben Fußballmannschaft und schwärmten für dieselben Sportler und Popstars. Hanna hoffte, dass Karin anrufen würde.

Die Sonntage waren die besten Tage. Man hatte Zeit, eine Hütte zu bauen und tief in den Wald zu gehen, bis zu den alten Bergwerkshöhlen. Hoffentlich rief Karin bald an, Hanna wollte nämlich mit ihr zu den Bergwerkshöhlen und zum großen Felsen und dann dreimal um ganz Tallbacken radeln, bis sich die Beine wie Spagetti anfühlten.

Sie schloss die Augen und wartete, Andreas machte sich sein viertes Riesenbrot und aus dem Schlafzimmer der Eltern drang wildes Freudengeheul, als Emma Meereswellen spielte. Die Zeit bewegte sich langsam auf die Abenteuer des Tages zu.

Hanna saß neben dem Telefon, als Karin anrief. Aus dem Hörer kam Gezwitscher, Karins Eltern hatten ihr erlaubt, die Sommerferien auf einem Reiterhof zu verbringen.

»Wahnsinn!«, sagte Hanna und tat so, als würde es sie interessieren.

»Und was machen wir heute?«, fragte Karin, als sie endlich alles über den Reiterhof berichtet hatte.

»Wir können doch an der Hütte weiterbauen?«

»Aber vorher musst du erst mein Kleid angucken, Mama hat gesagt, dass es unheimlich teuer war«, antwortete Karin.

Hanna verzog das Gesicht, versprach aber, vorbeizukommen und Karins Kleid zu bewundern. Bevor sie losfuhr, warf sie einen Blick in ihren eigenen Schrank, wo das blaue Kleid hing – wie ein Stück Himmel. So gut wie Mama konnte niemand nähen, nicht mal in einem teuren Modegeschäft gab es so ein Kleid.

Sie sauste die Straße hinunter, und als sie in Karins Straße einbog, knirschte der Kies unter ihrem Rad. Fast wäre sie vor dem gelben Haus mit dem riesigen Balkon gestürzt.

Auf dem Gartenweg hüpfte sie über jede zweite Platte hinweg, das musste sie tun, sonst würde die Erde sich unter ihr auftun. Sie klingelte und hörte, wie der helle Ton drinnen im Haus fröhlich an die Wände prallte. An der Tür gab es zwei Schlösser, das oberste hatte ein großes Schlüsselloch, durch das man hindurchlinsen konnte. Jetzt kam Karin die Treppe heruntergerast und presste ihr Auge an das Schlüsselloch. Hanna guckte ebenfalls hindurch und sah den schwarzen Glanz von Karins Pupille. Beide lachten gegen die Tür und drückten gleichzeitig den Türgriff hinunter. Karin sah aus wie eine Pfirsichblüte, ihr Kleid war hellrosa und reichte ihr bis an die Knie, dazu grüne Strümpfe. Im hellblonden Haar trug sie eine gelbe Schleife, ihre Lippen waren größer und dunkler als sonst. Sogar ihre Augenwimpern schimmerten rosa.

»Sieht ja toll aus«, sagte Hanna und lachte laut und schrill. Karin nickte und drehte sich ein paar Mal im Kreis, sie strahlte und deutete auf den Abdruck des Lippenstifts auf ihrer Hand.

»So sieht es aus, wenn man jemanden geküsst hat«, kicherte sie und schaute den Abdruck lange an. Ein Mund mitten auf der Hand. Dann zog sie sich rasch um.

Bis an den Waldrand liefen sie um die Wette, Hanna hatte fast das Gefühl zu fliegen, Karin keuchte schwer, blieb ihr aber bis zuletzt auf den Fersen. Beide trugen Jogginganzüge und Turnschuhe, Hannas Anzug roch nach Harz und Erde, und der eine Schuh hatte am großen Zeh ein Loch. Ein schwacher Duft nach Lagerfeuer haftete noch an dem Stoff. Sie war zwar nicht mehr bei den Pfadfindern, konnte aber immer noch Knoten machen und mit Beeren, Wurzeln und Pilzen in der Natur überleben. Tannennadeln und Sauerklee konnte man auch essen, das hatte sie Mama erklärt, die immer behauptete, richtiges Essen müsse aus Fleisch oder Fisch bestehen.

Manchmal schaffte Hanna es nicht, Fleisch oder Fisch zu essen, sie bildete sich ein, dass das Essen sich im Mund bewegte und roh und blutig wurde. Wenn es Hühnchen gab, musste sie an die lebendigen gelben Flaumbällchen denken. Der Blutpudding zitterte wie ein Tier vor der Schlachtung. Das Preiselbeerkompott, das es dazu gab, war eine offene Wunde im Rücken des Tiers. Als sie daran dachte, begannen ihre Schläfen zu klopfen. Rasch riss sie ein paar helle frische Tannennadeln ab und steckte sie sich in den Mund.

»Du spinnst«, murmelte Karin hinter ihrem Rücken. Hanna lachte und schluckte, es schmeckte bitter, war aber immerhin besser als Fleischstücke, die sich plötzlich bewegten. Dankbar nahm sie einen Kaugummi an. Karin hatte stets Kaugummi in der Tasche, meistens Bubblegum, das den ganzen Mund mit Erdbeergeschmack füllte. Karin konnte Blasen machen, die waren so groß, dass sie beim Platzen das ganze Gesicht verklebten.

Hanna und Karin krochen durch den Wald und sammelten Tannenreisig, Schürfwunden an den Händen und glückliche, schmerzende Muskeln. Die Hütte war klein und schief, sie lag zwischen drei hohen Kiefern, konnte sich aber nie entscheiden, an welche Kiefer sie sich anlehnen wollte. Karin gab dem Wind die Schuld, aber der Wald war so dicht, dass der Wind die Mauer aus Stämmen kaum durchdringen konnte. Sie arbeiteten schweigend und konzentriert, nur ab und zu hielt Karin inne, um etwas Wichtiges zu äußern.

»Wusstest du schon, dass Olle Sofia gefragt hat, ob sie mit ihm geht?«, fragte sie und machte ein betrübtes Gesicht. Hanna schüttelte den Kopf und packte einen alten Ast, der unter einem in die Luft ragenden Wurzelteller lag. Am liebsten hätte sie Sofia unter so einen Wurzelteller gestopft und zugesehen, wie er sie verschlang. Bestimmt schmeckte Sofia bitter, das hatten Angeber so an sich.

»Das bereut Olle garantiert bald«, sagte sie und wäre fast nach hinten gekippt, als der Ast frei kam.

»Glaubst du?«

»Sofia ist doch so …«

»Was?« Karin klang eifrig, sie sah Hanna neugierig an.

»Irgendwie bildet sie sich ein, dass sie immer die Beste ist und die Schönste und so. Sie hat mir mal gesagt, dass ich nie Klassensprecherin werde, weil sie das wird. Dabei hab ich nie was davon gesagt …«

»Die ist doch bloß neidisch auf deine Haare. Ich finde

Sofia hässlich, ihre Haare sind so gerade und strähnig, Linas genauso. Und Erika ist auch bloß neidisch, die sieht echt doof aus. Wie dick die wird, hast du schon mal gesehen, wie viel sie in der Schule in sich reinstopft?«

Karin blies die Backen auf und stapfte mit schweren Schritten hin und her. Hanna lachte, obwohl sie es nicht komisch fand. Sie hatte keine Lust, sich über Sofia, Lina oder Erika zu unterhalten, sie wollte am Lager weiterbauen und Karin Geheimnisse zuflüstern. Sie sammelte leidenschaftlich gern ungewöhnliche Wörter, die sie flüsternd preisgab, wenn sie bei Karin oder Karin bei ihr übernachtete oder wenn sie zusammen im Garten zelteten. Sie wollte vom Sonnenwind erzählen, vom Regenbogentanz und der Bärenschlucht. Sie wollte nichts davon hören, dass Olle in Sofia verliebt war und Lina und Sofia mit ihren Pferden und Turnieren angaben.

»Ich glaube übrigens, Peter ist in dich verknallt«, sagte Karin plötzlich und stieß Hanna leicht an.

»Du spinnst ja, der hasst mich doch!«, schrie Hanna und schleuderte den Ast wütend fort.

»Wie kommst du denn darauf? Nur wegen der Sache mit den Fahrrädern? Die haben doch bloß Spaß gemacht, kapierst du das nicht?«

»Nie im Leben ist der in mich verknallt!«, sagte Hanna bestimmt und presste die Lippen zusammen.

»Aber er ist irgendwie süß«, beharrte Karin. Hanna schüttelte den Kopf. Etwas Scheußlicheres als Peter gab es einfach nicht. Karin seufzte und zuckte die Schultern.

»Sollen wir zu mir nach Hause gehen und Schokokugeln machen?«, schlug sie nach einer Weile vor. Hanna nickte, schloss die Augen und überlegte. Dann öffnete sie sie wieder und nickte noch einmal, diesmal etwas eifriger. Auf müden, hungrigen Füßen rannten sie durch den Wald. Hanna rollte die Schokokugeln bereits zwischen den Händen, ihr Magen zog sich erwartungsvoll zusammen, und als sie bei Karins Haus ankamen, waren sie schon von der Vorstellung fast satt. Sie holten die Zutaten hervor und spielten mit der dunkelbraunen schmierigen Masse. Das Schmatzen der Schokokugeln zwischen den Handflächen klang eklig. Beim Essen entdeckten sie vereinzelte Butterklümpchen. Hanna brachte nur zwei Kugeln runter, vom Zucker wurde ihr schwindlig.

Als Hanna nach Hause fuhr, brannte ihr der Kakao im Hals. Sie schlüpfte ins Bad und schluckte ein bisschen Zahncreme. War Karin übergeschnappt? Wie konnte sie behaupten, dass Peter süß sei? Karin hatte einen Vetter, der übergeschnappt war und sich dreimal ins Handgelenk geschnitten hatte. Jetzt saß er im Irrenhaus und musste lernen, wieder normal zu werden. Großvater hatte gesagt, solche Menschen hätten es im Leben schwer gehabt und müssten gepflegt werden wie Blumen, mit Wasser, Licht und vielen Worten. Großvater redete immer mit seinen Topfpflanzen und berührte ihre Blätter. Er sagte, vielleicht seien die Verrückten gesund und umgekehrt. Das verstand Hanna zwar nicht, sie glaubte aber trotzdem, dass er Recht hatte. Jedenfalls hoffte sie, dass Karin ihre Meinung bald ändern und Peter auch hässlich finden würde. Peter war im Innern ganz schwarz und verfault, das sah man seinen Augen an, seinen stechenden Pupillen.

Mama telefonierte, sie winkte lächelnd mit der Hand, als Hanna den Kopf ins Zimmer streckte. Zu schade, dass es gegen Geschwätzigkeit keine Medizin gab. Hanna genoss es, wenn es ringsum ganz still war. Morgen früh wollte sie wieder mal rechtzeitig aufstehen und der Stille lauschen. Sie würde sich hinter der Garage verstecken und auf das Auto warten, das die Zeitung brachte. Der Zusteller war noch ganz jung und sah aus wie ein Prinz, bestimmt rochen seine Hände nach Druckerschwärze. Aber obwohl er so jung aussah, musste er natürlich erwachsen sein.

Es gab viele Leute, die waren sowohl Kind als auch Erwachsener. Die Zeit war nicht immer von außen sichtbar, Gesichter logen mitunter, Hanna selbst war zehn, wurde aber immer wieder gefragt, ob sie schon in die Schule ging. Manche glaubten, Mama sei fünfundzwanzig, dabei war sie schon achtunddreißig. Mamas Gesicht war schön, fand Hanna. Als sie am Flurspiegel vorbeiging, sah sie sich selbst an und fragte sich, wie sie wohl in den Augen der anderen aussah. Sie schloss die Augen und lehnte sich mit der Stirn ans Spiegelglas. Aus dem Wohnzimmer drang Emmas Lachen, Emma, die so klein war, dass sie nicht zu denken brauchte. Emma, die sich im Spiegel angucken und sagen konnte, sie sei hübsch. Manchmal hatte Hanna gute Lust, ein großes Messer zu nehmen, um damit einen tiefen Schnitt in ihren eigenen Kopf zu tun. Dann könnte sie den dicken Gedankenklumpen herausnehmen.

Frau Lundgren, ihre Lehrerin, sagte, die letzte Woche vor den Ferien seien sie alle noch einmal ihre lieben Kinderchen. Demnächst bekam sie ein Baby, und wenn sie dann wieder an die Schule zurückkam, waren sie schon groß. Im nächsten Schuljahr waren sie bereits in der Fünften, und dann war es aus mit dem Liebkind sein. Ein liebes Kindchen war man, bis man elf oder zwölf wurde, danach lebte man als komisches Zwischending weiter, bis man volljährig und erwachsen war. Frau Lundgren faltete die Hände um ihren schwangeren Bauch und blickte auf die Klasse. Alle saßen zu zweit, nur Katarina war übrig geblieben, allerdings saß sie fast neben Hanna und Karin.

»Was bildet die sich eigentlich ein, glaubt die, wir wollen mit ihr zusammen sein?«, flüsterte Karin und schob ihre Bank weiter zur Seite hinaus, weg von Katarina. Hanna sah Katarinas rundes, blasses Gesicht an. Sie sah die tief liegenden grauen Augen und den Mund, der Pitepalt liebte, besonders abscheuliche Blutklopse. Sie sah die bleichen

Hände voller Filzstiftflecken, das enge rotgrün gestreifte T-Shirt, die braune Hose und die schwarzen, blanken Clogs. Clogs zu tragen war gefährlich, alles was klapperte und sonst niemand trug, war gefährlich. Wahrscheinlich würden die Clogs in irgendeinem Container landen, Katarina würde ohne Schuhe nach Hause kommen, barfuß würde sie in das rote Reihenhaus gehen, in ihre seltsame Welt aus fetten Wellensittichen und verschwundenen Katzen.

Hanna kannte Katarina nicht, aber schon allein mit jemand wie Katarina zu reden war gefährlich. In der Schlange vor der Essensausgabe im Speisesaal stellte sie sich möglichst nah neben Karin, weit weg von Katarina. Sie lachte, als Sofia etwas über Katarinas unmögliche Kleider, über ihre scheußlichen Haare und ihren stinkigen Geruch äußerte. Katarinas Haare seien voller Pitepalt. Katarina stinke nach Mist und ranziger Milch. Sofia trug immer dicker auf – von der Schar ihrer Bewunderer angestachelt. In der Schule gehörte Hanna zur Schar der Bewunderer, wenn sie mit Karin allein war, gehörte sie ins Feindeslager. Eigentlich hatte sie nichts gegen Katarina, es war nur besser, sich von ihr fern zu halten. Sonst würde Sofia den Geruch nach Pitepalt auch an Hanna wahrnehmen.

Sofia bestimmte immer, wer wonach roch und was gut und was schlecht war. Zur Zeit war es gut, für die Popsänger Carola, Herreys und die Band Gyllene Tider zu schwärmen, man sollte möglichst ein Pferd haben und ein eigenes rosa Zimmer mit Urkunden und Preisen an den Wänden. Man sollte die Tasche mit Duftradiererern voll stopfen und in Olle, Stefan oder Jonas verknallt sein. Oder wenigstens in Jan und Peter, Karl war auch noch so eben möglich, obwohl er klein, blass und von Kopf bis Fuß voller Sommersprossen war. Man sollte enge Jeans tragen, die unten ausgefranst waren, Stirnfransen und die übrigen Haare mussten gleich lang sein. Blaue Wimperntusche war das einzig Denkbare. Hanna überlegte, ob sich Sofia wohl auch nach jemandem richtete, ob sie auch jemanden nachahmen musste, um nicht so zu werden wie Katarina. Katarina ahmte niemanden nach, sie saß in ihrer Bank, roch nach Pitepalt und hatte Heimweh nach Norrland. Sie trug klappernde Holzschuhe und eine braune Hose statt Jeans. Alles, was eigentlich rosa sein sollte, war bei Katarina rot. Ihre Haare waren braun, beinah schwarz – dick wie schmutzige Pferdehaare, hatte Sofia gesagt. Ein Besen, der Staub sammelte.

Frau Lundgren las Geschichten vor und zündete vorn auf dem Pult Kerzen an. Es war fast wie Weihnachten. Frau Lundgren hatte eine leise Stimme, die am besten zur Geltung kam, wenn sie Gruselgeschichten erzählte.

Anschließend durften sie Brennball spielen und sich müde laufen. Hanna war gut in Sport. Sie traf den Ball mühelos und rannte so schnell um den Platz, dass sie mehrmals die dritte Station erreichte. Das Triumphgefühl flatterte in der Brust. Katarina schaffte es nicht mal, den Ball mit der flachen Seite des Schlägers fortzuschlagen und wurde entsprechend verhöhnt. Sofia war auch nicht besonders erfolgreich, aber das spielte natürlich keine Rolle. Sie war Sofia.

Hinterher wurde geduscht. Die Mädchen musterten einander verstohlen. Der Umkleideraum der Mädchen lag Wand an Wand mit dem der Jungen. Durch die weiße Kachelwand konnten sie das Gelächter, die Stimmen und Schreie hören.

Katarinas Körper war glatt und rund, Turnhemd und Shorts hatten einen leuchtend roten Rand auf ihren Armen und Beinen hinterlassen. Sie sah aus wie ein Seehund an Land, gemächlich und schwer bewegte sie sich mit kleinen Schritten möglichst weit fort von den andern. Manchmal duschte sie überhaupt nicht, dann stank sie den ganzen Tag, obwohl sie beim Sport gar nicht ins Schwitzen gekommen war. Es war Sofia, die bestimmte, dass Katarina stank.

Die Tage vor der Abschlussfeier verliefen alle gleich. Frau Lundgren las Geschichten vor, sie spielten Brennball oder übten Lieder. Nachmittags trugen sie schwere Rucksäcke mit Schulbüchern nach Hause. Hanna nahm den Schulbus. Sie behauptete, die Bücher seien fürs Fahrrad zu schwer. Karin fand das auch.

Das blaue Kleid saß wie angegossen. Mama umfasste Hannas Taille und sagte, sie sei schlank wie ein Blütenstängel. Hanna lachte und schnürte die blauen Schuhe zu. Sie hatte Kniestrümpfe an, die mit weißen Blümchen bestickt waren. Mama nahm den Lockenstab und zauberte Wellen in Hannas dunkle Haare. Hanna stand regungslos vor dem Spiegel und betrachtete sich. Jetzt sah sie fast aus wie in ihren Träumen. Wenn man genau hinschaute, waren sogar die Sommersprossen zu sehen. Ganz zum Schluss bekam sie noch ein blaues Band ins Haar. Dann fuhren sie alle, die ganze Familie, zur Schule.

Mama hatte eine Johannisbeertorte mit Vanille und geraspelter Schokolade gebacken. Auf der Torte von Karins Mutter spazierten rosa Marzipanschweinchen durch die Sahne. Die Torte von Peters Mutter war eklig und schmeckte nach fauligem Tang, das war dem grünen Marzipan deutlich anzusehen. Die Torte von Sofias Mutter schmeckte nach Pferdewurst, die von Katarinas Mutter nach Blutklopsen. Das wusste Hanna, obwohl sie nur von Mamas Torte aß. Bei der konnte sie sicher sein.

Hanna sang Lieder und streckte sich in ihrem blauen Kleid. Ihre Hände dufteten nach Frau Lundgrens Abschiedsumarmung. Zu Hause würde sie Großvater anrufen und mit ihm über die Sommerferien und den Geschmack von Schlagsahne reden.

Nacktwanderung über den toten Fußboden. Dieselbe Wanderung wie schon tausendmal zuvor. Von nirgendwo nach nirgendwo unterwegs. Aber vorwärts, nach draußen. Inzwischen schlägt sie ihre Knöchel nicht mehr an dem vielen Weiß blutig. Bemalt die Wände nicht mehr mit Rot. Es scheine ihr besser zu gehen, heißt es. Sie zählt die Schritte und stößt mit blau gefrorenen Fingerspitzen an die Wände. Sehnt sich nach Haut. Legt das Ohr an die Wand und lauscht nach Herzschlägen. Der blaue Schlafanzug liegt in einem Haufen auf dem Boden und wartet auf ihren Körper. Sie weiß nicht, warum sie sich nackt ausgezogen hat. Kauert sich auf den Boden, wird zu einem Ball, verschwindet, wird wieder in ein Kind verwandelt. Wie viel einfacher alles damals war, als es die Gedanken noch nicht gab, als die Hand nicht so leer war, die Haut nicht so unberührt. Damals konnte sie noch auf Papas Schoß und flüstern, dass sie ihn heiraten würde. Damals wagte sie es noch, sich selbst im Spiegel zu betrachten, ohne den Blick abzuwenden. Jemand hatte ihr langes Haar geflochten und sie angemalt, um sie schön zu machen, daran kann sie sich erinnern. Wahrscheinlich die verschwundene Freundin. Vielleicht war es die Schere, die die Freundschaft wegschnitt. Sie berührt ihre kurzen Haare, erinnert sich daran, wie die dunklen Strähnen zu Boden fielen, wie Mamas Hand ihr über den Kopf glitt. An die sanfte Berührung des Kamms und der Schere. Damals wusste sie nicht, dass es solche Zimmer gab wie dieses hier.

Sie hat den ganzen Tag gemalt, ihre Finger sind mit Farbe bedeckt. Sie will sich nicht waschen, liebt das Gefühl, wenn die Farben langsam abblättern und sich von der Haut lösen. Wenn die Farben die Haut genauso berühren, wie sie selbst die Haut berührt. Vielleicht fühlt es sich ähnlich an, geliebt und von der Haut eines andern Menschen bedeckt zu werden. Um das nicht ganz zu vergessen, muss sie malen. Jedes Mal, wenn sie den Pinsel in die Hand nimmt, den Gesichtern begegnet, die sie malt, sich von Körpern umfangen lässt, dem Flüstern lauscht, betritt sie die andere Welt. Sie hat versucht, die Worte zu malen, doch die verbergen sich gern im Schatten, legen sich hinter verschlossenen Lippen zur Ruhe. Offene Münder malt sie nicht gern, die schreien sie bloß an, mit Worten, die alles zerschneiden. Sie weiß immer noch nicht, was das Schlimmste war – die Schreie oder das Schweigen. Manchmal umkreisen die Dunkelwesen ihren Körper. Die versucht sie dann auch auf die Leinwand zu bannen. Vielleicht tragen die Dunkelwesen alle Schreie in sich, die eigenen und die, die sie zerschlagen muss, Worte, die immer noch tief im Innern wühlen. Sie weiß, dass sie das Helle malen müsste, weil die weiße Sauberkeit vielleicht ansteckt und die Schatten verdrängt.

Vorsichtig berührt sie die Frau auf dem Bild, berührt den Mund, den sie mit ihrem Blut gemalt hat. Denkt, dass die Frau nicht allein sein sollte. Jenseits des Bildes gibt es vielleicht andere Menschen, Menschen mit Haut, Herz und Augen, die nicht stechen. Sie zieht den Schlafanzug an und bildet sich ein, dass der Stoff sie umarmt. Setzt sich aufs Bett und nimmt den Telefonhörer ab, wählt Großvaters Nummer und hört das Telefon am andern Ende der Leitung läuten. Dann erinnert sie sich und legt den Hörer wieder auf. Aber Großvater steht ja dennoch mitten im Zimmer und sieht sie mit seinem Adlerblick an. Sie legt sich aufs Bett und atmet. Es ist kurz vor drei Uhr morgens. Sie muss noch drei Stunden warten, bis die Tür aufgeschlossen wird. Sicherheitshalber lässt man sie nicht in der offenen Abteilung schlafen. Sie wird fragen, ob sie heute den großen Spaziergang machen darf, der mehr als eine Stunde braucht. Das wird man für ein gutes Zeichen halten.

Die Sonnenbonbons schmeckten nach Honig. Sie wohnten in Großvaters Brusttasche, wo sie leise gegeneinander klapperten. Der Mittsommertag umschloss Hanna mit einer wärmenden Hülle, manchmal strich der Wind über sie hinweg und brachte Kühlung. Hanna hielt Großvater fest an der Hand. In der anderen Hand hielt sie den Blumenkranz. Er war zu groß geraten und ihr über die Ohren auf den Hals gerutscht. Der Rotklee und die Margeriten ließen die Köpfe hängen, waren ebenso durstig wie sie. Sie lutschte ein Sonnenbonbon, doch das half nichts. Mama und Papa waren Eis holen gegangen, Andreas und Emma tanzten um den Mittsommerbaum. Emma brauchte bei den Reigentänzen kaum zu rennen, sie war so klein, dass sie von den anderen mitgezogen wurde und an fremden Hände dahinflog.

Die Gestalten am Flussufer spiegelten sich im Wasser. Irgendwo blitzte ein Fisch auf, um sogleich wieder zu versinken. Festlich gekleidete Menschen traten ab und zu auf einen der Stege hinaus, um die Hand durchs kühle Wasser zu ziehen. Ein Blumenkranz trieb still auf den Wellen vorbei.

»Tanzen wir, Großvater?«, fragte Hanna, als die Musiker zur nächsten Melodie übergingen.

»Ja, das machen wir!«, sagte er, lachte und packte Hannas Hände. Sie gingen gar nicht erst zum Mittsommerbaum rüber, sondern tanzten da, wo sie gerade standen. Großvater war groß und kräftig, er tanzte leicht gebückt, im Takt mit den Geigen, und wippte in den Knien. Hoch über Hanna glitzerten seine weißen Haare wie Schnee. Mittsommerschnee, dachte Hanna und bewegte die Füße über das weiche Gras. Großvaters Hände verströmten Wärme.

»Jetzt muss ich ausruhen«, sagte Großvater, als die Musiker mit einer Polka lockten. Er legte die Handfläche ans Herz und lächelte. Hanna wusste, dass sein Herz jetzt schwer atmete und dass irgendwo ein Schmerz aufgezuckt war. Sie gingen zu einem Tisch hinüber und setzten sich, Großvater schloss die Augen und atmete ein paar Mal tief ein und aus.

»Hier drin flattert ein Schmetterling, schnell und unruhig flattert er, der Ärmste kann nicht heraus«, erklärte er und rieb sich die Brust.

»Soll ich dir was holen?«, fragte Hanna.

»Nein, setz dich nur ein Weilchen her, dann geht es mir gleich wieder besser.«

Hanna setzte sich auf Großvaters Schoß. Sie versuchte, sich so leicht wie möglich zu machen. Großvater zog ihren Kopf an seine Brust und strich ihr über die Wange. Sein Herz schlug unruhig, ganz anders als ihr eigenes, das regelmäßige fünfundfünfzig Mal in der Minute schlug, sie hatte es genau gezählt.

»Was du dort hörst, ist die Zeit, die schlägt«, sagte Großvater und fuhr ihr mit den Fingern durchs Haar. Sie nickte und lauschte, bald war ihr Ohr ganz von Großvaters Herz erfüllt.

»Du hast einen Wirbel im Haar, genau wie Johan«, sagte er nach einiger Zeit.

»Ja, aber meiner ist kleiner als der von Papa«, murmelte sie und sah die Eltern mit einem Tablett voller Eistüten vom Café herüberkommen. Großmutter kam hinterher, in der einen Hand eine Kaffeetasse, in der andern einen Teller mit einem kleinen Stück Kuchen. Die Großvaterstunde segelte davon.

In der darauf folgenden Woche fuhren sie auf die Insel Öland. Von einem Bauern hatten sie ein Häuschen gemietet, dort kroch jeden Morgen ein Igel an die Haustür und scharrte mit seinen Füßchen. Hanna stellte ihm Milch hin und sah zu, wie sich die kleine Zunge immer tiefer ins Weiß vorarbeitete. Der Bauer lachte und sagte, der Igel habe gelernt, die Touristen auszunutzen. Hanna freute sich über den Igel, und das Meer sang in ihren Ohren. Jeden Tag ging sie am Strand entlang und suchte Schätze. In den Dünen pflückte sie Blumen, die sie dann zwischen Büchern presste. Sie streichelte Steine, die das Meer herbeigerollt hatte, schwamm weit in die Wellen hinaus und blinzelte zum Ufer zurück, wo die Touristen unter der Sonne um die Wette schwitzten. Mama mühte sich auch, möglichst viel Sonne einzufangen, Papa versteckte sich im Schatten oder in den Wellen. Andreas tauchte mit Schnorchel und Schwimmflossen, Emma lief durch die Uferwellen und schluckte jede Menge Wasser. Irgendwo stand Hanna, siebte Sand und Meeresschaum zwischen den Zehen und ahnte das verborgene Wachstum in ihrem Innern.

Dann, eines Tages, fand sie den Troststein, einen länglichen, hell graubraunen Stein mit weißen Zebrastreifen. Der Stein war sanfter und glatter als alle, die sie bisher angefasst hatte. Nicht einmal lauwarmes Wasser, Omas Wangen oder Großvaters Hände waren so weich und glatt. Den ganzen Tag hielt sie den Stein an die Wange gedrückt.

Nachts schlief Hanna schlecht, das Wachstum hämmerte Schmerzen in ihre Glieder. Kurz vor dem Einschlafen flimmerten Bilder vorbei, die Hanna am liebsten sofort ausstreichen wollte: Katarinas Seehundhaut und der rote Rand auf Katarinas Armen, Katarinas dunkles Besenhaar und der Pitepalt in Katarinas erschrockenem Mund. Peter, der hinter einem Riesenfahrrad stand und sämtliche Wege versperrte. Sein grinsendes Gesicht, seine schielenden Augen, die schweißnassen Hände, mit denen er die dünnen Bleistifte packte und schwarze, klebrige Zahlen in sein Heft drückte. Eine wachsende Sofia in einem Glaskäfig, ein schwellender Schwammkörper mit weiblichen Zügen. Aber Sofias Lächeln würde zerplatzen. Hanna träumte und erschauerte vor Glück und Ekel. Sofia würde platzen und zu einem kleinen Klumpen aus Angst werden.

Nach zwei Wochen auf Öland fuhren sie zu Oma und Opa. Die Autofahrt dauerte vier Stunden. Dann standen sie inmitten der knorrigen Apfelbäume und wurden von Umarmungen und Worten überschwemmt. Opa strich Mama übers Haar, und plötzlich sah Mama wie ein kleines Mädchen aus. Oma hatte frisch gebackenes Brot aufgetischt und selbst gemachten Johannisbeersaft, der sauer war, aber trotzdem schmeckte. Wenn Oma Saft, Marmelade oder Mus einkochte, halbierte sie die Zuckermenge. Hanna fand das gut. Von zu viel Zucker wurde ihr schwindlig. Bei Großmutter war es genau umgekehrt, Großmutter bedeckte stets alles mit Zuckerbergen.

Hanna ließ sich in die Kissen der Hollywoodschaukel sinken, trank ihren Saft schlückchenweise und betrachtete Oma. In dem hellblauen Kleid mit den kleinen Puffärmeln sah Oma aus wie eine Prinzessin mit grauem Haar und feinen Runzeln im Gesicht. Oma hatte einen Pagenkopf und war immer modern gekleidet. Jetzt fragte sie nach Öland und dem Troststein, den Hanna ihr gleich bei der Ankunft gezeigt hatte. Dann erkundigte sie sich nach allem andern.

»Wie heißt noch dieses Mädchen, mit dem du immer spielst?«, fragte sie nach kurzem Schweigen.

»Karin?«

»Ach ja, natürlich! Hast du auch noch andere Freundinnen?«

»Die sind weggezogen, zuerst ist Inga nach Finnland zurückgegangen, dann ist Nina mit ihren Eltern ins Ausland gezogen. Und Malin wohnt jetzt in Karlstad, anfangs haben wir uns noch geschrieben, aber jetzt hat sie keine Lust mehr.«

»Schade. Aber mit Karin kannst du noch spielen?«

»Ja, aber spielen, das tun wir nicht mehr! Wir sind einfach so zusammen. Spielen, das ist was für kleine Kinder, solche wie Emma.«

»Aha!« Oma lachte.

»In meiner Klasse kann man nur eine beste Freundin haben! Also, da sind Karin und ich, dann Eva und Sanna, Pia und Erika, Sofia und Lina. Manchmal sind Pia und Erika mit Sofia und Lina zusammen, aber nicht besonders oft«, sagte Hanna. Katarina erwähnte sie nicht, denn dann würde Oma vielleicht fragen, warum sie nicht mit Katarina spielte.

Als Mama mit der Schere in der Hand aus dem Haus kam und vorschlug, Hanna die Haare zu schneiden, war die Omastunde zu Ende.

Hanna fuhr sich mit der einen Hand durchs Haar, wog das Gewicht der Strähnen.

»Ich will kurze Haare haben«, sagte sie plötzlich, obwohl sie das gar nicht vorgehabt hatte.

»Kurz?« Mama sah Hannas lange Haare, die ihr bald bis zur Taille reichten, unschlüssig an.

»Na ja, wieso nicht«, sagte sie dann.

»Aber nicht so kurz wie bei einem Jungen, nur bis hierher ungefähr«, sagte Hanna und zeigte mit der Hand auf die Mitte ihres Nackens.

Mama kämmte Hannas langes Haar und setzte versuchsweise die Schere an.

»Die Sonne hat dein Haar gebleicht«, sagte sie und hob die obersten goldenen Strähnen zwischen Daumen und Zeigefinger an. »Bist du auch ganz sicher, dass du sie kurz haben willst?«

»Hab ich doch gesagt«, erwiderte Hanna. Wieso musste Mama immer alles dreimal fragen! Sie schloss die Augen und konzentrierte sich auf Mamas Hände und den Kamm, der durch die Haare strich. Immer, wenn Mama ihr die Haare schnitt, wurde Hanna ganz ruhig. Sie brauchte bloß regungslos dazusitzen.

»Wie hübsch du bist«, ließ sich Mamas Stimme aus der Welt außerhalb der geschlossenen Lider vernehmen. Hanna fühlte Mamas Hand wie eine Schale unter dem Kinn und dachte, dass Karin viel hübscher war und viel weiter oben auf der Liste der Jungen. Sie kniff die Augen fester zu und horchte auf das Sausen der Schere am Ohr. Einmal hatte Mama das Ohrläppchen mit der Schere eingefangen, und der Schnitt hatte geblutet. Andreas hatte sie auch schon ins Ohr geschnitten, jetzt war nur noch Emma übrig.

»Als ich so alt war wie du, reichten meine Haare bis an die Hüften«, sagte Mama und ließ Hannas lange Haarsträhnen auf den Boden fallen. Hanna nickte, sie kannte den dicken blonden Zopf, den Mama in einem kleinen Beutel aufbewahrte.

»Oma war krank und Opa war es zu viel, meine dicken, widerspenstigen Haare in Ordnung zu halten. Ich musste zum Friseur, und der kappte einfach die ganze Pracht.«

»Aber jetzt hast du doch wieder lange Haare.«

»Halblange, wenn ich sie noch länger wachsen lasse, werden sie zu bauschig.« Mama schüttelte den Kopf, dass die Locken nur so flogen. Hanna fühlte, wie ihr eigener Kopf leichter wurde. Plötzlich war ihr Nacken nackt und fror. Es war ein wundervolles, zugleich eigenartiges Gefühl, als gehörte der Kopf einer anderen Person. Mama schnitt aus purer Begeisterung weiter, über die Ohren hinauf und über den ganzen Kopf. Die Haare wurden kürzer als geplant, fühlten sich aber dafür ganz leicht und luftig an.

An jenem Abend dauerte es lang, bis Hanna zwischen den Leintüchern mit dem Omadutt einschlief. Ihre kurzen Haare kitzelten, das Gewicht fehlte, sie war ein neuer Mensch. Sie träumte, dass sie aus ihren abgeschnittenen Haaren einen Luftballon machte und damit aus Omas Apfelgarten flog, bis nach Rhodos, wo Karin auf einem zusammengeknüllten Badetuch hockte und sich die Schultern verbrannte. Aber Karin beachtete sie gar nicht, sie las »Starlet« und kaute Hubba Bubba. Das Mittelmeer war grau und roch nach Abfall.

Großmutter holte die Zuckerberge aus dem Kühlschrank und schenkte Himbeersaft ein, von dem Hanna schwindlig wurde. Wahrscheinlich war sie auf Zucker allergisch, aber sie sagte Mama nichts, um sie nicht zu beunruhigen. Oma und Opa waren auf das grünbraune Sofa platziert worden, wo sie jetzt brav alle Kuchen aßen, die Großmutter aufgetischt hatte.

Nach dem Kaffee nahm Hanna Großvater an der Hand und zog ihn in den Garten hinaus. Er sollte ihr zeigen, wie man Rinde und Düfte, Wurzeln unter der Erde und unreife Äpfel malt. Großvater lachte und legte das Ohr an die Baumstämme. Sie wanderten durch den Garten, fingen Schatten und Schattierungen ein, das Kitzeln der Gräser und Sonnenstrahlen in einem Prisma. Großvater zeigte ihr das Bild, an dem er gerade arbeitete. Er flüsterte ihr zu, dass die Zweige des Apfelbaums, den er malte, die Leinwand durchbohren würden. Der Rahmen würde gesprengt und das Bild wirklicher als die Wirklichkeit werden. Hanna berührte einen der Äpfel auf dem Bild. Als sie an ihren Fingern schnupperte, rochen sie nach Öl und Apfel.

Sie malten zusammen, Großvater stand hinter Hanna und umschloss sie mit seinen Armen. Sie hielten den Pinsel in ihren Händen und drückten Farbe aus den kleinen Tuben. Damit malten sie einen blauroten Schatten, eine Ader, die sich durch die Rinde des Baums wand.

»Das ist die Aorta«, flüsterte Großvater. Hanna nickte, obwohl sie nicht wusste, was die Aorta war. Jedenfalls klang es schön und ein bisschen magisch.

»Siehst du den Engel zwischen den Zweigen?«, fragte Großvater nach einer Weile. Hanna suchte nach etwas

Weißem mit Flügeln, sah aber bloß ein Wirrwarr von grünen Pinselstrichen.

Großvater setzte sich in seinen Liegestuhl und lehnte den Kopf zurück. Er war müde, sein Herz flatterte wieder. Auf seinem Gesicht lag ein Schatten. Er schwieg lange. Hanna kauerte sich neben das Schweigen und wartete.

»Falls ich eines Tages nicht mehr da bin, darfst du keine Angst haben«, sagte Großvater schließlich. Seine eine Hand lag wie ein Schutz auf seiner Brust. Er atmete schwer.

»Wenn ich ein Engel geworden bin, musst du mich zwischen die Zweige des Apfelbaums malen«, fuhr er fort und lächelte vorsichtig. Er ergriff ihre Hand und hielt sie fest. »Dann werde ich dein Schutzengel, vergiss das nicht«, flüsterte er und ließ sie dicht neben das flatternde Herz hinaufkriechen. Hanna nickte und ließ Großvaters Herz gegen ihre Handfläche schlagen. Ihr war ein bisschen ängstlich zu Mute, als sie zu dem Bild, auf dem kein Engel war, hinübersah. Dort würde Großvater wohnen, wenn sein flatterndes Herz nicht mehr fliegen wollte. Sie umarmte ihn ganz fest und legte ihren Kopf in die Mulde zwischen seiner Schulter und seinem Hals. So saßen sie lange da und atmeten.

Sie kann nicht neben ihm stehen. Und dennoch tut sie es. Sie ist nach draußen unterwegs, hinaus an die Luft, in die Freiheit. Er reicht ihr die Jacke und geht durchs Zimmer, auf das Bild zu. Sie hat ihn bisher noch nie gesehen, er ist neu, trägt normale Kleider. Ein Pfleger ohne die leeren wachsamen Augen der übrigen Pfleger. Nicht einmal Papier und Bleistift hat er dabei, vielleicht schreibt er sich seine Notizen gleich ins Gedächtnis, all das, was der Oberarzt wissen muss. Ob sie versucht hat, sich selbst Schaden zuzufügen. Ob sie dabei ist, noch tiefer in Irrsinn zu versinken. Ob sie die Finsternis der Gedanken gemalt hat oder Licht. Aber sie täuscht ihre Umgebung, malt das Helle und lässt sie glauben, es bedeute Freude, Hoffnung. In Wirklichkeit braucht sie die Helligkeit nur, um die Dunkelheit zu verjagen und sich selbst am Leben zu erhalten. Das Licht ist ein Gebet, mit dem sie gegen das Schweigen anhämmert. Niemand versteht das, sie nicken nur und sagen, dass sie tüchtig sei, aber versuchen solle, ein Lächeln zu malen, nicht nur Licht. Manchmal glaubt sie fast, dass die andern verrückt sind, nicht sie. Sie staunt darüber, wie blind Menschen sein können, selbst wenn sie die Augen aufsperren.

Warum sieht er sie an, als wäre sie eine ganz beliebige Person, ein Mensch unter Menschen? Hier behaupten sie zwar, dass sie ein normaler Mensch sei, dass eigentlich nichts sie von all jenen unterscheidet, die außerhalb des Zimmers mit den weißen Wänden leben. Aber warum sollte sie ihnen glauben? Der neue Pfleger ist ein Fremder, sie müsste sich eigentlich vor ihm fürchten. Er berührt das Bild mit seinem Blick, streicht sanft über die Haut der Frau auf dem Gemälde. Sie mag ihn, weiß nicht warum. Er sagt nichts über das Bild, lässt es von leeren Formulierungen unberührt. Das Schweigen ist die einzige Sprache, die deuten und erklären kann. Sie glaubt nicht, dass er Theater spielt. Dazu ist sein Blick zu warm. Die andern spielen sehr gut, aber bisher hat sie sie stets überlistet. Dies ist etwas Neues, vielleicht ein Plan, den sie durchschauen müsste. Sie hat ihre eigenen geheimen Pläne, die sie vor den Augen und Ohren der andern versteckt. Sie sagen, sie darf nichts vor ihnen verbergen, sonst wird sie nie gesund. Doch sie irren sich, nur vor sich selbst darf sie nichts verbergen. Jeden Morgen muss sie sich selbst einreden, dass sie der Vergangenheit und dem Jetzt mit offenen Augen zu begegnen wagt. Muss analysieren, klären. Das schmerzt so sehr, dass sie jeden Tag versucht ist, den anderen Weg zu gehen, hinein in den Irrsinn. Es wäre so einfach, so wohltuend, nicht mehr denken zu müssen.

Er lässt sie selbst die Tür aufmachen und hinausgehen. Es ist kalt, aber sie friert gern, Hauptsache, sie darf Freiheit atmen. Sie will nicht zu ihm rübersehen, aber ihre Augen gleiten immer wieder zur Seite. Er ist dunkel und dünn, seine Augen erinnern an die von Großvater. Vielleicht findet sie ihn deshalb schön. Er sagt nichts, ohne Angst vor dem Schweigen geht er neben ihr und folgt ihrem Takt. Er ist jung, nicht viel älter als sie selbst. Eigentlich sollte er nicht hier bei den Verwirrten sein, eigentlich sollte er fortgehen und sich zu denen gesellen, die der Welt angehören. Er sollte sich auf einer Tanzfläche zu pulsierender Musik bewegen, seine Hand auf die Hüfte eines Mädchens legen und sie an sich ziehen. Mit den andern lachen, reden, ein Teil des Großen, des Wichtigen sein. Auch sie will dorthin, aber die weißen Wände hindern sie daran. In ihren Unterarmen, wo die Narben quer über die Haut laufen, spürt sie ihren Puls klopfen. Bestimmt fragt er sich, warum es ihr nie gelungen ist, ob sie sich nicht getraut hat. Das weiß sie selbst nicht so recht, vielleicht war es Großvater, der sich wie eine Extraschicht Haut dazwischen gelegt hat.

Hanna erreichte die Hauswand eine halbe Sekunde vor Andreas, bereits im Auto hatte sie einen Vorsprung gehabt, als er am Gurt herumgefummelt hatte und nicht weggekommen war. In ihrer Handfläche brannte der Triumph.

»Erster!«, rief sie so laut, dass alle hören mussten, wer gewonnen hatte. Dann machte sie kehrt und rannte zurück, um Mama den Schlüssel abzuluchsen. Andreas seuzte und verdrehte die Augen, bis nur das Weiße zu sehen war.

»Du bist vielleicht kindisch«, sagte er und schob die Unterlippe vor. Hanna beachtete ihn nicht, ihr Herz klopfte heftig, sie musste als Erste im Haus sein, als Erste die Schuhe ausziehen und die Jacke aufhängen, als Erste alle Wände berühren und alle Lampen anmachen. Sie riss Mama die Schlüssel aus der Hand und öffnete die Tür.

»Erster im Haus!«, rief sie und schleuderte die Schuhe von den Füßen. Andreas kam angeschlurft, behielt die Schuhe an und stapfte mit finsterer Miene die Treppe hinunter. Plötzlich stürzte er in die Dusche und schrie triumphierend: »Erster in der Dusche!« Hanna wartete vor dem Duschraum. Es dampfte durch den Türspalt. Sie konnte Andreas mit dünner Stimme Lieder von Bryan Adams singen hören.

»Bist du bald fertig?«, rief Hanna durch den Türspalt, als sie über eine Viertelstunde gewartet hatte. Andreas antwortete nicht, war zu sehr damit beschäftigt, Rockstar zu sein.

»Du verschwendest Wasser. Papa hat gesagt ...«, fuhr sie fort. Der kräftige Duschstrahl wurde schwächer und verstummte. Hanna fiel ein, dass sie lieber baden wollte, und sie huschte die Treppe hinauf, obwohl sie wusste, dass Papa halb eingeschlafen in der Badewanne lag. Als sie ins Badezimmer spähte, sah sie Emma mit Schnorchel, Taucherbrille und großen Schwimmflossen nach Papas Füßen tauchen. Papa lachte so sehr, dass das Wasser schwappte. Hanna sah er nicht. Sie spürte einen schmerzhaften Stich in der Magengrube, als sie die Tür schloss und die Treppe wieder hinunterging. Plötzlich hatte sie das Gefühl, dass ihr eigener Körper zu groß geworden war, wie ein wachsender Schwamm. Sie passte nicht mehr zu Papa in die Wanne, vielleicht würde sie nicht mal mehr auf sein großes schaukelndes Knie passen. Sie kniff sich fest in die Wange, als Strafe dafür, dass sie wuchs. Dann kroch sie unter die lauwarme Dusche und suchte auf ihrem Körper nach Zeichen. Aber dort hatte nichts zu wachsen begonnen. Ihr Körper war glatt und weich wie eine Kinderwange.

Der Sommer ging zu Ende, als Papa sich wieder aufs Fahrrad schwang und zur Arbeit fuhr. Seit er nicht mehr lang und ausgiebig mit großen Teetassen und Wurst-und-Bananenbroten frühstückte, schien morgens etwas zu fehlen. Mama sah nicht mehr so froh aus. Ihre Sonnenbräune wurde weggespült. Sie sprach oft mit Oma am Telefon. Die Telefonrechnungen schossen in die Höhe, aber Papa sagte nichts, er strich Mama nur über die Wange und meinte, alles würde schon gut werden. Mama wollte wieder arbeiten, wollte und wollte auch nicht. Hanna strengte sich an, Mama froh zu machen, sie überredete Andreas dazu, jeden Freitag mit ihr das Haus aufzuräumen und die Türen nicht mehr so laut zuzuknallen. Die Vereinbarung hielt zwei Wochen, dann hatte er keine Zeit mehr.

Mama bekam immer häufiger Kopfschmerzen, machte lange einsame Spaziergänge und begann fertiges Brot zu kaufen, anstatt ihre eigenen Vollkornbrötchen zu backen. Sie wurde von verschiedenen Schulen angerufen und gefragt, ob sie nicht wieder unterrichten wolle. Dann wusste sie nie, was sie antworten sollte. Beinah jeden Abend saßen Mama und Papa im Schlafzimmer und besprachen ernste

Dinge. Ihre Stimmen klangen müde und gedämpft, Papa tröstete und Mama weinte. Aber eines Morgens hatte sich Mama entschieden, sie strahlte wie eine kleine Sonne, die vorsichtig die Dunkelheit durchbricht. Auf ihrem leuchtend gelben Fahrrad radelte sie langsam zur Schule. Dort wurde sie herumgeführt und erhielt ein eigenes Klassenzimmer, das sie mit Zeichnungen tapezieren durfte. Der Sommer glitt in den August hinüber, bald würde Hanna in die Fünfte kommen, Emma in die Erste und Andreas in die Achte.

Karin war zwei Wochen auf Rhodos gewesen, sie war knallbraun und hatte einen leichten Sonnenbrand. Ihre Ansichtskarte kam zwei Tage nach ihr an.

»Hast du meine Karte von Öland bekommen?«, fragte Hanna.

»Ja, das mit dem Meer war bestimmt toll. Aber die Sache mit dem Troststein hab ich nicht richtig verstanden.«

»Ach, das war bloß …« Hanna spürte, dass sie rot wurde, und ärgerte sich, dass sie etwas über den Troststein geschrieben hatte. Vielleicht war so was ja kindisch.

»Ich hab früher mal einen weißen Stein gehabt, aber den hat meine Mutter wahrscheinlich mit dem Staubsauger weggesaugt. Den hatte ich an der Westküste gefunden, er war fast wie Samt«, flüsterte Karin und starrte auf den Asphalt. Sie standen an der Bushaltestelle und warteten auf den Bus in die Stadt.

»Sofia hat auch einen Troststein«, fuhr Karin nach einer Weile fort. »Einen Troststein und ganz viele Schmusetiere. Obwohl sie doch immer sagt, dass so was kindisch ist! Selber kindisch! Wenn sie ihr Lieblingsessen nicht kriegt oder ihre Lieblingssendung nicht sehen darf, fängt sie an zu heulen. Dabei ist sie schon lange elf.«

»Ja …?«

Hanna fror, obwohl die Sonne schien. Gänsehaut überzog ihre Arme wie braungraues Moos. Sie hatten einander doch versprochen, nichts mit Sofia zusammen zu machen. Sie trat nach einem Stein. Er hüpfte über den Asphalt auf die andere Straßenseite.

»Spielst du etwa mit Sofia?«, fragte sie dann, obwohl es riskant war. Karin konnte manchmal so unerklärlich sauer werden. Zuerst antwortete Karin nicht, sondern grub nur in ihren Taschen nach Fahrgeld und strich sich wütend eine Haarsträhne aus dem Gesicht. Sie ließ sich die Stirnfransen wachsen, wollte wieder lange Haare haben.

»Ist doch klar, dass ich nicht mit Sofia spiele, warum sollte ich? Aber was kann ich dafür, dass sie immerzu hinter mir her ist und von ihren Schmusetieren erzählt?« Karin sah Hanna nicht an. »Ist sowieso bloß, weil Lina verreist ist. Erika und Pia sind auch nicht da. Wenn alle zurück sind, will Sofia nichts mehr von mir wissen.«

»Sie kann doch mit den Jungen spielen, die sind doch alle verrückt nach ihr.«

»Mit Jungen kann man doch nicht spielen, mit denen kann man sich bloß küssen, das weißt du doch!« Karin riss ein Kaugummipäckchen auf und steckte sich zwei große Bubblegum in den Mund. Ihre Kiefer arbeiteten intensiv, dann blies sie Blasen, die fast so groß waren wie ihr Gesicht.

Hanna stand schweigend daneben und hielt ihre Münzen in der Hand. Sie schwitzte und fror und hatte keine Lust mehr, in die Stadt zu fahren. Als Rache beschloss sie, keine Süßigkeiten zu kaufen. Es machte nämlich keinen Spaß, allein was zu kaufen und zu futtern, auch Karin nicht.

Sie standen schweigend nebeneinander, bis der Bus kam, dann lächelten sie sich gekünstelt an und redeten darüber, was sie im Sommer gemacht hatten, dabei hatten sie alles schon längst erzählt.

»Deine neue Frisur steht dir gut.« Karin berührte scheu Hannas Haare, als sie den Bus verließen.

»Findest du? Mama hat sie geschnitten«, sagte Hanna mit einem vorsichtigen Lächeln. Sie lachten und hüpften über die Straße. Hanna lobte Karins lange Stirnfransen, und Karin sagte, dass sie es mutig von Hanna fand, sich die Haare schneiden zu lassen. Als sie anschließend in den Süßigkeitenladen gingen, hatte Hanna ihren Vorsatz vergessen.

In der Bücherei waren alle Süßigkeiten verboten. Die Tüten raschelten unter den Pullis, als Karin und Hanna leise hineinhuschten. Karin blies lautlos eine Blase und schleckte sie schnell wieder ein, dann holten sie sich Bücher aus den Regalen und sanken umgeben von Stille auf zwei Stühle. Karin spreizte ihre Finger, damit man den Nagellack sehen konnte. Sie war tief in ein Buch über den kleinen Troll Plupp versunken. Ihre Wimpern waren mit blauer Wimperntusche voll gekleistert.

»Sollen wir zelten?«, fragte Karin plötzlich und klappte das Buch zu. Hanna nickte eifrig, das Zelt hatte den ganzen Sommer einsam und verlassen oben auf dem Dachboden Staub gesammelt. Eifrig schmiedeten sie Pläne für die Nacht. Sie wollten das Zelt in Hannas Garten aufstellen, heißen Kakao in eine Thermosflasche füllen, Käse- und Wurstbrote machen, mit der Taschenlampe leuchten und sich gegenseitig Gruselgeschichten in die Ohren flüstern. Auf dem Heimweg spürte Hanna ein Kribbeln im Bauch.

Später am Nachmittag kam Karin mit kummervollem Gesicht zu Hanna. Ihre Bräune schälte sich, und bis die Schule wieder losging, würde sie womöglich ganz blass sein. Dann würde kein Mensch ihre schöne Farbe loben. Hanna stimmte ihr zu, dass das wirklich sehr schlimm sei, dachte aber vor allem an das Zelt, das sie aufstellen wollten.

»Übrigens habe ich meine Tage gekriegt«, sagte Karin wie nebenbei, als sie die Heringe in den Boden drückten. »Jedenfalls fast«, fügte sie rasch hinzu und lachte laut und gekünstelt.

»Fast?« Hanna begriff nicht, wie man fast seine Tage kriegen konnte.

»Ich hatte so ein Gefühl, als ob ich sie kriegen würde, alles hat mir wehgetan. Aber Mama hat gemeint, das seien bloß Wachstumsschmerzen.«

»Die hab ich auch, im Sommer bin ich drei Zentimeter gewachsen.«

»Echt? Ich vier, außerdem tut's mir hier weh.« Karin kicherte und legte sich die Hände auf die Brust. Hanna sah zu Boden und biss die Zähne zusammen. Sie wollte nicht, dass Karin so viel darüber redete. Wenn man einfach vergaß, dass man groß werden musste, hörte man vielleicht ganz von selbst auf zu wachsen. Sie drückte den Zeltpflock so fest in den Boden, dass er kaum noch herausschaute. Als sie das Zelt endlich stehen hatten, war ihr die Lust, drin zu schlafen, beinah vergangen. Ihr war kalt und sie sehnte sich nach ihrem Bett mit den frischen Leintüchern. Karin hatte keine Lust, Gruselgeschichten zu erzählen, sie redete von Rhodos und dem Jungen mit den großen braunen Augen, der sie unheimlich lang angeguckt hatte.

»Er war schon groß, garantiert vierzehn oder so!« Karin kicherte und drehte sich im Schlafsack hin und her. Hanna nickte. Irgendwas musste mit ihr selbst nicht in Ordnung sein, dass sie sich nichts aus Jungen machte. Ein paar waren nett, ein paar gemein, mehr wusste sie nicht.

»Bist du in keinen verknallt?«, fragte Karin mitten in der Nacht. Hanna atmete in ihrem Schlafsack, sie hatte keine Lust, den Kopf herauszustrecken und Karin zu antworten. Die Luft im Zelt war kalt, und mindestens drei Mücken hatten den Weg durch das kleine Loch ganz unten am Reißverschluss gefunden. Sie stellte sich schlafend, schnaufte vorsichtig mit offenem Mund und horchte angespannt.

»Mann, bist du öde«, seufzte Karin und rutschte zur anderen Zeltwand hinüber. Bevor Hanna einschlief, fiel ihr plötzlich ein, dass sie weder Kakao getrunken noch ihre Brote gegessen hatten. Die Mücken ließen sich auf ihrem Schlafsack nieder, aber ihre spitzen Rüssel drangen nicht durch den Stoff. Morgen früh würde sie die Mücken auf Karins Schlafsack legen.

Hanna durfte nicht mehr durchs Schlüsselloch gucken, als sie zu Karin kam. Das war kindisch. Sie saß in Karins Zimmer und sah ihr beim Umräumen zu. Die Puppen und Schmusetiere waren schon auf dem Dachboden verschwunden, als Einziges war eine lange grüne Plüschschlange übrig. Das Bett und der Schreibtisch wechselten den Platz, anstelle von Kinderbildern hingen jetzt Poster an den Wänden.

»ABBA ist super, obwohl sie so alt sind«, sagte Karin und drehte die Musik dermaßen laut auf, dass sich die Wände bogen. »Gleich musst du gehen«, fuhr sie fort und sah auf die Uhr, deren Zeiger auf einen geheimen Glockenschlag zutickten. »Dann fängt die Hitparade an, die muss ich allein hören.«

»Wieso das?«

»Ist eben so. Und du kannst auch nicht hier sein, wenn ich umräume.«

»Aber du hast doch schon umgeräumt.«

»Erst angefangen, im Schrank muss ich auch noch aufräumen, da sind Geheimnisse drin, die niemand sehen darf. Aber wenn ich sie jemand zeigen würde, dann natürlich dir.«

Karin saß am Schreibtisch und zog alle Schubladen heraus. Darin herrschte ein solches Chaos, dass Hanna die Augen wehtaten. Sie selbst ging nur mit ihren Kleidern schlampig um, die warf sie immer einfach in den Schrank. Karin hatte Recht, es war besser, wenn Hanna ging. Das mit der Hitparade verstand sie zwar nicht, aber vielleicht würde sie es ja später erfahren.

»Ich hab auch noch viel zu tun«, sagte Hanna, als sie in ihre Schuhe schlüpfte. Karin nickte und schloss rasch die Tür hinter ihr. Hanna blieb kurz stehen, dann bückte sie sich und spähte durchs Schlüsselloch. Keine dunkle Karin-Pupille war zu sehen.

In den letzten Tagen der Sommerferien ging Hanna mit Emma zur Hütte. Sie wollte Karin nicht anrufen, die Worte über die Hitparade schwirrten ihr immer noch durch den Kopf und wuchsen sich zu Kopfschmerzen aus. Mit Emma konnte sie spielen und sich trotzdem groß fühlen. Emma war stark, so klein sie war, machte sich gern schmutzig und kroch mit Tannenreisig, das die Wände verstärken sollte, in die Hütte rein. Hanna erzählte von den Moostieren, die auf den nackten Steinen kauerten und ihre behaarten Körper ausstreckten. Sie erzählte vom Vogelmann, der durch den Wald ging und bei Einbruch der Dunkelheit in seinem großen Sack Vögel einfing. Die Vögel verkaufte er dann an Tierhandlungen, wo sie gelb oder grün angemalt wurden und andere Namen erhielten. Emma sperrte ihre großen blauen Augen auf und sog jedes Wort ein. Sie kaute hellgrüne Kieferntriebe und saure Preiselbeeren, ihre Hände waren voller Harz, und in ihren Ohren sausten Hannas Worte. Eigentlich spielte es keine Rolle, was Hanna sagte, Emma glaubte alles. Sogar als Hanna vom Wolf erzählte, nickte Emma und sperrte den Mund so weit auf, dass man ihre preiselbeerrote Zunge sehen konnte.

Als sie sich auf den Heimweg machten, wollte Emma Hanna an der Hand halten, sie fürchtete sich vor dem Wolf und all den Schatten, die ihre Farbe zu wechseln begannen. Der Pfad wand sich dunkelgrün durch den Wald. Zwischen ihren Handflächen wurde es warm. Als sie aus dem Wald kamen und den Radweg überquerten, flüsterte Hanna Emma ins Ohr, dass die Hütte jetzt ihnen beiden gehöre.

»Aber du darfst es niemandem verraten«, ermahnte

Hanna und hielt Emma die Hand hin. Emma nickte und gab brav ihre Hand, dann rannten sie den Hang hinab, nahmen die Abkürzung über die Nachbarwiese und stolperten durch den Rasenmäherkrach Richtung Haus. Papas nackter Oberkörper schaukelte hinter der hungrigen Maschine her, er hatte Gehörschützer auf. Emma glaubt fest, dass es ein Walkman sei – das hatte Andreas gesagt. Seltsamerweise funktionierte Papas Walkman nie, wenn sie ihn aufsetzte.

Später sah Hanna zum Fenster hinaus, wo Papa neben dem verstummten Rasenmäher stand. Andreas jonglierte mit dem Fußball. Hanna spürte, wie es in ihren Beinen zog, schmerzte und zerrte. In der zweiten Woche nach Schulbeginn musste man sich immer beim Schularzt wiegen und messen lassen. Wie die neue Lehrerin wohl sein würde? Und ob Frau Lundgren ihr Kind schon bekommen hatte? Peter, Hannas Widersacher, hatte bestimmt die Mathebücher der Fünften schon im Voraus ausgeliehen, um mit dem Rechnen anzufangen. Sie dachte daran, wie hässlich seine dicken, immer grinsenden Lippen waren. Dachte an die Nadelaugen, die durchs Klassenzimmer schielten, bis sie bei ihr landeten, bei ihrer Hand, ihrem Stift, den Zahlen und Wörtern, die sie schrieb. Dann dachte sie an Olle und beschloss, sich wenigstens ein klein wenig in ihn zu verknallen, um nicht komisch zu wirken.

Karin rief an, ihre Stimme klang ganz anders als sonst, zuerst, als müsse sie jeden Moment heulen, doch dann war es ein ersticktes Kichern.

»Hallo, Hanna, hör zu, Peter ist in dich verknallt. Er lässt fragen, ob er bei dir Chancen hat!«

»Das glaub ich nicht!«

»Er gibt bald eine Party, du bist die Einzige, die er einlädt. Sag doch was, du musst antworten!« Karins lautes Lachen und das Gelächter einer anderen Person hallten im

Telefonhörer. Hanna sagte nichts. Sie versuchte sich daran zu erinnern, worüber Karin sich gern unterhielt, aber es wollte ihr nichts einfallen. Sie hielt den Hörer von sich weg und hörte Karins Stimme aus der Ferne, diese kichernde, seltsame Stimme. Dann wurde ihr plötzlich schwindlig, sie legte den Hörer auf und rutschte zu Boden. Etwas Schwarzes klopfte und hämmerte gegen Zwerchfell und Schläfen. Sie musste Karin anrufen und erklären, dass ihr übel war und sie deshalb nicht weiterreden konnte. Musste sagen, dass sie nicht verstand, wovon Karin redete. Musste Karin von Peters stechenden Nadelaugen erzählen und davon, wie er die Mathebücher mit nach Hause nahm, um Klassenbester zu sein. Aber ihre Hand wollte den Hörer nicht abnehmen, ihre Hand sank zitternd herab und blieb wie ein Klumpen auf dem Knie liegen, hatte Karins Nummer vergessen. Hanna stand auf und stellte sich ans Fenster. Presste die Stirn ans Glas, atmete und schloss die Augen. In der Brust flatterte ihr Herz, es schlug hart und ungewohnt wie das Herz ihres Großvaters, nur nicht so freundlich. Sie schob die Hand unter den Pulli und presste die Handfläche gegen die pulsierende Haut. Dann verkroch sie sich mit dem Pony und dem Troststein im Wandschrank.

Sie blickt auf die gefrorenen Äcker und den dunklen Wald jenseits der Straße hinaus. Denkt ans Meer und berührt den Troststein in ihrer Tasche. Vor zwei Sommern war sie zum Malen auf Öland. Sie kauerte sich im Sommerhaus unter die graue Wolldecke und fror. Sie wollte das Meer malen, doch das Papier blieb unberührt von ihrem Pinsel. Sie bemalte ihr Handgelenk mit Rot und wartete auf das Licht, das sie wegtragen würde. Dann wachte sie zwischen weißen Wänden auf, neben einer ungeöffneten Pralinenschachtel und Blumensträußen. Als ob sie ein Kind geboren hätte. Als ob es einen Grund zur Freude gäbe. Die Eltern kamen mit ihren unruhigen Blicken, doch vor ihrem Trost hätte sie sich am liebsten verborgen. Sie wollte nicht, dass auch sie am Versagen ihrer Tochter zu tragen hatten. Wer nicht zu leben wagt, ist schwach.

Sie will nicht zur Last fallen. Weiß, dass sie schwer wie ein großer Klumpen auf ihren Eltern lastet, vielleicht auch auf Emma und Andreas, obwohl die so tun, als verstünden sie nicht recht. Eigentlich müsste sie dankbar sein für das Leben. Immerhin hat sie in einer weit zurückliegenden Nacht über Millionen anderer Spermien gesiegt, um in Mama zu einer Frucht zu werden, zu einem wachsenden Planeten und schließlich zu Schmerz zwischen Mamas Beinen, bis es an der Zeit war, die Nabelschnur zu durchtrennen. Mama, die ihretwegen gekämpft hat. Und dann geht ihre Tochter her und schneidet sich ins Handgelenk, undankbar und schwach. Sie haben ihr so viel geschenkt, und sie gibt ihnen nur Dunkelheit, Kopfschmerzen und lange schweigsame Autofahrten von der richtigen Welt zum Irrenhaus. Sie kommen jedes Wochenende, manchmal auch mitten in der Woche. Dann haben sie ihr Lächeln und ihre Geborgenheit umgehängt und wollen sie mit einem schützenden, aus Träumen und stummen Gebeten gewobenen

Netz umfangen. Sie weiß, dass die Eltern Tag und Nacht an sie denken, und sie schämt sich. Wenn sie sie nur loslassen könnten. Wenn die Eltern nur näher kommen, sie fester halten könnten. Wenn die Eltern nur für sie bestimmen, für sie denken könnten. Papa sagt immer, dass alles wieder gut werden wird. Warum wagt sie es nicht, ihm zu glauben?

Sie denkt an die Reise von Öland hierher, denkt an die braunen Glasfläschchen mit dem beruhigenden Inhalt, an den Segen der Spritzen, den Schlafschatten, der sich über die Augen legte, und die vielen weiß gekleideten Unruhegeister. Sie sitzt auf einer Bank und versucht, die Erinnerungen zu verscheuchen. Der Pfleger mit den Augen, die zuhören können, sitzt immer noch neben ihr. Er erzählt, dass er an der Uni studiert und hier nur jobbt. Später will er Psychiater werden, das Wort lässt sie erbeben. Aber er hat kein Wolfsmaul, keine wässrigen Schlangenaugen. Sie mag ihn, obwohl das gefährlich ist, gefährlich und verboten. Sie weiß ja, dass er nur so tut, als würde er sie sehen. Sie weiß, dass sie unsichtbar ist, dass sie verkehrt ist. Sie steht auf, um in ihr Schattenversteck zurückzukehren, dort kann sie in dem Bett mit den dünnen weißen Leintüchern einschlafen, dort kann sie mit Großvater reden, dem Einzigen, der versteht, dem Einzigen, dem sie sich zu zeigen wagt. Großvater wischt den dünnen Film aus Hässlichkeit weg, der sie umgibt. In seinen Adleraugen ist sie schön, ein normaler Mensch unter Menschen.

Neben Katarina stand ein dünnes Mädchen mit durchsichtigen Händen und butterblumengelben Haaren. Ihre Rippen zeichneten sich unterm Pulli ab, und als der Wind sie packte, schien sie zu schwanken. Das war Ylva, sie war neu in der Klasse, sie kam weder aus Nordschweden noch hatte sie je Blutklopse gegessen, also standen ihre Chancen nicht schlecht. Hanna stellte sich neben Katarina und das neue Mädchen, sie sagten hallo zueinander und guckten dabei auf ihre Schuhe. Vielleicht würde Katarina jetzt eine Freundin finden. Sie warteten auf den Bus.

Papa hatte Emma im Auto zur Schule gebracht. Sie war so aufgeregt gewesen, dass sie zum Frühstück keinen Bissen runtergebracht hatte. Hanna war überzeugt, dass Emma mindestens fünf neue Freundinnen haben würde, wenn sie nach Hause kam. Sie versuchte sich daran zu erinnern, wie es bei ihrer Einschulung gewesen war, doch sie erinnerte sich nicht. Als der Bus kam, setzte sie sich auf denselben Platz wie immer und legte ihren Rucksack auf den Nebensitz. Der war für Karin reserviert. Ihr war froh und traurig zugleich zu Mute, wenn sie daran dachte, dass der Sommer zu Ende war, sie hatte die Hütte im Wald noch fertig bauen und die Pfade zum tiefen See und den Almhütten entlanglaufen wollen. Hoffentlich gab es einen langen und warmen Herbst, hoffentlich fiel der erste Schnee nicht vor dem Luciatag.

Karin wartete an der nächsten Bushaltestelle, sie stand neben Sofia und Lina, unterhielt sich mit ihnen und lachte. Hannas Herz begann unruhig zu klopfen, als sie die drei sah. Sie schloss die Augen und nahm sich fest vor, immer gut zuzuhören, wenn Karin über Jungen und solche Themen sprach. Sie würde die leeren Worte aufsaugen, würde nicht mehr kindisch sein, immerhin wurde sie bald elf. Als der Bus hielt, zog sie den Rucksack vom Sitz und legte stattdessen ihre Hand darauf. Die Türen glitten mit Zischen und Seufzen auf. Karin hatte Jeans an und einen roten Pulli, kein einziges rosa Kleidungsstück. Das sah ungewohnt aus. Lina trug einen kurzen blauen Rock und ein weißes Sweatshirt, ihre Haut hatte schon einiges an Bräune verloren. Sofia trug ebenfalls einen kurzen Rock, dazu einen engen Pulli, der die beiden weichen Ausbuchtungen verriet.

Sofia ließ den Blick über die Sitze im Bus wandern, blieb kurz bei Hanna hängen, lächelte seltsam und ging durch den Gang ganz nach hinten. Dort saßen sonst immer die Jungen aus der Sechsten und machten Krach. Die Sitze waren zerstochen und mit unanständigen Wörtern beschmiert. Wer dort saß, war cool. Sofia wackelte übertrieben mit den Hüften, Lina versuchte es ihr nachzumachen, hatte aber nichts, womit sie wackeln konnte. Hanna sah zu Karin hoch und wollte schon hallo sagen, als Karin an ihr vorbeiging, hinter Sofia und Lina her. Der Bus ruckte und die Türen schlossen sich mit einem erneuten Seufzer. Katarina und Ylva saßen nebeneinander und flüsterten sich Geheimnisse zu. Katarina glühte vor Stolz, sie hatte eine Freundin, war nicht mehr allein. Hanna saß wie ein schwerer Kloß auf ihrem Platz und starrte auf ihre Hände. Sie errötete vor Scham, hasste Karin und würde nie mehr mit dem Bus zur Schule fahren.

Die neue Lehrerin, Frau Ström, verloste die Bankplätze. Hanna kam neben Pia, die eine Zahnspange trug und an den Nägeln kaute. Hanna sprach nicht mit ihr. Die Zunge fühlte sich dick an im Mund.

Frau Ström verteilte den Stundenplan. Hanna brachte ihn an der Innenseite des Bankdeckels an und gab sich Mühe, nicht zu Karin rüberzuschauen.

Karin saß neben Karl mit den karottenroten Haaren und den vielen Sommersprossen. Karl war klein und dünn, er suchte hinter Jan mit den flinken Beinen Schutz. Sofia war neben dem dicken Torsten gelandet, er stand auf ihrer Liste ganz unten, sie auf seiner ganz oben. Sie sprachen nicht miteinander. Lina saß neben Olle und versuchte seine Aufmerksamkeit auf sich zu lenken, Olle starrte Sanna an, die den Sommer über gewaltig gewachsen und lang und schmal geworden war. Sanna war hübsch geworden. Peter saß neben Simon, sie hatten bereits ihre Arbeitsverteilung ausgemacht. Peter würde Simon in Mathe und Englisch helfen, wenn Simon dafür nach vorn ging und Peters Bleistifte spitzte und andere kleinere Dienstleistungen übernahm. Simon war der netteste Junge der Klasse, aber einen wie ihn durfte man nicht ganz oben auf die Liste setzen. Er war zu still, zu unauffällig, zu schüchtern. Olle war wild, herausfordernd, frech, er wusste bereits, wie man Mädchen an den Busen fasste und wie man küsste. Jedenfalls behauptete er das. Solche Sachen interessierten Simon nicht. Er spitzte Peters Bleistifte und dachte an seine Miniautosammlung. Hanna hatte Simon gern, aber das würde sie niemals sagen.

Am ersten Tag ging es vor allem um praktische Dinge. Frau Ström verteilte die Bücher und versprach, dass es jeden Freitag vor Schulschluss eine bunte Stunde geben würde. Dann forderte sie die Kinder auf, von ihren Sommerferien zu erzählen. Die meisten hatten sie irgendwo in einem Sommerhaus verbracht, ein paar waren ins Ausland gefahren.

Der arme Krister war den ganzen Sommer zu Hause gewesen, sein Vater war irgendwie nicht ganz normal und seine Mutter tot. Krister war so klein, dass er hinter seiner Bank kaum zu sehen war, seine großen braunen Augen irrten verloren durchs Klassenzimmer, er stotterte und erhielt Förderunterricht. Krister war mit Torsten befreundet, der ihn mit seinem großen Körper gegen Angreifer schützte. Krister gehorchte Torsten in allem. Die beiden standen immer ganz unten auf den Listen der Mädchen. Hanna wusste nicht, was an ihnen so schlecht war, außer dass Krister ängstlich und Torsten dick war. Sie warf einen Blick in Pias offene Bank, wo braune und rote Herzen auf einem weißen Hintergrund leuchteten. Pia war in Jan verliebt, in mehrere der Herzen hatte sie Jan und Pia geschrieben. Hanna ließ ihren eigenen Bankdeckel runterknallen. Frau Ström sah sie erstaunt an, lächelte dann aber und schob ihre Brille hoch. Hanna ging auf die Toilette und blieb, bis es läutete.

Heute gab es zu Mittag Kartoffelpuffer und Wurst. Frau Ström ging vorneweg, hinter ihr schnitten Jonas und Stefan Fratzen, sie bliesen die Backen auf und verdrehten die Augen. Olle zog Sanna an den Haaren, Pia wäre um ein Haar gegen die Wand gelaufen, weil sie Jan so sehr anstarren musste, Hanna ging stumm hinter Karin her und wäre am liebsten davongerannt. Ihr Herz schlug heftig, sie sah auf ihre Kleider hinab, strich sich übers Haar, über die Wangen, den Hals und den Bauch. Plötzlich kam es ihr vor, als würden ihre Hände anschwellen, während sie sie ansah, dann schrumpften sie wieder und wurden knochig. Hinterm Rücken hörte sie Katarina und Ylva flüstern. Katarina mit den Blutklopsen hatte eine Freundin. Hanna wollte Karin am Pulli packen und sie auf den Schulhof hinausschleppen. Sie tat aber nichts dergleichen, sondern setzte sich an den Tisch und stocherte in dem Kartoffelpuffer und der Wurst rum. Immerhin war sie nicht an Karins Tisch gelandet. Peter saß auch weit weg, wenigstens während des Essens war sie sicher. Sie zermanschte das Essen noch langsamer, tat so, als würde sie essen und blieb sitzen, bis Karin mit Sofia und Lina verschwunden war. Wieso war es plötzlich möglich, dass drei Mädchen zusammenhielten?

In der Pause ging Hanna zu den Schaukeln hinüber und kroch in den großen schwarzen Reifen. Es kümmerte sie nicht, dass ansonsten nur Kleingemüse hier schaukelte. Sie kickte Sand hoch und hörte ihn im Schuh rasseln. Auf dem Rasenplatz spielten die Kleinen wilde Spiele, inmitten einer Schar kleiner Mädchen hüpfte Emma herum. Emma sah sie nicht, durfte sie nicht sehen. Hanna duckte sich unter der Schande. Bei den Klettergerüsten und auf dem Fußballplatz hinter der Schule tobten die Jungen, dort war auch Peter. Vor der Schule wanderten die Mädchen in kleinen Gruppen auf und ab und flüsterten sich ihre Geheimnisse zu. Ein paar übten Seilhüpfen, spielten Himmel und Hölle oder Gummitwist, tauschten Duftradierer oder schrieben Listen über die Jungen in ihrer Klasse.

Hanna sah Karin, Sofia und Lina zum Kiosk gehen. Hoffentlich wurden sie von dem vielen süßen Zeug richtig fett. Dicke Kugeln, die man mit dem Fuß vor sich her rollen konnte. Sie stieß sich ab und schaukelte heftig, immer höher und höher, zur Stange hinauf. Wollte sich überschlagen und zu den Wolken hinauf weiterfliegen. Wollte fallen und im Sand versinken, bis die Schule verschwand.

Die Klasse scharte sich um Katarina, die an der Wand im Flur einen Zettel anheftete – eine Einladung zur Geburtstagsparty. Alle waren eingeladen, sogar Torsten und Krister. Ein Grinsen wanderte von einem Gesicht zum andern. Klar würden sie kommen, sie wollten doch sehen, wie diese komischen Nordschweden wohnten – womöglich in einem Lappenzelt. Aber wehe, es gab Blutklopse, dann würden sie Katarina durchs Klo spülen. Wenn es Eis gab, konnte es der Mühe wert sein, hinzugehen. Ylva stand neben Katarina und beobachtete ihre neuen Klassenkameraden. Ylva war hübsch, hatte aber die falsche Seite gewählt. Die Party sollte am Samstag um sechs beginnen. Katarina versprach, dass SB war, sturmfreie Bude.

»Ich sterbe, wenn ich nicht mit dir tanzen darf!«, heulte Olle und hielt sich die Nase zu, als er an Katarina vorbeiging. Sie schloss kurz die Augen, nickte dann eifrig. Hanna hätte am liebsten etwas Hass in Katarinas einfältige Augen gehämmert. Sie selbst hatte nicht vor, auf diese dämliche Party zu gehen, wo die Jungen ja doch bloß hinter Sofia her sein und Wahrheit oder Pflicht spielen würden.

Nach der letzten Stunde riss Hanna ihren Rucksack an sich und rannte hinaus. Sie wollte so schnell wie möglich fortrennen, um nicht sehen zu müssen, wie die andern sich abwandten. Als sie beim Bus ankam, saß der Fahrer dösend hinterm Lenkrad. Er lächelte ihr zu, als sie an die Tür klopfte. Schüttelte den Kopf und zeigte auf die Uhr. Noch fünf Minuten. Kinder mussten sich in Geduld üben. Als er den Kopf wegdrehte, schnitt sie ihm eine Grimasse und setzte sich auf den Rand des Gehwegs. Bald füllte sich die Leere ringsum, große und kleine Kinder drängelten, während der Fahrer lächelnd wartete.

»Hallo«, sagte Karin und setzte sich vorsichtig neben Hanna auf den Bordstein. Hanna antwortete nicht, sie band ihren Schnürsenkel auf, um ihn gleich wieder zuzubinden.

»Machen wir heute was zusammen?«, fragte Karin nach einer Weile. Hanna spürte, wie ihr Herz schlug. Sie verstand nicht, was Karin vorhatte, wollte jemanden schlagen, am liebsten Karin, nein, am liebsten Sofia. Und Peter natürlich, der Gedanke war so selbstverständlich, dass sie ihn gar nicht erst zu denken brauchte.

»Der Fahrer hat doch echt 'ne Meise, oder?«, versuchte es Karin noch mal und stieß Hanna leicht in die Seite. Hanna konnte nicht anders, sie musste nicken und ganz kurz lächeln. Jedes Mal, wenn die Bustüren endlich aufgingen, roch es nach Schnupftabak, manchmal behaupteten die älteren Jungen, dass es nach Pornoheften roch. Hanna wusste nicht genau, was Pornohefte waren, nur dass es was Ekliges sein musste, das mit dem Ring und dem Zeigefinger zu tun hatte. Die Jungen machten manchmal einen

Ring aus Daumen und Zeigefinger und steckten dann den andren Zeigefinger durch. Darüber konnten sie unheimlich lachen, vor allem, wenn gerade ein Mädchen vorbeiging. Hanna fühlte sich immer hässlich, wenn sie an den Spalt zwischen ihren Beinen erinnert wurde. Vielleicht hasste Peter sie ja nur deswegen. Vielleicht war sie schon zu groß geworden, oder vielleicht war sie auch zu klein. Wenn sie doch bloß gerade richtig wäre, allerdings wusste sie nicht, wie.

»Wenn du willst, können wir zur Hütte gehen«, flüsterte Karin mit dünner Stimme, fast als wär sie den Tränen nahe. Da nickte Hanna und drehte sich zu Karin um. Sie wollte nach Sofia fragen, doch das ging natürlich nicht. Vielleicht würde Karin Sofia vergessen, wenn sie nicht drüber sprachen.

Im Bus unterhielten sie sich über Ylva, Frau Ström und Olles coole Shorts. Als die Rede auf Katarinas Party kam, sagte Hanna, wenn Karin ging, würde sie auch gehen.

»Klar geh ich hin. Gibt vielleicht was Gutes zu essen, und wenn ich Glück hab, tanzt Olle mit mir«, flüsterte Karin und warf einen Blick über die Schulter. Ganz hinten saßen Olle, Peter, Stefan und Jonas, sie schrieben ihre Namen auf die weinroten Sitze und stießen ab und zu schrille Pfiffe aus, die die meisten Mädchen rot werden und aufgeregt herumrutschen ließen. Als Karin ausstieg, lehnte Hanna den Kopf ans Fensterglas und schloss die Augen. Sie hatte das Gefühl, als ob ihr Körper einschlafen würde, vor allem Kopf und Augen. Die brennenden müden Augen. Wahrscheinlich würde Karin nachher anrufen und sagen, sie könne doch nicht kommen. Sie spürte ein Ziehen im Magen, vielleicht vor Hunger, sie hatte so wenig gegessen – vielleicht waren es aber auch Vorahnungen.

Als sie nach Hause kam, hörte sie Emmas frohes Lachen und ihren langen, ausführlichen Bericht über den ersten Tag in der Schule. Sie schloss die Tür ihres Zimmers, schlüpfte in ihren alten weichen Jogginganzug und schlief ein, den Kopf ans Pony geschmiegt. Bohrte ihre Träume in den weichen Sägemehlbauch. Als sie aufwachte, war es bereits halb acht und Mama saß auf der Bettkante und strich ihr über die Wange.

»Du bist doch hoffentlich nicht krank?«, fragte sie, als Hanna sich bewegte.

»Nein, nur ein bisschen müde.«

»Vielleicht solltest du jetzt aber aufstehen, sonst kannst du heute Nacht nicht schlafen. Ist alles gut gegangen in der Schule?«

»Mhm ... Hat Karin angerufen?«

»Nein. Sollte sie?«

»Vielleicht.«

Mama nickte und erzählte von ihrer neuen Schule. Es sei ein guter Tag gewesen, etwas ungewohnt natürlich. Wahrscheinlich werde sie es schaffen. Ihre Augen strahlten vorsichtig. Hanna drückte Mamas Hand. Mama berichtete, dass Emma von der Schule begeistert war und schon neue Freunde gefunden hatte. Hanna erzählte von Katarinas Geburtstagsparty.

»Wie schön«, sagte Mama. »Du willst doch sicher auch deine Klassenkameraden einladen, wenn du Geburtstag hast?«

Hanna setzte sich neben Mama auf die Bettkante, ließ die Beine baumeln und stellte fest, dass Mama nach frisch gewaschenen Haaren und Honigwasser roch.

»Ich muss mal Karin anrufen«, sagte sie und witschte aus dem Zimmer. Mama ging in die Waschküche und fing an, Kinderlieder zu singen, die sie ihren Erstklässlern beibringen wollte. Hanna wählte Karins Nummer, die fünf Ziffern, die in die Haut ihres Zeigefingers eingebrannt waren, die sie nie vergaß. Karins Mutter antwortete. Karin sei nicht zu Hause. Hanna fragte nichts mehr, legte den Hörer auf und kauerte sich neben Papa aufs Sofa. Papa roch ein klein wenig wie Großvater und ein klein wenig wie Mama, aber vor allem wie er selbst. Büropapier, Rasierwasser und der besondere Duft seiner Haut.

Am nächsten Tag kam Hanna nicht dazu, mit Karin zu reden. Olle, Peter, Stefan und Jonas zerrten Karin in die Toilette, Karin schrie und lachte, dann verschwand sie. In der Toilette wurde jetzt Schwarze Dame gespielt. Die Schwarze Dame wohnte im Spiegel und tauchte immer dann auf, wenn das Licht ausgemacht wurde. Alle Mädchen, die beliebt waren, wurden von den Jungen in die Toilette geholt, um die Schwarze Dame zu sehen. Hinter der Toilettentür wurde es still, wahrscheinlich versuchte jetzt jemand Karin zu küssen. Hanna würde sich nie von einem Jungen küssen lassen. Höchstens vielleicht von Simon, weil er so liebe Augen hatte. Sein Mund wirkte auch nicht so nass wie der von Peter. Den restlichen Tag war Karin wie verändert, sie saß in ihrer Bank, kicherte vor sich hin und hörte nicht zu, wenn Frau Ström etwas sagte. Sofia, Lina und Erika lächelten wissend.

Als niemand hersah, schrieb Hanna mit den Finger auf ihre Handfläche. Sie schrieb: Karin ist doof, Sofia ist eine eingebildete Zicke, Erika ist fett und Lina riecht nach Pferdemist. Frau Ström sieht und hört nichts. Schloss die Augen und wollte sich aus dem Klassenzimmer forttragen lassen. Als sie die Augen öffnete, sah sie, dass Katarina und Ylva sich zueinander beugten, dass jede die Leere füllte, die die andere umgab. Olle sagte, Ylva müsse bald sterben, weil der Pitepalt sie vergiftet hätte. Peter sagte auch, dass Ylva sterben müsse, weil Katarinas Atem sie vergiftet hätte. Als Hanna im Flur an Katarina vorbeiging, merkte sie, dass Katarina nach überhaupt nichts roch. Sie hatte noch nie nach etwas gerochen.

Karin ging neben Hanna. Der Tag war abgeschlossen, das Bedürfnis nach Tratsch wieder erweckt. Karin erzählte ausführlich, was die Jungen in der Toilette getan hatten. Erzählte von der Schwarzen Dame, die ihr schreckliche Sachen ins Ohr geflüstert hatte. Doch dann tauchten Sofia und Lina hinter ihnen auf, und Hanna musste allein zum Bus gehen. Sie saß allein auf ihrem Sitz und ging allein von der Bushaltestelle nach Hause. Sie lernte Vokabeln und las ein bisschen Jules Verne. Später wollte Papa Tischtennis spielen, Hanna schlug hart mit dem Schläger zu und stellte sich vor, dass jeder Schlag ein Gesicht traf. Papa lobte sie, sie hatte Fortschritte gemacht. Nach dem Spiel war Papa verschwitzt, er wollte in die Badewanne und mit den Zehen wackeln. Hanna hatte einen Satz auf der Zunge, Worte, die brannten. Aber Papa wischte sich den Schweiß von der Stirn und fing an, von einem Tischtennisverein zu reden, ehe sie selbst dazu kam, etwas zu sagen. Musste sie eben bis morgen warten.

Nachdem Papa gebadet, ferngesehen und ihr Gute Nacht gesagt hatte, schlüpfte Hanna aus dem Bett und kroch hinter dem Rollo aufs Fensterbrett. Dort stand sie und zögerte eine Weile, bevor sie das Fenster öffnete und hinaussprang. Draußen lief sie barfuß über das immer noch sonnenwarme Gras. Es war noch nicht ganz dunkel. Auf der Straße hörte sie ein Auto näher kommen. Sie lief zum Apfelbaum vor und umarmte seinen Stamm. Nahm zwei Äpfel und wog ihr Gewicht in den Händen. Sah, wie das Licht der Autoscheinwerfer über die Straße strich. Sie könnte vorstürzen und sich vor die Autoreifen fallen lassen. Morgen war wieder Schule. Morgen würde Frau Ström wieder blind und taub hinterm Pult sitzen und englische Vokabeln abfragen. Morgen würde Karin wieder mit Hanna sprechen, wenn Sofia und Lina es gerade nicht merkten. Nur um plötzlich zu verstummen und in der Clique zu verschwinden. Morgen würde Peter Simon befehlen, ihm seine Bleistifte zu spitzen. Morgen würde es Blutpudding geben, schwarze aufgeschnittene Fleischklumpen mit blutendem Preiselbeerkompott. Hanna wollte kein Morgen.

Sie trat aus dem Garten hinaus und ließ ihren Körper auf den Rand des Gehwegs fallen, die Arme ausgestreckt wie Flügel. Der Autofahrer sah es nicht, er suchte nach der Nummer dreiundzwanzig und scherte sich nicht um den dumpfen Aufprall. Das Blut, das aus ihrer Nase tropfte, schmeckte süß. Die beiden Äpfel in ihren Händen fühlten sich weich und mürbe an. Sie presste sie auf den Asphalt und bereute, was sie getan hatte. Sah das Auto mit seinen roten starrenden Rücklichtern verschwinden. Kroch durchs Fenster zurück in ihr Zimmer und machte einen Satz ins Bett, ohne dass die Monsterhände sich blicken ließen. Sie hörte Großvaters Stimme bis in ihre Träume hinein.

Sie zählt die Schritte des Pflegers, die ihn aus dem Zimmer führen, aus der stillstehenden Zeit hinaus, fort von den Blutegeln der Erinnerungen, fort von den Malversuchen. Er geht leichten Schrittes, mit erleichtertem Herzen, ein schwacher Schatten will sich festbeißen, das ist alles. Sie selbst ist dieser Schatten. Sie hat versucht, sich selbst aus dem Leben wegzuschneiden, doch ihr Körper, dieser Fleischklumpen, beharrt darauf weiterzuleben. Die Haut weigert sich zu platzen und das Herz herauszulassen. Sie hat nie gewagt, tief genug zu schneiden. Bisweilen träumt sie vom letzten Schnitt, davon, dass das Leben wirklich verschwindet. Beim Aufwachen badet sie dann in Schweiß, badet im Blut des Traums. Weiß nicht, ob es ein Alptraum war.

Der Duft des Pflegers bleibt im Zimmer zurück, der Duft nach Welt, Leben. Sie sieht sich im Zimmer um, stößt an Weiß, dann wieder an Weiß, Weiß. Das Bild ist wie eine schwarze Pupille, die Frau auf dem Bild will sich ebenfalls entfernen. Der Weg in die Welt dort draußen ist nicht weit, aber es dauert lange, sich der Welt zu nähern. Schon allein das Wagnis, diesen Gedanken zu denken, lässt sie erschauern. Sie müsste der Frau auf dem Bild ein Paar Flügel malen. Möglicherweise nähert sich das Licht eher jemandem, der fliegen kann. Sie lacht über ihre Träume, weiß, dass es keinen Zauberspruch gibt, nichts, das über Nacht Heilung bringen kann. Als sie klein war, träumte sie von Engeln, die sie mit einem seidenweichen Netz einfingen und davontrugen. Sie träumte, dass sie wie ein Vogel über Felder flog, deren Farbe und Form ständig wechselten. Sie flog fort von sämtlichen Schulhöfen der Welt, fort von den blinden Augen der Erwachsenen. Vor Glück kribbelte es in der Magengrube, sie konnte stundenlang dasitzen und vor sich hinfantasieren.

Das Pony existiert noch, es schläft in einer Ecke des

Wandschranks im Haus der Eltern. Alle ihe gefährlichen Geheimnisse hat sie ihm in die zottigen Ohren geflüstert – dass sie am liebsten töten würde, sich selbst und andere. Dass sie einen Schrei mit sich herumträgt, der von innen gegen die Haut drückt und wie tausend Herzen klopft – zum Zerspringen.

Inzwischen hat sie geschrien, aber nicht als sie aufgefordert wurde, allen Zorn rauszulassen, sondern als sie allein war. Das Kissen hat ihre Bisse und hämmernden Fäuste aufgefangen, ihr Wolfsgeheul und ihre Menschentränen. Stück für Stück hat sie die Explosion in ihrem Innern herausgelassen. Vielleicht spannt sich der Kopfschmerz deshalb nicht mehr so fest um die Stirn. Vielleicht kann sie deshalb den Blick heben und der Welt vorsichtig begegnen, ohne geblendet zu werden und zu fliehen. Der Außenwelt. Magen und Füße kribbeln, in den Handflächen spürt sie ein Ziehen, in der Kehle ein Kitzeln. Sie stellt sich ans Fenster und sieht, wie er sein Fahrrad durchs Tor hinausschiebt. Es sieht ganz leicht aus, er macht es ohne Anstrengung. Dann schwingt er sich auf den Sattel und verschwindet, ohne sich umzudrehen.

Dass man so etwas tun kann, einfach davonradeln, ohne von dem Leben da draußen ertränkt zu werden. Zu wem er wohl fährt? Was wird er heute Abend machen? Wie viele Namen stehen in seinem Notizbuch? Wie viele Menschen erwähnen ihn gelegentlich in ihren Gesprächen, wie viele wissen, wer er ist, und schätzen oder lieben ihn sogar? Wie viele tragen ihn in ihren Träumen? Wie viele Briefe, Ansichtskarten, Grüße mit der Post enthalten seinen Namen? Wie viele Telefongespräche? Hallo, wollte bloß mal hören, wie es dir geht. Hallo, ich wollte bloß ein Weilchen mit dir reden. Wann sehen wir uns? Ich liebe dich, du fehlst mir. Wie viele wärmende Worte fliegen in sein Ohr? Er ist ein normaler Mensch. Er besitzt die ganze Welt. Er fährt einfach fort.

Als Hanna bei Katarina ankam, war es im Haus schon warm und eng. Sie reichte Katarina ihr Geschenk, ein gut verpacktes Kitty-Buch. Emma liebte es, Geschenke zu verpacken, und hatte die halbe Klebstreifenrolle verbraucht. Katarina nickte und begann das Papier aufzureißen. Ylva stand mit einer Schere daneben, beide hatten sich mit blauer Wimperntusche geschminkt.

»Danke!«, sagte Katarina, als sie sah, was es war. Ein Lächeln flog über das bleiche Gesicht. Hanna war stolz. Sie wusste, dass Katarina Kitty-Bücher sammelte.

»Kennst du den Band schon?«, fragte sie, zog ihre Straßenschuhe aus und stieg über den Berg aus Schuhen und Geschenkpapier.

»Nein, den noch nicht! Toll! Ich glaub, jetzt sind alle da«, sagte Katarina. Hanna nickte, sie wusste, dass sie die Letzte war. Die andern futterten schon Popcorn und Chips und schenkten ihr keine Beachtung. Sie warf Ylva ein rasches Lächeln zu, schlüpfte in ihre leichten Schuhe und ging langsam in die Wärme. Je mehr sie sich der Musik und dem Gelächter näherte, desto stärker wurde sie von einer Stille umschlossen. Die Geräusche schienen sehr weit weg, erreichten sie nicht. Sie würde sowieso nur ganz kurz dableiben, ein bisschen Eis essen und dann wieder verschwinden. Sie füllte die Hand mit Popcorn, doch schon bevor sie etwas davon in den Mund schob, wurde ihr schlecht. Das Zimmer war groß und hell wie ein ganz normales Wohnzimmer. Katarina und ihre Eltern waren normale Leute, es roch weder nach Blutklops noch nach toten Katzen.

Die Stimme der Sängerin Carola schaukelte einschmeichelnd durchs Zimmer, kitzelte die Muskeln, verlockte zum Tanzen. Auf einem sperrigen, knarrenden Ecksofa aus Leder saß Torsten und grub seine Finger in eine Chipsschüssel. Sein Mund glänzte fettig und sein großer Bauch wippte im Takt zur Musik. Sofia, Lina und Karin standen in einem Grüppchen beisammen und schielten angewidert zu ihm rüber. Als Karin Hanna erblickte, leuchtete ihr Gesicht zuerst auf, doch dann wandte sie sich ab. Heute Abend kannte Karin Hanna nicht. Sie hatten noch nie miteinander gespielt.

Die Bude war tatsächlich sturmfrei, Olle und Stefan durchsuchten das ganze Haus, ohne einen einzigen Erwachsenen zu finden.

»Die liegen garantiert draußen im Wald und treiben es!«, schrie Stefan und stürmte die Treppe herunter, dass das Geländer schwankte. Olle kam hinterher, er machte das scheußliche Zeichen – Zeigefinger durchs Loch. Hanna beugte sich über ihr Popcorn und kniff die Augen zu. Der Duft nach Hamburgern stieg ihr in die Nase, im Backofen zischten Pommes frites. Wenig später drängelten sich alle um den Tisch, die Jungen schnippten Sesamkörner von den Brötchen und schmierten sich gegenseitig die Teller mit Ketschup und Senf voll. Sofia und Lina halfen beim Aufdecken, vor allem, um sich über den Tisch beugen und die wachsenden Brüste bewundern lassen zu können. Die Jungen pfiffen und wollten sie anfassen. Als Katarina ihnen den Rücken zukehrte, machten sie sämtliche scheußlichen Zeichen. Das Zeichen für geil, das Zeichen für hässlich, das Zeichen für dreckig. Die geheime Sprache der Hände verhöhnte Katarina.

Karin strahlte, es war ihr gelungen, einen Platz neben Olle zu ergattern. Hanna sank zwischen Pia und Ylva an den ruhigen Teil des Tischs. Sie schielte zu Karin rüber, in der Hoffnung, dass sie zurückschielen würde. Doch Karin hatte ausschließlich Augen für Olle. Hanna senkte den Kopf über den Teller, ohne Hunger. Das Geräusch von Torstens mahlenden Kiefern ließ sie erschauern. Er saß ihr gegenüber und bearbeitete seinen dritten Hamburger. Die weißen schwabbligen Oberarme drückten auf Ketschupflasche und Senftube, Brot und Hamburger, Käse, Gurke und einen Berg Pommes frites. Warum aß Torsten eigentlich so viel? Sie schaute auf ihre eigenen Hände hinunter, die ab und zu anschwollen, um dann wieder zu schrumpfen und blau gefroren und dünn wie Ylvas Hände zu werden. Sie sah auf ihre orange Hose hinunter. Die Hose war falsch, die Schuhe waren falsch, die Strümpfe waren falsch. Vielleicht hätte sie Mamas Wimperntusche ausleihen sollen. Ihre Füße wollten tanzen, ihre Hände wollten vorsichtig berühren.

Nach dem Essen wurde getanzt. Torsten blieb sitzen und aß weiter, er hatte vor, sämtliche Teller sauber zu lecken. Bald tanzten alle, die auch sonst immer tanzten, glücklich bewegten sie ihre anerkannten Körper. Die nicht Akzeptierten pressten sich an die Wände. Hanna stellte sich neben Ylva, sie lächelten sich zu, Ylvas Unterlippe zitterte. Torsten nahm seinen siebten Hamburger in Angriff, er wollte einen Rekord aufstellen. Bald würde die Klasse ihn angewidert bestaunen. Simon unterhielt sich mit Krister, beschrieb wahrscheinlich eines seiner Automodelle. Niemand würde es auffallen, falls die beiden sich verdrückten.

Dann ging die erregende Musik in langsamere, einschläfernde Rhythmen über. Die Mädchen kicherten und lehnten sich an eine Wand, die Jungen stellten sich gegenüber an die andere. Torstens Kiefer knirschten triumphierend. Aus der Küche rief er, der Rekord sei gebrochen. Niemand hörte ihm zu. Sein Kinn war mit Ketschup verschmiert, seine Augen glänzten vor Anstrengung. Simon und Krister gingen zu ihm und lobten ihn. Inzwischen tanzten die andern wieder Stehblues, die Musik lud zum Schmusen und Küssen und zu unterdrücktem Gelächter ein

Torsten stand vom Esstisch auf, schwankte und wurde von Simon und Krister gestützt. Sie schlurften näher an die

Musik und an die Tanzenden heran, an Haut, die Haut berührte. Hanna versteckte sich vor Torstens Augen, vielleicht fiel ihm ein, dass er auch tanzen wollte. Er bewegte sich auf Ylva zu, die so klein war, dass sie in seinen Bauch gepasst hätte. Ylva fuhr zusammen, als er sie aufforderte. Sie wurde rot, schüttelte den Kopf und murmelte etwas. Dann lief sie in die Küche und klapperte mit dem Geschirr. Torsten sah sich nach jemand anderem um. Katarina saß auf dem Sofa und starrte mit leerem Blick vor sich hin. Erika lehnte an der Wand und trank Limo. Sie musste sich nach den vielen Tänzen, den vielen Berührungen erst mal erholen. Sie lachte ihn aus und spritzte Limo in sein Gesicht, als er sie fragte. Stattdessen packte sie Jan, der zufällig in der Nähe stand, drückte ihn an ihren Körper und wirbelte auf die Tanzfläche. Die Terrassentür wurde geöffnet, ein, zwei Paare stahlen sich hinaus, um in Ruhe zu knutschen.

Torsten entdeckte Hanna, die auch an der Wand stand. Sie begegnete seinem Blick. Sogar seine Augen waren dick und überfressen. Er tat ihr Leid, aber tanzen wollte sie auf keinen Fall mit ihm. Schnell verdrückte sie sich in den Flur und verschwand auf der Toilette. Die kühle Luft tat ihr gut, der Rhythmus der Musik war nur noch wie eine ferne Trommel zu hören, sie vergaß Torstens Augen, seine ketschuproten Lippen und chipsduftenden Hände. Sie lehnte sich an die Wand und sah in den Spiegel. Die Hose leuchtete scheußlich orange. Früher hatte sie ihr gefallen, weil sie weich auf der Haut lag und nirgends spannte. Der weiße Pulli war mit gelben Strichen gemustert. Am Hals funkelte das Goldherz. Sie hatte sich die Haare mit Kurbalsam gewaschen, es fiel ihr weich um den Nacken, sie berührte es und wünschte sich, sie wäre schön. Wenn sie nur Mamas Wimperntusche benutzt, etwas anderes angezogen hätte. Ihr Körper war zu groß und zu klein. Sie kratzte mit dem Nagel des Zeigefingers übers Gesicht, sah den roten Strich, fühlte ihn pulsieren. Sie würde sich die Haare wachsen lassen, die Stirnfransen mussten genau gleich lang sein wie die übrigen Haare, sie würde sich rosa Sachen zum Anziehen besorgen und noch mehr Duftradierer kaufen, außerdem durften ihre Klassenarbeiten nicht mehr fehlerfrei sein. Sie ließ sich auf den Boden sinken, senkte den Kopf auf die Brust, fuhr sich mit der Hand über den Nacken, mochte es, wie kurz und leicht sich die Haare dort anfühlten. Sie würde es nie zulassen, dass Peter sie in der Schule besiegte.

Sie verließ die Toilette, als der rote Strich im Gesicht verschwunden war. Draußen vor dem Fenster senkte sich das erste herbstliche Dunkel herab. Torsten saß auf dem Sofa und stopfte Chips in sich hinein, Krister saß daneben und füllte nach, wenn der Vorrat in der Schüssel zu Ende ging. Auf Kristers Gesicht lagen tiefe Schatten, vielleicht bekam er zu Hause nicht genug zu essen. Simon hatte sich in seine eigenen Gedanken versenkt, er war nicht zum Tanzen hergekommen, sondern um zu essen und die Comics von Katarinas Bruder zu lesen. Es sah niemanden und niemand sah ihn, damit war er zufrieden. Hanna wusste, dass er gelegentlich mit Peter spielte, hoffentlich steckte der ihn nicht an. Peter spielte wahrscheinlich nur dann mit Simon, wenn er etwas dafür bekam – ein Spielzeugauto oder Süßigkeiten, oder Simon musste für ihn Klingelstreiche machen und dann wegrennen. Dass Simon für Peter Äpfel klaute, wusste sie. Simon war Peters Sklave, aber das beunruhigte ihn überhaupt nicht. Hauptsache, er konnte sich ungestört seinen Autos widmen. Vielleicht war er ein bisschen öde. Hanna verspürte Lust, ihm eine zu scheuern, damit er endlich wach würde. Lieb und blöd saß er auf Katarinas Ledersofa, über seine eigenen Gedanken und die Comics in seiner Hand gebeugt.

Nach einiger Zeit kam ein Berg Eis auf den Tisch, die Schokoladensoße zerfloss und die Baisers krachten im Mund. Torsten erhob sich vom Sofa und bewegte sich keuchen zum Esstisch. Der Eisberg schrumpfte, Peter wollte mehr Schokoladensoße, er drehte sich heftig zu Katarina um und verlangte mehr Soße.

»Jetzt, gleich, na los, hol schon!«, schrie er mit seiner schrillen schneidenden Stimme. Katarina öffnete den Mund, um etwas zu sagen, als Ylva aufstand und zum Kühlschrank ging. Alle folgten ihr mit den Augen. Peter klatschte in die Hände und rühmte ihre wackelnden Hüften. Ylva hatte fast keine Hüften, sie war wie ein heller Strich, fast unsichtbar. Sie reichte Katarina die Schokoladentube, Katarina stellte sie auf den Tisch.

»Du bist doch die Gastgeberin, oder etwa nicht?«, wieherte Peter und starrte Katarina unverwandt an. »Willst du uns die Soße nicht anbieten?« Bevor sie antworten konnte, hatte er schon die Tube genommen und mit aller Kraft draufgedrückt. Die Schokolade spritzte auf Katarinas Haare, ihre dunklen steif gesprayten Haare.

»Was du wieder für eine Sauerei machst!«, sagte Peter grinsend und spritzte dazu die restliche Schokoladensoße auf den Teppich. »Und deine Mutter muss den ganzen Dreck nachher wegputzen. Kann einem echt Leid tun!«

Olle prustete los, Jan und Jonas stimmten ein, Karl und Stefan kicherten unsicher und Sofia und Lina lächelten albern. Dann rollte das Gelächter über sie hinweg. Torsten und Krister waren die Einzigen, die nicht lachten. Selbst Hanna lachte, gegen ihren Willen. Wenn sie nicht lachte, würde Peter sie auch mit Schokolade übergießen. Von Katarinas Haaren tropfte Soße auf die Schultern und die neuen Sachen, die sie anhatte. Katarina hielt die Augen geschlossen und bewegte sich weiter und weiter weg, in den Schutzraum ihrer Gedanken. Ylva war unsichtbar geworden.

Plötzlich musste sich Torsten übergeben, die Hamburger wollten auf den Tisch zurück und runter auf den Teppich. Selbst Peter verstummte und starrte mit angewiderter Miene den ekelhaften Brei an, der aus Torstens Riesenmund quoll. Torsten schwankte auf seinem Stuhl, versuchte zur Toilette zu kriechen. Krister stellte sich wie eine Krücke unter den schweren Körper. Peter saß ganz still da und sah Katarina mit seinen stechenden Augen an.

»Ich hab mir was überlegt«, sagte er schließlich.

»Was denn? Los, sag schon!« Jonas hüpfte vor Ungeduld auf seinem Stuhl auf und ab.

»Katarina darf lecken. Sie hat Geburtstag. Sie kriegt ein Geschenk«, prustete Peter und wischte sich die Spucke vom Mund.

»Ja, Katarina darf lecken, weil sie in Torsten verknallt ist! Katarina ist in Torsten verknallt!« Jonas stand mit rotem Gesicht auf seinem Stuhl, hüpfte und fuchtelte wie wild mit den Armen. Die Luftballons an der Decke raschelten. Katarina hatte die Augen geöffnet, ihr Blick war aus Glas.

»Kotze schmeckt gut, schmeckt wie Blutklopse!«, brüllte Olle. Sofia und Lina lächelten immer noch albern. Peter zog Katarina am Arm. Zuerst reagierte sie nicht, dann zog sie in die andere Richtung. Olle packte sie am andern Arm, Jonas umklammerte ihre Beine. Sie drückten ihren zappelnden Körper auf den Boden, wo das Erbrochene lag. Hanna kniff die Augen zu und versuchte ganz leer zu sein. Katarina schrie und wurde mit dem Mund in den Brei auf dem Boden gedrückt.

Ohrensausen, Schweiß, Schüttelfrost. Der durchdringende Geruch nach Angst, nach Erbrochenem. Hanna hörte Katarinas Schluchzen, sie blinzelte und sah das verschmierte Gesicht, sah, wie sich der hilflose Körper die Treppe hinauftastete, über Ylva stolperte, die auf einer der Stufen saß und sich die Nägel kaputtkaute.

»Jetzt brauchen wir noch mehr Eis!«, schrie Jonas, der Katarina schon vergessen hatte. Er rannte zum Gefrierschrank und riss sämtliche Fächer auf. Bald stand eine neue

Packung auf dem Tisch, das Eis war steinhart. Jonas fand ein großes Küchenmesser und zerhackte es. Stefan kroch fast in den Gefrierschrank hinein, starrte gebannt in die geöffneten Fächer.

»Guckt mal, ein Wellensittich!«, schrie er und holte den steif gefrorenen Vogel heraus.

»Iiih, ist das eklig!«, schrie Erika und packte Olles Arm.

»Hab ich doch gesagt! Die bringen haufenweise Tiere um, zuerst die Katzen, dann die Wellensittiche!«, sagte Peter und ging zum Gefrierschrank, um nach den Katzen zu suchen. Als er ein paar Tüten mit eingefrorenem Fleisch fand, warf er sie in den Müll.

Sofia und Lina kicherten. Hanna sah, dass Karin ihr gekünsteltes Lächeln aufgesetzt hatte. Sie selbst stand auf und schlich in den Flur hinaus. Niemand fragte nach ihr. Sie raffte Schuhe und Jacke zusammen, rannte nach Hause und spuckte unterwegs allen Speichel auf die Straße. Zu Hause sagte sie nicht mal hallo. Nur raus aus den Sachen und unter die Dusche – Seife, waschen, schrubben, sauber werden, rein. Nichts war vorgefallen. Sie kratzte sich rote Streifen an Armen und Bauch, bevor sie die Dusche verließ. Nickte bloß, als Mama fragte, ob es schön gewesen war.

Katarina war eine Woche krank. Ylva saß nur da, sah zum Fenster hinaus und antwortete nicht auf die Fragen der Lehrerin. Frau Ström erklärte, Katarina habe Halsentzündung. Ein lautloses Grinsen zog durchs Klassenzimmer, Frau Ström sah nichts.

Hanna hatte das halbe Mathematikbuch durchgerechnet, um den Vorsprung vor Peter zu vergrößern. Frau Ström beugte sich über Hannas Matheheft und musterte die säuberlichen Zahlenreihen, seufzte und sagte, dass sie sehr tüchtig sei. Sofia und Lina drehten sich um und starrten Hanna mit schmalen Augen an. Karin sah nicht zu ihr herüber, sie kannten sich nicht mehr. Hanna wollte, dass

Frau Ström den Mund hielt. Wieso musste sie darüber reden, wer alle Aufgaben richtig gelöst hatte oder sämtliche Vokabeln hersagen konnte. Es ging niemanden was an, wer das längste Märchen geschrieben und das schöne Bild gemalt hatte, das im Speisesaal an der Wand hing. Als sie zum Speisesaal gingen, beugte sich Peter vor und flüsterte:

»Willst du nicht auch eine Party machen, wenn du Geburtstag hast, Hanna?«

Frau Ström war blind und taub, in den Pausen wanderte sie mit den Händen auf dem Rücken über den Hof und unterhielt sich mit anderen Lehrern. Aber manchmal glaubte Hanna zu sehen, wie Frau Ström erstarrte und ihre Augen einen seltsam leeren Ausdruck bekamen. Wenn Bunte Stunde war, verschwand Frau Ström fast jedes Mal vor dem Radiergummikrieg und vor Olles Fragen, warum Jungen und Mädchen zwischen den Beinen so unterschiedlich aussähen. Olle fragte ständig so was, er dachte an nichts anderes mehr als an Busen und Spalten. Der kleine Spalt, aus dem die Kinder herauskamen.

»Pfui Teufel, wie ekelhaft!«, schrie er manchmal, wenn Hanna vorbeiging. Oder Ylva, oder Katarina.

»Pfui Teufel, wie ekelhaft, die kriegt ja 'n Busen!«, brüllte er einmal im Sport, als Hanna über den Kasten springen sollte. Hanna wusste, dass sie ganz flach war. Sie sprang hoch und weit über den Kasten und wurde vom Sportlehrer gelobt, der wie Frau Ström nichts sah oder hörte. Peter schrie buh und kicherte.

»Hast du deine Tage? Du stinkst ja wie die Pest, nach Blut!«, zischte Peter, als sie ans Ende der Reihe zurückkehrte. Da trat sie ihm gegen das Schienbein, wo es am meisten wehtat. Einmal, zweimal, dreimal, Peter schrie auf, fiel hin. Der Sportlehrer drehte sich um und fragte, was los sei. Hanna verschwand in den Umkleideraum der Mädchen und schloss sich auf der Toilette ein. Sie zitterte am ganzen Körper und hämmerte sich mit geballten Fäusten gegen die Brust. Die hässliche, platte, wachsende Brust. Die hässliche, hässliche Schule. Hässlich, hässlich. Sie schlug und schlug und hörte die Welt nicht.

Peter behauptete, über eine Bank gestolpert zu sein. Die blauen Flecken leuchteten wie die schwedische Fahne, es war ihm peinlich, von einem Mädchen zusammengetreten worden zu sein. Hanna machte einen großen Bogen um ihn, dann blieb sie mehrere Tage zu Hause, saß nur am Fenster und starrte hinaus. Löste Matheaufgaben und las ein ganzes Buch auf Englisch, das sie fast verstand. Karin brachte die Hausaufgaben vorbei und hängte sie in einer Plastiktüte an den Türgriff. Hanna wagte nicht gesund zu werden. Sie träumte, dass sie aussah wie die schwedische Fahne, gelb und blau, genau wie Peter, dass ihr alles wehtat. Dachte an Katarina und wollte keinen Geburtstag haben, wollte nicht, dass Mama nach der Geburtstagseinladung fragte. Früher hatte sie immer Kinder eingeladen. Zu Torte, Kuchen, Saft und Luftballons. Sie wartete noch ein paar Tage länger, baute sich ein Nest zwischen den Leintüchern.

Am Samstag hatte sie Geburtstag. Morgens lag sie zitternd unter der Bettdecke. Sie wollte nie mehr in die Schule. In der Küche waren Mama und Papa mit Torte und Geschenken beschäftigt. Emma stolperte im Nachthemd durch die Gegend und war neidisch auf Hanna. Sie wollte die Torte tragen, durfte es aber nicht, weil sie schon mal Andreas' Geburtstagstorte fallen gelassen hatte. Sie heulte und stampfte, verstummte dann aber wieder, vielleicht weil sie ein Butterbrot bekommen hatte. Andreas schlief wahrscheinlich noch im Stehen. Wenn kein Fußballspiel war, schlief er an den Wochenenden fast immer bis zehn. Hanna fror und wartete, wollte nicht elf werden, nicht groß, nicht jemand, der Blutungen hatte. Wollte am liebsten überhaupt nicht sein. Wünschte sich Flügel, andere Klassenkameraden, Großvaters Hand, die sich um ihren Nacken legte.

Vielleicht würde Großvater anrufen und gratulieren. Bei diesem Gedanken war ihr nicht mehr ganz so kalt, ihre verknoteten Glieder lösten sich vorsichtig, sie legte sich die Hand aufs Herz. Die Schritte auf der Treppe kamen näher – »Viel Glück und viel Segen« ertönte.

Andreas trug das Tablett mit der Erdbeertasse, den Broten und den beiden brennenden Kerzen. Mama trug die Torte, Papa und Emma brachten die Geschenke. Hanna verkroch sich noch weiter unter die Decke und stellte sich schlafend. Papa sollte die Decke wegziehen und sagen: Jetzt musst du aufwachen, jetzt bist du elf Jahre alt. Sie sangen nicht ganz im Takt, wahrscheinlich war es Andreas, der hinterherhinkte.

»Hanna, wach auf«, flüsterte Papa und setzte sich auf die Bettkante. Sie blinzelte vorsichtig aus ihrem Deckennest, sah die Torte mit den elf Kerzen und hoffte, dass Mama dieselbe Torte wie immer gebacken hatte, mit Johannisbeeren, Vanillecreme und Schokolade.

»Herzlichen Glückwunsch«, sagte Mama und strich ihr über die Wange. Andreas sagte nichts, er stand nur da, lächelte und versuchte seinen knurrenden Magen zum Schweigen zu bringen. Sogar im Schlaf hatte er Hunger.

»Hier, mach auf!«, sagte Emma und legte einen großen Haufen Pakete aufs Bett. Ihre Hände waren ungeduldig, wollten selbst die Pakete aufreißen. Hanna öffnete das erste Paket, es war groß und weich, ein Pullover von Mama. Im letzten Paket lag ein Fahrradschlüssel.

»Ein neues Fahrrad?« Sie drückte den blanken Schlüssel in der Hand und sah Papa fragend an. Er nickte. Das Fahrrad stand in der Garage und lud dazu ein, um die Welt zu radeln.

Das Fahrrad war weiß und hatte einen glänzenden blauen Sattel, zwar nur drei Gänge, aber das machte nichts, weil es einen so schönen Namen hatte – Monarch, das klang wie ein weißes Pferd aus einem Märchenbuch.

Die Eltern sitzen auf ihren Stühlen und reden von der Welt dort draußen. Sie bringen die Düfte mit, die ihr gefehlt haben. Sie selbst sitzt aufrecht im Bett, frisch gekämmt, frisch geduscht. Papa sagt, sie sieht aus, als ob es ihr gut geht. Sie nickt und lässt ihn glauben, dass sie noch eine weitere Schmutzschicht von der Haut der Erinnerungen abgekratzt hat. Sie möchte so gern, dass er stolz ist, dass er glaubt, sie macht Fortschritte. Er hat immer gesagt, sie kann alles schaffen, wenn sie nur will. Auch das hier hat sie versucht zu schaffen, fast zehn Jahre lang hat sie allein versucht, all das Schwarz mit Licht zu übermalen. Niemand durfte das Allerdunkelste sehen, das schneidet und schreit, das den Kopf an die Wand schlägt, das sterben will. Das könnte er nie ertragen, würde er nie verstehen. Er hat ihren Zorn nie ernst genommen, ihre Trauer auch nicht. Er versteht immer noch nicht, dass es Zimmer gibt wie dieses hier, glaubt auch nicht so recht an die Sache mit den Rasierklingen, obwohl er die Narben an ihren Handgelenken sehen kann. Er will, dass sie positiv denkt.

Vielleicht macht sie tatsächlich Fortschritte. Sie erzählt von dem Spaziergang und dem Pfleger, sagt, dass sie sich vorgenommen hat, jeden Tag spazieren zu gehen. Sagt, dass sie zu atmen üben möchte. Die Natur sei so schön, inspiriere sie zum Malen. Sie wolle fragen, ob sie mit der Staffelei ins Freie darf, um das Licht mit dem Pinsel einzufangen, vielleicht auch den Flug der Vögel, das Rauschen ihrer Flügel. Die Eltern sehen sie lächelnd an und nicken. Sie sind so froh, dass es ihr besser geht, dass sie ihre Haut nicht mehr zerschneidet. Sie erzählen von der Welt dort draußen, dass alles unverändert sei und sie sich dort wahrscheinlich wohl fühlen würde. Papa fragt, ob sie ihre Wohnung noch für ein weiteres halbes Jahr vermieten sollen. Sie schüttelt den Kopf und sagt, das sei wohl nicht nötig. Papa nickt und lächelt, legt seine große, warme Hand auf ihre eisigen Hände.

»Meinst du das wirklich?«, fragt er noch einmal. Sie nickt und weiß, dass es ihr ernst ist. Hier kann sie schließlich nicht ihr restliches Leben verbringen. Die andern Irren könnten sie anstecken. Papa drückt ihre Hände und fragt, ob er Bewerbungsformulare für die Uni besorgen soll. Das habe sie schon selbst gemacht, sagt sie. Es gebe so vieles, das sie lernen wolle, die eigenen ermüdenden Gedanken habe sie satt, sie wolle etwas über die Gedanken der andern erfahren. Erleichtert sinkt Papa auf seinen Stuhl. Mama beugt sich eifrig vor und fragt, ob sie neue Vorhänge will. Sie freuen sich so sehr, dass sie Zukunftspläne macht. Papa erwähnt, dass ihr Trainer angerufen und gefragt hat, ob sie bei den Vereinsmeisterschaften mitspielen will. Sie zuckt die Schultern und sagt, dass sie wohl erst mal Training braucht. Schließlich ist es schon lange her, ihr Körper ist schwächer geworden. Dennoch spürt sie ein Kribbeln in Armen und Beinen, wenn sie dran denkt. Inzwischen weiß sie, dass sie nicht Weltbeste werden muss, um gesehen zu werden. Sie glaubt, dass sie trotzdem mitmachen darf, dass sie jemand ist.

Papa nickt und sagt, er wird dafür sorgen, dass sie trainieren kann. Sie können ja erst mal unten im Tischtennisraum anfangen. Er verspricht, dass sie bald alles nachholen wird, was sie versäumt hat. Er wird alles für sie tun, wenn sie nur den Mund aufmacht und sagt, was sie haben will. Wenn sie nur verspricht, weiterzuleben.

Hanna fuhr langsam auf dem Fahrrad den Hang hinunter, bremste immer mal wieder und wäre am liebsten umgekehrt. Niemand war zu Hause, sie könnte einfach behaupten, krank zu sein, den ganzen Tag auf dem Bett liegen und Bücher lesen. Ihre kalten Hände unter der Decke wärmen, sich ein Ei braten und Eis essen, könnte vergessen ... Falls jemand käme, könnte sie Wangen und Stirn schnell fiebrig heiß reiben. Stattdessen trug sie das Fahrrad unerbittlich in Richtung Schule. Sie hatte ihre neue Strickjacke an, die mit dem blaugrauen Schimmer, in die Großmutter Wärme und Düfte hineingestrickt hatte. Sie hatte viele Geschenke bekommen – eine Uhr von Opa, Bücher, Buntstifte, von Großvater und Großmutter Farbtuben und eine eigene Staffelei. Die Torte war aufgegessen, und Hannas Tortenstück war nicht umgekippt. Gemeinsam hatten sie einen langen Spaziergang gemacht, Omas Lungen und Großvaters Herz ließen keine raschen Spaziergänge mehr zu. Großvater war müde gewesen, aber als er Hanna ansah, hatten seine Augen so munter gefunkelt wie immer. Dann hatten sie Halma gespielt, und Oma hatte gewonnen.

Der Geburtstag war vorbei, jetzt lag die Schule wie eine weiße Insel im rotgelben Meer der Baumkronen vor Hanna. Erst als sie beim Fahrradständer ankam und die Lenkstange nicht loslassen konnte, merkte sie, wie sehr sie ihre Muskeln angespannt hatte. Bestimmt würden die andern jetzt über sie herfallen, als Rache für Peters blaue Flecke. Wenn sie sich sehr beeilte, könnte sie ihnen vielleicht entkommen. In den Pausen musste sie drinnen bleiben, in der Nähe des Lehrerzimmers.

Niemand sprach mit ihr, niemand schien sie zu sehen. Sofias Blick streifte ihr Gesicht, sah aber irgendwie durch sie hindurch. Sie ging direkt auf Hanna zu, ohne ihr auszuweichen. Hanna existierte nicht, hatte nie existiert. Peters kalte Fischaugen durchdrangen ihre Stirn, er ging vorbei, stieß ihr den Ellbogen hart in den Bauch, sagte aber nichts. Die Klasse stellte sich auf und wartete auf ihre Lehrerin. Zwischen den Rücken gab es kaum Platz für Hanna. Sie sah Karin an, versuchte ihren Blick einzufangen. Karin kaute Bubblegum und fingerte an ihrem Duftradierer herum, sie wich Hanna aus. Schmerzhaft blitzten Erinnerungen auf. Es war so lange her, seit sie mit Karin gespielt hatte. Die Hütte im Wald hatten Emma und ihre Spielgefährten übernommen. Hanna ging nie mehr zum Kiosk und nahm nie mehr den Bus in die Stadt, sie ging höchstens mal in den Wald zu den Grubenschächten, sah in das unheimliche Dunkel hinunter und wünschte, dass sie den Mut hätte, zu springen.

Plötzlich hatte sie so viel Zeit übrig, ganze Berge von Zeit, die sich nicht wegfegen ließen. Sie lernte für die Schule und las Bücher, spielte mit Andreas Tischtennis und Schach, las Emma vor, half Emma bei den Hausaufgaben und dachte an die Zeit, an die Zeit. Mit feuriger Schrift war ihr Karins Telefonnummer in die Erinnerung eingebrannt. Vor- und rückwärts konnte sie die Zahlen aufsagen.

Jetzt stand sie mit den andern vorm Klassenzimmer und hörte die Absätze der Lehrerin im Korridor. Die andern unterhielten sich, es klang wie ein leises Summen. Frau Ström strahlte, sie war guter Laune, die Herbstsonne hatte ihr Gesicht gewärmt, ihre Wangen waren rot wie Äpfel.

»Guten Morgen«, sagte sie und kramte in ihrer Tasche nach dem Schlüsselbund.

»Guten Morgen«, erwiderte die Klasse, Frau Ströms tüchtige Fünfte.

Pia hatte ihre Bank ein wenig von Hanna weggerückt. Fünf Zentimeter ungefähr, nur damit Hanna es begriff.

»Was haben wir heute in der ersten Stunde?«, fragte Hanna, die den Wochenstundenplan noch nicht bekommen hatte. Pia antwortete nicht, hob nur ihren Bankdeckel hoch und holte das Geschichtsbuch heraus.

»Ich hab noch keinen Stundenplan.« Die Lehrerin nickte und schlug ihren großen dicken Ordner auf, kam zu Hannas Bank und lächelte übers ganze Gesicht. Sie beugte sich vor und verströmte Düfte über die Bank.

»Ich weiß, dass du Geburtstag gehabt hast, Hanna«, sagte sie immer noch lächelnd. Hanna sagte nichts, presste nur die Lippen zusammen und hoffte, dass Frau Ström nichts mehr sagen würde.

»Hast du schöne Geschenke bekommen?«

Hanna nickte und fingerte an dem Stundenplan herum. Frau Ström trat an die schwarze Tafel und schrieb mit schönster Schreibschrift:

Hanna 11 Jahre.

»So, und nun wollen wir alle aufstehen und für Hanna ein Lied singen«, sagte die Lehrerin mit einer auffordernden Geste. Niemand stand auf, nur ein kurzes Stühlerücken war zu hören.

»Hallo, alle aufstehen und singen«, versuchte es Frau Ström noch einmal und blickte auf die Klasse. Niemand stand auf. »Hanna hat Geburtstag gehabt, wir wollen ihr doch ein Lied singen.« Inzwischen hatte Frau Ström ihr Lächeln verloren. Sie war blass geworden, ihre Schultern waren geschrumpft, jetzt ließ sie die Kreide auf den Boden fallen und bückte sich gereizt.

»Ihr sollt für Hanna singen, was fällt euch ein, habt ihr nicht gehört, was ich sage?« Sie stampfte mit dem Absatz auf den Boden, die Kreide zerbröselte zwischen ihren Fingern, plötzlich war sie wieder ganz rot im Gesicht.

»Frau Ström, das macht nichts«, sagte Hanna mit fremder Stimme. »Ich kann sowieso nicht leiden, wenn andere singen.«

»Tatsächlich?« Die Stimme der Lehrerin klang schrill

und hart. »Nein, stimmt, Singen ist natürlich mehr was für Kleine. Nicht wahr?« Sie sank auf ihren Stuhl, plötzlich war ihr Gesicht alt und müde geworden und die Falten traten stärker hervor.

»Ja, natürlich, eigentlich finde ich es auch peinlich, wenn andere für mich singen«, flüsterte sie, schlug das Geschichtsbuch auf und wischte sich ein paar flammend rote Flecken von den Wangen.

Mama begriff nicht, warum Hanna keine Geburtstagsfete machen wollte. Hanna schüttelte Mamas nervendes Gerede wütend ab, kauerte sich über ihre Schulbücher und murmelte, sie hätte keine Zeit.

»Warum spielst du nicht mehr mit Karin, ist irgendwas zwischen euch?«, fragte Mama mit sanfter Stimme und ließ sich auf der Bettkante nieder.

»Karin ist mit Sofia zusammen«, antwortete Hanna schnell und brach die Bleistiftspitze auf der Unterlage ab.

»Könnt ihr denn nicht zu dritt spielen?«, kam Mamas erstaunte und leicht betrübte Stimme.

»Du kapierst ja überhaupt nichts«, fauchte Hanna, obwohl sie am liebsten geweint hätte.

»Nein, scheint so«, seufzte Mama und verließ das Zimmer. Hanna wischte sich wütend die Tränen ab und starrte in ihr Matheheft. Die Zahlen wirbelten durcheinander. Hanna mochte nicht rechnen, hatte zu gar nichts Lust. Wollte einfach dasitzen und warten, bis jemand kam und sie entführte – weit weg. Sie brach die Bleistiftspitze noch einmal ab und bestreute die Mathezahlen mit schwarzen Spänen, die sie dann mit der Hand verrieb, bis der Ballen auch ganz schwarz war. Papa würde es bestimmt verstehen, sie würde ihm von dem Schweigen erzahlen, wenn er nach Hause kam. Sie klappte das Heft zu und wartete.

Als Papa nach Hause kam, waren seine Augen dunkel und traurig. Großmutter hatte ihn bei der Arbeit angerufen und erzählt, dass Großvater im Krankenhaus war, sein Herz machte Probleme. Emma lief zu Papa und umarmte seine langen Beine, hing dort wie ein Klumpen Trost. Hanna stand auf der Treppe und hatte das Gefühl, von dem großen schmerzenden Kloß im Hals erstickt zu werden. Ihre Finger waren eiskalt. Mama nahm Papa in den Arm, sie standen lange da und hielten sich umarmt, wiegten stumm hin und her. Andreas saß am Esstisch und aß Brote, die ihm offensichtlich plötzlich nicht mehr schmeckten. Emma stand wie angewurzelt mitten im Zimmer und sah Mama und Papa, Hanna und Andreas an. Hanna ging in ihr Zimmer, setzte sich aufs Bett, zog die Knie an die Brust und presste den Kopf des Ponys an sich.

Später hämmerte sie mit dem Kopf des Ponys gegen die Wand, hämmerte und hämmerte, bis die harten Sägespäne in dem Ponykopf langsam weich wurden. Draußen vor ihrem Zimmer war alles wieder normal, Papa spülte und sang, Mama würde Andreas zum Training fahren, Emma malte, mit weit ausladenden Gesten bedeckte sie sowohl das Papier als auch denTisch mit Farbe. Jemand kam durch die graue Dämmerung, kam langsam und schleppend durchs Gras. Karin.

Hanna wollte nicht aufmachen. Sie öffnete trotzdem die Tür und sagte hallo. Karin hielt etwas in der Hand, ein kleines Paket, mit Goldschnur in glänzendes Papier verpackt.

»Na so was, Karin, wie nett!«, zwitscherte Mama, die in der Eingangsdiele stand und ihren Mantel anzog. Karin lächelte steif und streifte ihre Schuhe von den Füßen. Als Mama nicht herschaute, warf Karin Hanna ihren eiskalten Hassblick zu.

»Ich brauch kein Geschenk, du kannst ...«, murmelte Hanna und trat einen Schritt zurück.

»Komm herein, Karin, du willst doch bestimmt Saft und Kuchen, die Torte haben wir leider schon aufgegessen«, sagte Mama. Karin nickte und hängte ihre Jacke an den Garderobenhaken. Reichte Hanna das Paket und verzog das Gesicht, als Mama Saft und Kuchen auftischte.

»Stell dir vor, Hanna will dies Jahr gar keine Party machen, aber es ist ja schön, dass ihre Freunde trotzdem kommen«, sagte Mama, bevor sie zum Auto und zu dem ungeduldig wartenden Andreas hinausstürzte. Hanna hasste Mama, weil sie so idiotisches Zeug daherredete. Hasste Karin, die natürlich bloß gekommen war, weil ihre Mutter darauf bestanden hatte. Karin füllte den Mund mit Saft, den sie heimlich wieder ins Glas zurückspuckte. Die Zimtschnecken schmeckten jedoch so gut, dass sie trotz allem zwei verdrückte. Sie saßen stumm am Tisch, wahrscheinlich galt das Schweigegebot – kein Wort zu Hanna – auch außerhalb der Schule. Egal, sie hatten sich sowieso nichts zu sagen.

Hanna konzentrierte sich auf ihre Hände, zählte die Leberflecken auf den Handrücken und versuchte sich an die Anzahl auf ihrem Rücken zu erinnern. Ab und zu schielte sie hastig zu Karin hinüber und stellte fest, dass sie dicker geworden war. Das freute sie, so wie es sie auch jedes Mal freute, wenn Sofia Kopfschmerzen hatte oder Peter in einer Klassenarbeit eine Aufgabe falsch löste. Das Geschenk hatte sie noch nicht geöffnet, bestimmt war es etwas, von dem Karin wusste, dass es ihr nicht gefallen würde. Sie wussten ja alles voneinander. Hanna wollte sich nicht bedanken, tat es aber doch, als Karin sich verabschiedete.

»Gehst du schon, Karin?«, fragte Papa, der in der Küche das Geschirr abtrocknete. Karin nickte und schnitt eine verstohlene Grimasse.

»Ich muss nach Hause, Schulaufgaben machen«, log sie und lief über den Rasen davon. Ihre Jacke flatterte durch die Dunkelheit, das feuchte Gras hielt ihre Fußspuren fest.

Papa sah Hanna mit seltsamem Gesichtsausdruck an, als

sie die Tür wieder schloss. Sie wischte seinen Blick mit der flachen Hand weg und flüsterte, sie müsse jetzt auch Schulaufgaben machen.

»Aber du hast ja noch nicht mal dein Geschenk aufgemacht!«, rief Papa, als er wieder in die Küche ging. »Willst du gar nicht wissen, was es ist?« Hanna nickte, riss das Papier auf und wickelte das verabscheute Geschenk aus. Es war eine kleine Schachtel, in der eine dünne Silberkette mit einem muschelförmig gewundenen Anhänger lag.

»Wie schön«, lobte Papa und wollte, dass sie die Kette gleich anprobierte. Der helle dünne Silberfaden schmiegte sich um ihren Hals. Sie ging in ihr Zimmer und stellte sich ans Fenster, von wo aus sie Karins fliehende Fußspuren auf dem Rasen sehen konnte. Warum hatte sie wohl so ein schönes Geschenk bekommen? Karin wusste, dass sie Silber liebte und Muscheln sammelte. Sie wussten so viel voneinander.

Großmutter rief im Lauf des Abends ein paar Mal an, ihre Stimme klang kräftiger, nicht mehr ganz so ängstlich. Großvater ging es besser, er hatte ein Medikament bekommen, das sein Herz beruhigte. Bald durfte er wieder nach Hause. Er würde mindestens hundert Jahre alt werden und Großmutter, seine Kinder und Enkelkinder nie verlassen. Papa schlug vor, mit der ganzen Familie übers Wochenende zu kommen, weil Großvater doch jedes Mal aufblühte, wenn er seine Enkel sah. Als Papa den Hörer auflegte, waren seine Augen wieder froh.

»Am Samstag fahren wir zu den Großeltern«, rief er laut durchs Haus. Hanna saß im blauen Sessel vor dem Fernseher, in der gewölbten Hand verbarg sie den silbernen Faden mit der kleinen Muschel. Andreas, der gerade vom Fußballtraining zurückkam, sagte, er könnte nicht mitfahren, er müsse zum Training. Mama strich ihm übers Haar und sagte, er soll es sich überlegen.

Hanna saß in ihrem Sessel und versuchte die Hausmauer

mit dem Blick zu durchdringen. Hinaus aus dem Haus, fort zu Großvater. Plötzlich fiel ihr ein, dass er bald Geburtstag hatte. Sie nahm sich vor, ein Bild zu malen, auf dem Großvaters und ihre eigenen Hände ineinander verflochten waren und ihre Leberflecken geheime Zeichen bildeten.

Das neue Schweigen war groß und nicht greifbar. Ylva und Katarina waren an ihre eigene schweigsame Zweisamkeit gebunden, sie verkrochen sich in einer Schale, erinnerten sich an die Geburtstagsparty, den Wellensittich und Hanna, die sich aus dem Staub gemacht hatte. Sie trauten keinem. Hanna versuchte mit ihnen zu reden, einfach nur, um Stimmen zu hören. Sie sahen Hanna mit leerem Blick an und ließen sie stehen. Das Schweigen rauschte im Kopf, zwischen den Ohren, rauschte im Klassenzimmer, im Flur, im Speisesaal, auf dem Schulhof. Manchmal ahnte Hanna, dass jemand sie mit höhnischen Augen ansah oder auch nur mit traurigen, müden Blicken. Sie duckte sich in ihrer Bank, beugte sich möglichst dicht über die Mathebücher, die Vokabeln, Opas Uhr, Omas Strickjacke, ihre eigenen farbverschmierten Finger und Großvaters Farbtuben. Das erste Mathebuch war schon durchgerechnet, sie erhielt eins für die nächste Klasse. Sofia verdrehte die Augen, Worte waren nicht nötig. Es war wirklich das Letzte, vor allen andern an der Spitze zu liegen. Es war das Allerletzte, ein Streber zu sein. Sofia war schlecht in Mathe. Während sie mit den Zahlen kämpfte, kaute sie an ihrer lippenstiftrosa Unterlippe und schielte ins Lösungsheft.

Inzwischen war die Sitzordnung wieder geändert worden, jetzt saß man in Vierergruppen, die wie Inseln im Klassenzimmer verteilt waren, auf jeder Insel zwei Jungen, zwei Mädchen. Hanna und Eva, Krister und Jan. Solange sie nicht mit Sofia, Lina und Peter zusammensitzen musste, war Hanna zufrieden. Und solange sie Olle und Karin, Jonas und Pia meiden konnte. Fast vor der ganzen Klasse musste sie sich verstecken. Krister und Ylva waren ungefährlich, ein, zwei weitere Mitschüler vielleicht auch. Sie beugte sich über das Schweigen und die Schulhefte, schrieb und rechnete, beantwortete die Fragen der Lehrerin, fühlte die Eisblicke im Rücken, im Körper. Hatte immer die richtige Antwort parat. Hanna war wirklich das Allerletzte!

Als am Freitag nach der letzten Stunde die Freiheit kam, nahm sie ihr Fahrrad und raste nach Hause. Jemand schien sie zu verfolgen, Jonas' blaue Jacke und Olles rote Baseballmütze leuchteten kurz auf, mehr konnte sie nicht erkennen. Sie war stärker und schneller als die Jungen. Daheim würde sie die Schulkleider in den Wäschekorb werfen, die Gerüche, den Abdruck des Bleistifts in der Hand, den stummen Atem des Klassenzimmers einfach wegwischen. Sie würde duschen und die Haare waschen, bis die Kopfhaut brannte. Sie würde sich darauf konzentrieren, nicht an die Schule zu denken. Sie würde beim Saubermachen helfen, die Fettflecken auf dem Tisch und rings um die Herdplatten wegreiben. Staubflocken mit dem Staubsauger aufsaugen und den Duft nach sauberem Fußboden, sauberen Oberflächen, sauberen Leintüchern durch die Nase einziehen. Hanna schubste ihr Fahrrad in die Garage, lief ins Haus, zog sich aus, schnell unter die Dusche, unter den warmen Strahl – Seife, Sauberkeit. Ihr Herz hämmerte immer noch, als sie geduscht hatte. Aber jetzt war sie in Sicherheit.

Samstag war Reisetag. Unterwegs wetteiferten Andreas, Hanna und Emma, wer zuerst das karierte Haus, das rosa Haus, den Kirchturm sah, lauter Teilziele auf dem Weg zu den Großeltern. Hanna lehnte sich ans Autofenster und vergaß das Buch, das aufgeschlagen auf ihrem Schoß lag, vergaß, wohin sie unterwegs war und dass sie unterwegs war. Sie malte sich aus, dass sie mit Karin zur Hütte im Wald gegangen war, wo Olle und Simon auf sie warteten – und Olle war lieb und nicht mehr mit Peter, Jonas und den anderen zusammen, und Simon hatte aufgehört, Peter zu gehorchen. Im Traum gingen sie weiter in den Wald hinein, zu den Schächten, an der Wolfshöhle, der Bärenfalle und der großen Kiefer vorbei.

Hanna kratzte mit dem Fingernagel an der Scheibe und schickte ihren Traum fort. So durfte sie nicht träumen, solche Fantasien hatten keinen Sinn. Sie schloss die Augen und spuckte Karin mitten ins Gesicht. Spuckte und schlug, fest, noch fester. Karin steckte ein, sie fiel hin und steckte ein, gestand, dass sie schuldig war. Hanna knickte ein Eselsohr ins Buch, ein großes hässliches Eselsohr in das Bibliotheksbuch. Sie knickte einmal, zweimal. Großvater würde nie jemanden schlagen, niemanden anspucken. Sie berührte die silberne Kette und empfand sowohl Wärme als auch Kälte auf der Haut.

Als sie ankamen, saß Großvater in seinem roten Drehsessel. Er sah aus wie immer, und seine Arme waren unverändert stark, als er Hanna an sich drückte.

»Wie geht es meiner Hanna?«, fragte er und strich ihr über die Wange. Sie nickte nur und sah ihm voll in seine Adleraugen. Später, wenn sie allein wären, würde sie ihm alles erzählen. Dann begrüßte sie Großmutter, wie immer gaben sie sich nur die Hand. Es roch nach Kaffee und Hefezopf, Großmutter hatte gebacken, obwohl es ihr eigentlich zu anstrengend war. Großvater umarmte Mama und Papa, lachte und redete, fragte, wie es ihnen ging, wie ihre Arbeit lief.

»Möchte noch jemand ein paar Brote?«, fragte Großmutter, als sie den Hefezopf aufgegessen hatten. Andreas nickte und Großmutter lächelte glücklich. Während des Essens unterhielten sie sich. Großvaters Herz flatterte fast gar nicht, er wollte einen Spaziergang machen und den Kindern den neuen Spielplatz zeigen. Mama half Großmutter beim Abwasch, und Papa reparierte Großmutters Fahrrad, das einen Platten hatte.

Emma und Hanna saßen nebeneinander auf den Schaukeln und ließen sich von Großvater schubsen. Großvater hatte seine blank geputzten Sonntagsschuhe an und bewegte sich mit vorsichtigen kleinen Schritten. Emma rannte überall auf dem Spielplatz herum, rutschte die neue Rutsche hinunter, stand lachend mitten auf der kleinen Hängebrücke zwischen den Türmen und schrie.

»Seht ihr mich?«, rief sie und wedelte mit den Armen. »Guck, Großvater, guck!«, und rutschte in den Sandberg hinunter. Sie rannte und rannte, schneller, immer schneller. Sie musste so viel Energie loswerden. Nach ungefähr einer halben Stunde ließen ihre Kräfte nach, sie kroch Großvater auf den Schoß und wollte getragen werden. Großvater setzte sie sich auf die Schultern.

»So, und jetzt gehen wir heim«, bestimmte er und machte sich mit großen Schritten auf den Weg. Hanna lief hinterher und fing einen Zipfel von Großvaters Jacke, um auch etwas von ihm zu haben. Andreas, der die meiste Zeit auf einem Geländer balanciert hatte, ging mit tief in den Hosentaschen vergrabenen Händen hinter ihnen her. Inzwischen war Andreas so groß, dass Hanna ihn manchmal kaum anzusehen wagte. Er war dreizehn und gehörte zu einem anderen Volk. Dreizehn war ein gefährliches Alter, Hanna dachte an die dreizehnte Fee, an Freitag den Dreizehnten und Judas, den dreizehnten Jünger. Die Lehrerin in der Sonntagsschule hatte gesagt, Judas sei ein böser Mensch, aber Hanna tat er eher Leid. Er stand außerhalb.

Sie hatte mit der Sonntagsschule aufgehört, als Karin aufhörte. Hatte mit den Pfadfindern aufgehört, als Karin aufhörte. Jetzt packte sie Großvaters Jacke mit noch festerem Griff, konzentrierte sich auf seinen Duft, seinen federnden Gang, Emmas glückliches Geplapper, das von seinen Schultern herabdrang. Nicht mehr an Karin denken, nie mehr an Karin denken. Karin, Karin, K-a-r-i-n. Was für ein scheußlicher Name.

Mama und Papa waren spazieren gegangen. Großmutter stand allein in der Küche und führte Selbstgespräche, während sie Kartoffeln schälte und ab und zu ein wachsames Auge auf den Hackbraten im Backofen warf. Großvater umarmte sie und drückte ihren grauen kleinen Kopf an seine Brust. Emma und Hanna standen in der Küchentür und sahen zu. Der Hackbraten brutzelte friedlich im Ofen, die Kartoffeln blubberten vor sich hin. Hanna durfte Großmutter beim Salatschneiden helfen, Emma durfte den Tisch decken, obwohl sie Messer und Gabel immer verkehrt hinlegte. Großvater sank in den Drehsessel und versuchte die Schmerzen in der Brust wegzuzaubern, indem er die Augen fest schloss. Als Hanna fertig war, huschte sie zu Großvater und legte ihren Kopf an seine Brust.

»Tut es weh, Großvater?«, fragte sie und wollte, dass er sie anlog. Er nickte und drückte ihren Kopf fester an sich.

»Manchmal schmerzt es, aber das ist nicht so schlimm, das ist nur die Zeit. Tut dir was weh, Hanna?«

Er strich ihr übers Haar, wusste, dass sie etwas zu sagen hatte. Aber jetzt gerade wollte sie nicht daran denken, sondern einfach still dasitzen und mit Großvater zusammen sein.

Das Stündchen mit Großvater verstrich, dann war zum Reden keine Zeit mehr. Mama und Papa brachten von ihrem Spaziergang Herbstdüfte, Erde, Laub und Äpfel mit.

Sie setzten sich an den Tisch. Hanna aß brav, was ihr auf den Teller gelegt wurde. Spürte keinen Hunger, keinen Durst, nichts. Wollte nicht nach Hause fahren. Das Großvaterherz klopfte an ihrem Ohr. Großvater griff nach den Kartoffeln und dem Hackbraten. Er fragte Emma, was sie sich zu ihrem Geburtstag wünsche. Emma strahlte und zählte eine lange Liste auf. Großvater nickte und versprach, dass sie viele Geschenke mitbringen würden. Dann hatten sie die Schüsseln leer gegessen, Andreas verdrückte die letzten Kartoffeln und das letzte Stück Braten. Kratzte die Töpfe aus und machte Großmutter glücklich. Emma schlief fast ein, Papa musste sie ins Auto tragen. Großvater und Großmutter standen beide am Fenster und winkten, als das Auto die Straße entlangfuhr und verschwand. Hanna und Andreas zählten alle roten Autos, die sie auf dem Heimweg sahen und stupsten Emma in den Bauch, als sie zu schnarchen anfing.

Der November schloss sich wie ein feuchtes braunes Herbstblatt um die Schule, wie ein halb vermodertes, halb erfrorenes Blatt. Feucht und roh, Schnee, der sofort wieder wegtaute, Pfützen und Schuhe, die Wasser durchließen. Es war zu warm, um die Pausen drinnen verbringen zu dürfen, und zu kalt, um draußen zu sein. Die Kinder scharten sich in jeder Türöffnung, balancierten auf der Grenze zwischen Warm und Kalt, sammelten Erkältungen, die sie untereinander austauschten. Hanna fuhr jeden Tag mit dem Fahrrad zur Schule und wieder nach Hause, sie hatte keine Lust, vor aller Augen allein im Bus zu sitzen. Das Schweigen war schlimm genug. Sie fuhr so schnell sie konnte, ihre Beine schmerzten, manchmal auch die Arme. Papa fragte, ob sie nicht in einem Verein Rad fahren wolle. Mama erkundigte sich manchmal, warum sie nicht mehr mit Karin spiele, sie hätten sich doch immer so gut verstanden. Hanna schloss die Ohren und strampelte davon. Sie wollte so müde werden, dass sie nicht mehr denken konnte. Der Fahrtwind presste ihr entgegen. Wie ein Messer oder eine Rasierklinge schnitt sie durch ihn hindurch. Erhitzt und atemlos kam sie in der Schule an, wo sie sich über die Bücher, die Bank und das Schweigen beugte. Wo sie die Ohren zumachte und las und las. Einmal lobte Frau Ström sie vor der Klasse, da wurde das Schweigen noch undurchdringlicher. Hanna brauchte sich bloß nichts einzubilden. Aber das wusste sie ja bereits.

Es war Peter, der das Schweigen brach. Die blauen Flecken an seinen Schienbeinen waren verschwunden. Die Klasse kam mit dem Bus vom Sport, Hanna eilte auf die Schule zu, warf einen Blick auf die Uhr. Nur noch eine Stunde, dann konnte sie nach Hause radeln. Sie hörte, wie jemand von hinten näher kam, jemand, der beim Rennen keuchen musste. Als sie sich umdrehte, fuhr ihr Peters Turnbeutel in die Magengrube, ihr blieb fast die Luft weg, aber sie fiel nicht hin.

»Hanna hat ihre Tage«, schrie er und lachte wild. Seine Augen schielten, in den Pupillen brannte die Schadenfreude. Er lief zu den andern Jungen zurück und schrie.

»Hanna hat ihre Scheißtage und stinkt wie die Pest!« Und damit begann der Chor hinter ihr. »Hanna stinkt! Hanna stinkt!«

»Stimmt gar nicht!«, schrie sie und drehte sich um. Die andern lachten nur. Sofia, Lina und Karin standen abwartend hinter den Jungen. Sofia hatte schon ihre Tage, jedes Mal, wenn sie im Sport etwas Anstrengendes machen mussten, war es bei ihr so weit.

»Ist das eklig«, sagte Sofia schließlich, kam zu Hanna her und spuckte auf den Boden. »Du bist total ekelhaft, Hanna, ist dir das klar?«

Hanna hatte keine Kraft, sich umzudrehen und wegzugehen. Sie spürte ein Kreisen im Kopf, ihr wurde schwarz vor Augen, sie hörte ein hohes Pfeifen. Katarina und Ylva hasteten an ihr vorbei, ohne sie anzusehen. Sie blieb stehen, wartete. Ging dann langsam zum Fahrradständer und schloss ihr weißes Monarch-Fahrrad auf. Legte die Wange auf den blauen Sattel und weinte.

Sie konnte aus der Stadt fortradeln, konnte auf der großen Landstraße nach Falun fahren und plötzlich unter einem Auto landen. Aus Versehen. In der Schule würde auf halbmast geflaggt werden und alle würden über sie reden. Darüber, wie tüchtig und beliebt sie gewesen sei. Hanna strampelte langsam den Radweg hinauf. Auf der Straße neben dem Radweg sausten die Autos vorbei. Es war so einfach, mitten zwischen den Autos zu landen. Sie warf sich in die Pedale, fuhr schneller. Oben an der gefährlichen Kreuzung stieg sie vom Fahrrad, sah sich um, wartete. Der Himmel lastete auf ihren Schultern, flüsterte, sie müsse sich bloß nach vorn fallen lassen. Es sei einfach wie ein Lidschlag.

Ein Auto näherte sich. Als es auf sie zufuhr, trat sie auf die Straße. Der Fahrer hupte und bremste. Die Reifen quietschten, das Auto schleuderte fast in den Graben, ein Fenster wurde heruntergekurbelt.

»Pass auf, bevor du auf die Straße läufst! Das hätte schief gehen können!«, rief eine ältere Frau mit erschrockener Stimme. Hanna nickte und merkte, dass sie weinte. Sie wischte sich die Tränen weg, schniefte, zog die Nase hoch. Die Frau lächelte freundlich und legte den Kopf schief.

»Na, ist doch nicht so schlimm, alles noch mal gut gegangen.«

Hanna nickte noch einmal und sah das Auto weiterfahren. Ihre Beine waren wie dünne Fäden. Als sie weiterging, gaben ihre Knie nach. Sie brauchte lange, um nach Hause zu kommen. Sie wollte gerade Großvaters Nummer wählen, als das Telefon läutete. Es war Großmutter. Großvater war tot.

Die Flügel hinterm Rücken bewegen sich wie weiße Nebelschleier. Sie malt eine Reise, die hinausführt, und beneidet die Frau auf dem Bild. Bald ist es so weit. Die leichten Pinselstriche bedecken die Welt und locken das Unsichtbare aus der Leere hervor. Das Meer bewegt sich hinter dem Rücken der Frau, der Strand schaukelt, die Sandkörner zählen sich selbst. In den Fußspuren, die bald von der Meeresbrandung weggespült werden, schimmert es feucht. Irgendwo gibt es die Sonne und den Mond, aber sie sind nicht zu sehen. Das Licht muss von der Frau selbst kommen, und es muss den Betrachter blenden.

Inzwischen hat sie viele Engel gemalt, Großvater mit Flügeln, Großvater im Zimmer, seine Spaziergänge auf dem Friedhof, wie er das Gras zusammenrecht und die Blumen gießt, wie er seine Flügel genauso ausbürstet, wie er immer seine Jacken ausgebürstet hat. Die vielen schwarzen Großvaterjacken, die zu Hause im großen Schrank hängen, als Papas Erbteil. Wenn man das Gesicht in die Innenseite des Futters vergräbt, lebt Großvaters Duft dort noch weiter. Sie hat die Jacken immer wieder angezogen, nur um in dem Stoff ertrinken zu dürfen. Für Papa, der breiter als Großvater ist, sind die Jacken zu klein, auch Andreas ist inzwischen zu breitschultrig, seine Kraft sprengt die Nähte, er kann meilenweit durch die Wälder rennen und die Welt auf seinen Schultern tragen. Nur die Erinnerungen seiner Schwester nicht. Die zu tragen, würde sie ihm nie gestatten. Er arbeitet im Wald, fällt, schleppt, wird nie müde. Sammelt die Düfte von Harz und Tannennadeln, erzählt ab und zu von den Tieren, die der Wald beherbergt. Er sieht Großvater ähnlich.

Sie lässt den Pinsel sinken, das Bild ist fertig. Die Frau geht mit leichten Schritten, schwebt fast über den tausenden und abertausenden von Sandkörnern. Der Pinsel fällt zu Boden und malt ein weißes Auge, das sie anstarrt. Warum hat sie *keine Flügel, warum lässt sich das Fenster nicht öffnen, damit sie rausspringen kann, warum hat sie nicht mehr die Kraft, die verborgene Rasierklinge hervorzuholen? Nicht einen einzigen Tag mehr hier, denkt sie. Nicht einen einzigen Tag mehr in diesem Bett mit den weißen fremden Leintüchern, die schwach nach Irrsinn riechen. Lieber eine noch tiefere Narbe am Unterarm, so tief, dass nicht mal Großvater sich wie eine Extrahautschicht dazwischen legen kann. Erst denkt sie diesen Gedanken, dann langweilt er sie, sie wischt ihn beiseite, schläft ein. Wacht wieder auf, denkt kurz an die Eltern, hat fast vergessen, dass sie vorhin erst zu Besuch waren. Sehnt sich nach morgen. Nach dem Pfleger, dem langen Spaziergang, der Stimme eines Menschen, nach Nähe. Hauptsache, jemand ist ihr nah, egal wer.*

Bei der Beerdigung war Papa zu erschöpft, um zu weinen. Nur wenn er sprach, hörte man die Tränen. Hanna saß auf der Kirchenbank und zupfte an ihrer Hose, zog kleine schwarze Fusseln und Fäden ab und ließ sie dann auf den Boden fallen. Vor ihren Füßen entstand ein kleiner Trauerhaufen.

Ihre Bluse war genauso weiß wie der Sarg, beide waren so hell, dass es die Augen blendete. Sie dachte an Großvaters Haare, die weißen, weichen Haare, die noch als Erinnerung in ihren Händen lebten. Die Kirche war voller Menschen, aber Hanna nahm keinen einzigen wahr. Ihre Augen schmerzten, sie wusste nicht, ob sie weinte. Überall gelbe Rosen, sie bedeckten den Sarg, den Boden, den Gang, das Menschenmeer, alle Erinnerungen. Hanna zählte die Rosenblätter und wusste, dass es eine magische Zahl war. Irgendwo summten Stimmen und Gesang, irgendwo weit hinter oder unter ihr befanden sich die andern.

Mama legte Hanna die Hände auf die Schultern, sie zitterte leicht. Der Sarg ruhte im Grab, jetzt musste man Erde drauf werfen. Großmutter warf, Papa, Onkel Ingemar, Tante Vera. Der Pfarrer redete und redete. Großmutter war klein und schwarz, ihr Gesicht grau, die Augen rot gerändert. Mama legte ihre feuchte Wange an Hannas Gesicht und flüsterte, dass Großvater in ihren Erinnerungen weiterlebte. Dann nahm sie ihre Hände weg und glitt davon. Ein schwacher Duft nach Mamas Haut und Tränen blieben zurück.

Danach der Kaffeeduft, das Gebäck, die Torte. Die Schlagsahne schwamm auf den Tellern, füllte die Mundhöhle, erstickte. Hanna dachte an Großvater, der nie mehr essen konnte, und dabei hatte er so gern gegessen. Sie sah, dass Großmutter auf dem blendend weißen Teller ein Stück Gebäck zerkrümelt hatte. Sie sah, dass Großmutter schlafen und vergessen wollte, dass sie sterben wollte. Hanna schob das Saftglas und den Kuchenteller von sich weg. Irgendjemand hielt eine Rede und erinnerte an all das Gute, das Großvater getan hatte. Gegen Ende versagte die Stimme.

Als das Ganze überstanden war, kroch Hanna hinten ins Auto. Onkel Ingemar und Tante Vera würden Großmutter nach Hause fahren. Mama saß am Steuer, Papa saß schweigend neben ihr und versuchte zu begreifen. Andreas und Emma verflochten ihre Finger, verflochten und entflochten sie wieder, ruhig und still. Mama machte das Radio an, sie hörten Nachrichten. Die Welt spielte keine Rolle, sie existierte fast nicht mehr. Sie fuhren viele Stunden, fuhren durch eine Stadt, dann durch die nächste und wieder die nächste. Die Namen der Städte waren unwesentlich. Großvater ruhte in der Erde von Schonen, wo er als Kind aufgewachsen war, wo er laufen und sprechen gelernt hatte. Das Auto sauste weiter, an Novemberäckern vorbei, unter Regenhimmeln, Sonnenhimmeln, Dämmerung.

Jetzt bog Mama in ihre Straße ein und fuhr hinauf auf den Platz vor der Garage. Der Motor starb ab, das rote Haus mit den weißen Ecken wartete. Hanna rührte sich nicht, sie machte sich schwer und müde und stellte sich schlafend. Horchte angespannt auf jeden Schritt. Mama öffnete die Tür und stieg aus, Papa auch. Andreas wachte widerstrebend auf und torkelte hinaus. Emma kroch in Mamas Arme. Hanna spürte Papas starke Arme, die sie behutsam aufhoben. Er flüsterte nicht, dass sie zu groß sei, dass sie aufwachen und selbst gehen müsse. Er roch nach Kaffee, Parfum, Haut, Erde und Rosen. Und nach Tränen. Sie spürte seine feuchte Wange an ihrer.

Am Tag, als der erste Schnee fiel, wurde Emma sieben Jahre alt. Der Winter überlebte Großvater, die Jahreszeit taute nicht weg, obwohl sie in Tränen hätte zerfließen müssen.

Hanna lief Ski, so schnell, dass sie Arme und Beine nicht mehr fühlte. Sie musste es, sie stieß den Körper nach vorn, rammte die Arme fester und immer fester in die Luft. Jede Bewegung mit den Skistöcken eine Beschwörung. In der Schule bauten die Jungen Festungen, in denen sie dann die Mädchen gefangen hielten. In der Schule war der Schnee eine Waffe. Schnee unter Pullover schieben, mit Schnee einseifen, mit Schnee ein Gesicht zumauern, eine Eiskugel ins Gesicht, dicht neben dem Auge, in den Nacken, die Schuhe voller Schnee, wenn man in die Pause hinauswollte, die Wasserpfützen im Flur, in denen man ausrutschen und in die man gestoßen werden konnte. Schneeballschlacht mit lebendigen Zielscheiben, die Kämpfer, die Gefangene machten, nasse Socken, nasse Kleider, blau gefrorene Hände und Füße, Blasenkatarrh, Grippe und von der Schule fortbleiben. Daheim bleiben war das Beste von allem. Manchmal ging Hanna barfuß in den Schnee hinaus, legte sich in die weiche Kälte und zeichnete einen Engel. Blieb so lange liegen, bis ihr durch und durch kalt war. Stopfte sich Schnee auf Bauch und Brust und auf die Stelle über dem Herzen. Sie wollte sich so sehr erkälten, dass sie nie mehr aufstehen und in die Schule gehen musste. Warum durfte sie nicht zu Hause in die Schule gehen? Sie könnte für sich allein lesen und rechnen, in der Bibliothek Bücher leihen und in der gemütlichen Wärme sitzen und den Schnee bewundern.

Die Mittagspause lag jedes Mal wie ein Eisklumpen im Magen. Hanna aß wenig, sie konnte nur daran denken, dass sie schnell, schnell hinaus musste, wenn die Tische abgedeckt wurden. Als Hannas Klasse gemessen und gewogen wurde, äußerte der Schularzt seine Besorgnis. Hanna war größer, aber auch dünner geworden.

»Ich hab Magengrippe gehabt«, erklärte Hanna und lief schnell weg, erleichtert, dass sie keine Spritze bekommen hatte.

Oft verkroch sie sich auf dem Klo, um die Pausen zu überstehen. Oder sie lief zur Landstraße, wo sie fast nie auf andere Kinder stieß. Auf dem Schulhof wuchsen die Schneeburgen, die Jungen spielten Krieg.

Kurz vor den Weihnachtsferien landete Hanna mittendrin. Sie hatte ein eigenes Gedicht vorgelesen und Frau Ström hatte der Klasse Hannas Zeichnung gezeigt und sie gelobt. Hanna stand gerade im Hof und dachte über Frau Ströms Anerkennung nach, als der Schneeball sie im Nacken traf. Bevor sie sich richtig umdrehen konnte, kam schon der nächste, dann wieder einer und noch einer. Sie fing an zu rennen, die Schneebälle prasselten auf sie ein, eine Eisperle stach ihr in den Handrücken. Eisperlen waren verboten, und es war auch verboten, jemanden mit Schneebällen zu bewerfen, der nicht mitmachen wollte. Inzwischen bewegte sie sich außerhalb der Schneeballzone, aber die Schneebälle trafen sie mit immer größerer Wucht, wurden zu einem Hagel aus großen Eisperlen. Hinter sich hörte sie Peters Stimme, nah, feucht und roh.

»Jetzt packen wir sie«, schrie er und griff nach ihrer Jacke. Hanna lief auf den Parkplatz, wo die Lehrer ihre Autos stehen hatten. Unter der dünnen Neuschneeschicht waren Eisflecken verborgen. Sie stürzte. Sofort fielen die Jungen über sie her, sie zerrten und zogen, atmeten heftig, rissen und bissen, waren wie eine Meute, wie Wölfe. Schließlich landete Hanna im kleinsten und dunkelsten Schneeverlies.

Das Atmen fiel ihr schwer. Peter hatte Torsten befohlen, vor dem Eingang Wache zu schieben. Torsten von der Stelle zu bewegen war unmöglich, er war inzwischen so groß geworden, dass selbst der Rektor ihm kaum mehr was sagen mochte. Hanna kratzte an Torstens breitem dickem Rücken, doch er nahm es wahrscheinlich gar nicht wahr. Die Luft war eng, schwer, dicht, die Wände krochen immer näher, sie kam nicht raus. Obwohl sie geduckt in der Höhle hockte, stießen ihre Schultern an die Decke. Manchmal stürzte Schnee herab. Sie fror, irgendjemand hatte ihr Mütze und Handschuhe weggenommen. Sie rollte sich zu einem Ball zusammen, bohrte den Kopf in die Brust und versuchte ruhig zu atmen. Rief stumm nach Großvater. Für Großvater war in dem engen Schneeloch noch Platz, er bildete eine Hülle gegen den Schnee, der von der Decke fiel, eine Hülle gegen die sauerstoffarme Luft. Als die Pausenglocke läutete, warteten beide erst mal ab.

Torsten verschwand, die Gefangene hatte ihre Strafe abgebüßt. Hanna kroch hinaus, bürstete ihre Kleider ab, hob Mütze und Handschuhe auf, die auf dem Schulhof verstreut lagen, ging zur Tür und drückte die Klinke. Die andern saßen inzwischen schon an ihren Plätzen und hatten ihre Kerzen angezündet. Frau Ström wollte heute eine Geschichte über Maria und das Jesuskind vorlesen. In einem Korb auf dem Lehrerpult lagen Pfefferkuchen und Safranschnecken. Hanna war durchnässt und eiskalt, sie setzte sich aber trotzdem an ihren Platz. In ihren Schuhen schwappte Wasser, ihre Strümpfe waren triefnass. Sie zündete ihre Kerze an und wärmte die Hände an der Flamme. Dachte sich die andern mit ihren grinsenden Gesichtern weg und teilte die Wärme der Kerze mit Großvater.

Das erste Weihnachten ohne Großvater. Der Schlittenhügel und die Skispur, die Pakete und Oma und Opa zu Besuch. Der Adventsstern und Mamas viele Weihnachtskarten. Großmutter saß zu Hause und vermisste Großvater. Weihnachten feiern wollte sie nicht. Onkel Ingemar und Tante Vera fuhren trotzdem zu ihr. Hanna schickte Großmutter eine Zeichnung, für Großvater hatte sie auch eine gemacht, die hängte sie sich selbst übers Bett. Auf der Zeichnung saß ein Engel auf einem Schornstein und spähte vom Dach herunter. Jeden Morgen berührte sie das Gesicht des Engels mit dem Zeigefinger und strich über

Großvaters Wange. Sie bekam viele Geschenke, konnte sich aber an keins erinnern. Die Mandel im Reisbrei tauchte auf ihrem Teller auf, aber Hanna schluckte sie rasch und behauptete, sie hätte sie nicht bekommen. Oma und Opa blieben über Nacht und fuhren am nächsten Morgen nach Hause.

Am Silvesterabend läuteten die Glocken, Emma weinte, weil das alte Jahr aufhörte. Mama und Papa hatten Gäste eingeladen. Sie aßen Käseauflauf und Krabbensalat. Das neue Jahr zog wie ein kalter Windhauch herein, ohne etwas zu verändern. Bald würde Andreas vierzehn, bald landete ein Brief im Briefkasten, in dem alle Schüler zum neuen Schulhalbjahr begrüßt würden. Hanna wachte auf und schlief ein, berührte die Wange des Engels und las sich durch die Weihnachtsferien. Wenn nur die Schule nicht wieder anfangen würde. Wenn sie nur nicht hier sein müsste, wo die Stille so groß war. Andreas spielte so wild Klavier, dass die Klaviersaiten rissen, Papa legte Platten mit klassischer Musik auf und ließ sie so laut laufen, dass die Wände vibrierten, der Fernseher brummte, und Emmas Lachen hallte von Zimmer zu Zimmer. Dennoch herrschte absolute Stille. Emmas und Andreas' Freunde kamen und gingen. Mama wunderte sich, dass Karin nie anrief.

Dann fing die Schule an, und Papa lobte Hanna, weil sie so fleißig ihre Hausaufgaben machte.

Im Februar wurde Sofia zwölf und lud alle zu ihrer Party ein. *Sofia 12 Jahre* stand vorn an der Tafel. Die Klasse sang und Sofia verteilte während der Pause kleine Einladungszettel. Hanna bekam keinen. Sogar Katarina und Ylva erhielten Zettel, selbst Torsten und Krister. Hanna tat, als würde sie das Verteilen der Zettel nicht sehen. Als Sofia einen Einsiedlerkrebs aus ihrer Tasche holte und mit ihrem fantastischen Geschenk angab, ging Hanna zu der eisigen Schaukel rüber. Sämtliche Mädchen bis auf Katarina und Ylva quiekten vor Entzücken, kratzten mit den Fingernägeln an der Schale des Einsiedlerkrebses und versprachen, ihre Eltern so lange zu nerven, bis sie auch einen bekämen.

Hanna kniff die Augen zu und dachte an die Loipe im Wald oberhalb vom Haus. Wollte die eisige Winterluft in die Lungen einziehen, bis es schmerzte. Vielleicht würde ihr Herz zerspringen. Sie trainierte jeden Tag, fuhr mindestens einmal um die ganze Loipe. Wenn es kälter als minus fünfzehn Grad war, fuhr sie zweimal. Beim bloßen Gedanken daran wurde ihr eisig kalt um die Stirn. Und sie fror noch mehr, als sie an ihre leere Hand dachte. Keine Einladungskarte. Doch das war egal, sie machte sich sowieso nichts aus Tanzen. Machte sich nichts daraus, andere Leute zu berühren.

Hanna saß auf dem Bett und sah zur Uhr. Die Zeiger bewegten sich in die verbotene Sehnsucht hinein. Jetzt ging die Tür zu Sofias Haus auf, Winterfüße stampften die Kälte ab, Geschenke wurden ausgepackt. Vielleicht war bei Sofia sturmfreie Bude. Torsten würde sich in den Küchendüften vergraben, Pizza, Hamburger oder Würstchen. Die Jungen würden sich um Sofia scharen und die Zeichen ihres Wachstums bestaunen. Auch um Karin würde der Kreis der Bewunderer zunehmen. Was das wohl für ein Gefühl war, gesehen zu werden? Ob Karin sich die Augen mit klebriger Wimperntusche zugeschminkt hatte? Welche Kleider mochte sie aus ihrem riesigen Schrank geholt haben? Vielleicht den kurzen schwarzen Rock und den eng anliegenden rosa Pulli mit dem kleinen Ausschnitt? Hanna schloss die Augen und suchte in der Erinnerung unter Karins Sachen. Über Karins Kleider und Schminksachen, Geheimfächer und Träume wusste sie alles, aber inzwischen bedeutete die Erinnerung nichts mehr. Sie berührte die Uhr, folgte dem Kreisen des Sekundenzeigers, fühlte, wie Unruhe, Wachstumsschmerz und Bewegungslust an ihrem Körper zerrten.

Draußen vor dem Fenster wanderte Papa wie eine orangefarbene Sonne mitten in dem tanzenden Weiß hin und her. Sein uralter Anorak gehörte zum Winter. Der Schnee wollte das Haus unter einem flauschigen Teppich begraben und schirmte es mit einem hohen Wall gegen die Straße ab. Emma buddelte Schneetunnel bis an den Nachbarzaun.

Mit Emmas Freudengeschrei in den Ohren schlüpfte Hanna in ihren Skianzug und schnürte die Skistiefel zu. Draußen knirschte der frisch gefallene Schnee unter den Stiefeln. Bald war sie von Schnee bedeckt, er häufte sich auf ihren Schultern, versuchte sie zu wärmen. Sie ließ ein paar Flocken auf der Zunge zergehen, schnallte die Skier an und glitt auf der Straße davon. Bloß eine kleine Runde. Sie legte ihre ganze Kraft in die Bewegung der Skistöcke, ignorierte ihre eigene Schwäche, wusste, dass der Muskelkater folgen würde. Wusste auch, dass sie zu einem Ziel unterwegs war, das ihr nicht zustand.

Sofia wohnte in einem hässlichen gelben Backsteinhaus mit einem großen Garten ohne Apfelbäume. Fast hätte Sofia ihr Leid getan, die in diesem erbsensuppengelben Haus wohnen musste. Hanna glitt näher heran. Alle Fenster waren hell erleuchtet, irgendjemand hatte kleine Schneepyramiden gebaut und Teelichter darin angezündet. Der Gehweg und der Platz vor der Garage waren von großen und kleinen Fußspuren bedeckt, die auf das Haus zuliefen. Ob es Pizza mit Schinken und Ananas gab? Und was zum Nachtisch? Wie oft würden sie Stehblues tanzen? Und wann würden sie das Licht ausmachen, damit alle, die ineinander verliebt waren, sich küssen konnten? Wie Lippen wohl schmeckten? Sie stützte sich auf die Skistöcke und ließ die Skier auf der Stelle hin und her gleiten. Eigentlich müsste sie nach Hause fahren. So konnte sie nicht stehen bleiben. Bestimmt feierten die andern mit viel Gelächter und Spaß, spielten Flaschendrehen und Wahrheit oder Pflicht. Haut berührt Haut. Vielleicht durfte selbst Katarina tanzen. Hanna machte kehrt und fuhr langsam zurück.

»He, da ist ja Hanna!«, schrie jemand hinter ihrem Rücken. »Hanna, das Ekel, läuft Ski!« Das war Peters höhnische Stimme, er presste den Schnee in den Händen, warf einen ersten Schneeball, der Hannas Rücken traf, formte einen neuen, schleuderte ihn blitzschnell hinterher. Hanna drehte sich um und wich dem nächsten Schneeball aus. Olle, Peter, Stefan und Jonas kamen durch den Schnee gerannt, pressten Schneebälle, schrien und lachten.

»Hier hast du nichts verloren, kapiert!«, schrie Jonas.

»Los, wir seifen sie ein!«, schrie Olle.

»Jetzt kannste was erleben!« Inzwischen war Peter ganz nah. Er atmete erregt, Dampfwolken stießen aus seinem Mund. Alles an ihm, Augen und Zähne, schielte vor Triumph. Hanna fuhr so schnell sie konnte den Hang hinauf. Vor kurzem hatte sie die Schlittschuhtechnik gelernt, sie kam schnell und mühelos voran, obwohl sich ihre Beine wie Gelee anfühlten. Bald umschloss sie Stille. Sie konnte ihrer eigenen Spur bis nach Hause folgen. Papa schippte immer noch Schnee. Emmas Lachen und Geschrei drangen immer noch aus ihrer Schneehöhle. Der Schnee fiel, als wäre nichts geschehen. Hanna lächelte Papa zu und nickte, als er fragte, ob alles gut gegangen sei.

In diesem Jahr blieb der Schnee bis in den Mai liegen, der Frühling wurde von Pfützen und grauem Nebel überdeckt, von Krokussen und von Erkältungen, die in den Schläfen pochten und die Nase anschwellen ließen. Die ganze Familie war erkältet, alle bis auf Hanna. Papa pries ihre Abwehrkräfte, aber als Hanna ihn dick zugedeckt und seufzend im Bett liegen sah, wünschte sie sich seine Bakterien. Der ganze große Körper glühte vor Fieber und fror dabei. Nur wenn jemand von der Firma anrief und etwas über Beton wissen wollte, wurde er munter, richtete sich im Bett auf und klang völlig normal. Anschließend wollte er Kaffee ans Bett gebracht haben und etwas Süßes dazu. Als Emma von der Schule kam, stürzte sie ins Schlafzimmer und umarmte ihn so fest, dass Husten und tränende Augen verschwanden. Danach hüpfte sie auf seiner Bettkante auf und ab und plapperte über alles, was ihr durch den Kopf ging.

Emma war ungefähr alle zwei Wochen erkältet, dann kroch sie brav ins Bett und blieb ein paar Minuten unter der Decke. Danach verlangte sie Vanilleeis und Medizin und wollte sofort wieder in die Schule zurück. Eine ihrer Mitschülerinnen brachte den neuen Stundenplan und das Lesebuch vorbei. Emma und Papa schnieften und niesten, Mama war vor allem müde, und Andreas hatte keine Zeit, seine Grippe auszukurieren, weil er in die Siebte ging und unheimlich viel Hausaufgaben hatte.

Hanna wollte krank werden, aber keine Krankheit blieb an ihr hängen. Sie lief durch den Wald, stellte sich in Wasserpfützen und ließ die Feuchtigkeit an den Beinen raufziehen. Sie setzte sich in Emmas Zimmer und atmete die Erkältungsluft ein. Emma schlief die meiste Zeit, ihren Teddybär fest an sich gedrückt. Im Schlaf sah sie aus wie ein Engel. Ihre kleine Mitschülerin kam und wollte mit ihr spielen. Emma hatte mehr Freundinnen, als man an den Fingern abzählen konnte.

An einem dieser Tage kam Karin vorbei. Papa war in die Firma gefahren, obwohl er noch nicht gesund war, Emma saß am Esstisch und futterte Eis – nachdem sie seit drei Tagen erkältet war, hatte sie ein Recht darauf. Mama lag auf dem Bett und hatte Migräne, die hatte sie von Oma geerbt. Ihre eine Gesichtshälfte pulsierte vor Schmerz, doch das würde bald vorbei sein. Andreas war bei einem Freund und steckte dessen Familie mit seinem Husten an. Hanna las gerade im Geschichtsbuch, als Karin kam.

Das weiche vertraute Rascheln von Karins Füßen, die

leichten, aber zugleich zögernden Schritte auf der Treppe. Hanna blieb am Schreibtisch sitzen, hörte das Klingeln, verharrte mit geschlossenen Augen. Vielleicht kam Karin, weil sie spionieren wollte oder um von Sofias Party zu erzählen, von Linas Disco, von Jonas' Disco. Die ganze ermüdende Litanei. Hanna wollte nichts hören, sie kniff die Augen fester zu, hielt sich die Hände vor die Ohren. Das Klingeln drang durch, dann Emmas eifrige Füße, die Tür, die geöffnet wurde.

»Hanna, deine Freundin!«, schrie Emma und kam die Treppe heruntergehopst. »Hanna, für dich.« Emma riss die Tür auf und stürzte ins Zimmer, blieb atemlos stehen und sah Hanna an, die immer noch mit geschlossenen Augen dasaß und sich die Ohren zuhielt. Hanna nickte und ließ die Hände herabsinken.

»Ich komme«, murmelte sie und erhob sich. Emma federte davon, von Eis und Vitamintabletten aufgeputscht. Hanna ging die Treppe hinauf, sie hatte nicht vor, hallo zu sagen, hatte nicht vor, zu lächeln. Sie würde sich nichts anmerken lassen, nicht zeigen, dass sie überrascht war, dass sie am liebsten die Augen zukneifen und die Ohren zuhalten würde. Sie würde einfach weiterlesen. Ihre Füße steckten in dicken Wollsocken, den graublauen, die Oma gestrickt hatte. Und sie hatte nicht vor, die Socken auszuziehen, bloß weil Karin kam und weil Karin immer mit Sofia über Wollsocken und Selbstgestricktes lästerte. Karin stand draußen auf der Haustreppe und kaute an ihrer Unterlippe, sie sah klein und blass aus und trug einen Jogginganzug, der nicht einmal rosa war. Ungeschminkt, die Haare in einem lockeren, nachlässigen Zopf. Hanna stellte sich abwartend in die Türöffnung, befingerte das Türschloss und presste den Mund zu, würde nicht hallo sagen, würde genauso schweigsam sein, wie die andern es bei ihr immer waren.

»Bin bloß zufällig vorbeigegangen«, sagte Karin nach

einer Weile. Jetzt sah Hanna, dass sie weinte. Ja, Karin weinte, vorsichtig und erschöpft. Noch eine Weile blieben sie schweigend stehen, dann trat Karin einen Schritt zurück, sie kaute immer noch an ihrer Unterlippe.

»Wenn du willst, kannst du reinkommen«, sagte Hanna mit halb abgewandtem Gesicht. Karin nickte und lächelte zögernd, wischte sich die Tränen mit der Handfläche ab und trat ein. Streifte ihre Turnschuhe von den Füßen und schlich die Treppe hinunter, in Hannas Zimmer. Dort war alles unverändert, dort erkannte Karin jede Ecke wieder, jeden Fleck auf der Tapete mit den kleinen grünen Tulpen.

»Hast du Lust auf heißen Kakao?«, fragte Hanna zögernd. Karin nickte. »Und Wurstbrote mit Banane?« Karin nickte wieder, und Hanna musste unwillkürlich lächeln. Alles war fast wie früher.

Zwischen Hanna und Karin bestand ein Gespinst aus Erinnerungen, aus feinsten Fäden, die sich nicht durchtrennen ließen. Hanna bereitete für jeden zwei Wurstbrote, nahm die besten Tassen und machte Kakao heiß. Emma schaukelte auf einem Stuhl und wollte auch Wurstbrote haben. Mamas Migräne war verschwunden, sie saß über ein Kreuzworträtsel gebeugt am Tisch und trank Honigwasser.

»Wie schön, dass Karin gekommen ist«, sagte Mama und lächelte mit ihrem frisch erwachten Gesicht. Hanna nickte und merkte, dass sie selbst auch lächelte. Tief unten im Magen blubberte das verbotene Glück. Sie nahm das Tablett und ging die Treppe hinunter, hinein in das Zimmer, das nach Karin roch und ein wenig nach Tränen und Erinnerungen. Sie setzten sich aufs Bett, stellten das Tablett in die Mitte. Karin bemerkte leise, dass sie vorgehabt habe zu joggen. Sie sei aber zu müde gewesen. Und sie habe solche Bauchschmerzen. Als sie das sagte, sah sie traurig aus. Hanna nickte und biss von ihrem Wurstbrot ab.

»Ich hab meine Tage gekriegt«, sagte Karin schnell und

seufzte schwer. Hanna legte ihr Brot ab und sah Karin erstaunt an.

»Heute, heute hab ich sie gekriegt. Ziemlich eklig, hab noch niemandem was gesagt«, fuhr Karin fort und rieb mit den Händen am Bettüberwurf.

»Tut es weh?«

»Nicht besonders, ein bisschen im Bauch, irgendwie ist es ein komisches Gefühl.« Karin weinte, nicht weil es wehtat und nicht weil es so schlimm war, sondern einfach, weil es guttat und weil es nötig war. Hanna saß schweigend daneben und ließ Karin weinen. In dem Zimmer mit den grünen Tulpen wagte Karin zu weinen. Hier wagte sie so klein zu sein, dass Sofia die Augen verdreht und höhnisch gelacht hätte. Sofia, die einen Busen hatte, die alle beliebten Jungen in der Klasse geküsst hatte und die immer so unheimlich erwachsen tat. Hanna berührte vorsichtig Karins Hand und weinte auch ein bisschen. Nicht weil es so wehtat oder weil es so schlimm war. Einfach nur weil sie irgendwann gemeinsam weinen mussten. Nach einer Weile bekam Karin einen Schluckauf. Der Schluckauf wurde immer stärker, verwandelte sich schließlich in ein schnaubendes Lachen. Karin und Hanna lachten, bis ihnen die Tränen übers Gesicht liefen und ihre Wangen schmerzten. Dann dämpften sie das Gelächter mit ein paar Bissen Wurstbrot, kicherten ab und zu, beruhigten sich schließlich. Saßen auf dem Bett und atmeten. Hanna hörte Papa nach Hause kommen, er rief hallo. Seine Stimme erinnerte ein klein wenig an die von Großvater.

Hanna erzählte, dass sie Großvater vermisste und überzeugt sei, dass er irgendwie trotzdem weiterlebte. Karin nickte und hörte aufmerksam zu. Hanna zeigte ihr den Troststein, und Karin strich mit dem Zeigefinger über die glatte Oberfläche.

»Schön ist der! Ich sammle auch Steine, die ganz glatt sind«, sagte sie. Hanna nickte und hielt den Troststein in der gewölbten Hand. Sie schloss die Augen und hörte das Meer, hörte Großvaters Stimme.

»Mein Grovater starb, als ich vier war, ich kann mich kaum noch an ihn erinnern«, sagte Karin und sah Hanna an. Jetzt war es Hanna, die weinen musste. Karin streckte die Hand aus und wischte Hanna die Tränen weg. Dann saßen sie schweigend nebeneinander und tranken den lauwarmen Kakao aus.

»Die Brote haben echt super geschmeckt«, sagte Karin schließlich und erzählte, dass Sofia ziemlich eingebildet sei und mit dem Reiten aufgehört habe. Und dass Lina Peter gefragt habe, ob sie bei ihm Chancen hätte, aber dass er Nein gesagt habe.

»Peter ist in Sanna verknallt, und Jan auch. Und darum ist Pia stinksauer auf Sanna«, fuhr Karin fort. Hanna nickte, sagte aber nichts. Karin erzählte von ihrer Welt, von einem Raum, zu dem Hanna keinen Zutritt hatte. Erzählte von der letzten Klassendisco, die bei Jonas stattgefunden hatte, sie hätten Wahrheit oder Pflicht gespielt und sie habe Olle geküsst. Sie glaube, dass Olle in sie verknallt sei. Hanna nickte, sagte aber immer noch nichts. Nickte, schloss die Augen und hörte das Meer, hörte Großvaters Stimme. Karin durfte gern von dieser anderen Welt reden, wenn sie nur noch ein Weilchen in dem Zimmer mit den grünen Tulpen blieb.

Die anderen Irren sitzen im Gemeinschaftsraum vor dem Fernseher auf dem Sofa. Die meisten hier haben versucht, sich das Leben zu nehmen, das ist fast eine Voraussetzung dafür, dass man herkommen darf. Zwei Pfleger sitzen auch hier, ihre Augen sehen alles, nur das nicht, was auf dem Fernsehschirm geschieht. Jede Bewegung wird kontrolliert, jeder Kopf, der zu wackeln beginnt, jedes dünne Spuckerinnsal, der aus irren Mundwinkeln läuft. Man darf die Irren nicht mit ihren Eigenheiten allein lassen, weil sie sich selbst gefährden.

Sie betrachtet die Irren, steht in der Türöffnung und zögert. Will nicht so werden wie die andern. Viele sind schon so lange hier, dass sie sich an kein anderes Leben mehr erinnern können. Sie muss raus, braucht Luft! Einer sitzt da und wiegt den Oberkörper hin und her, murmelt inhaltslose Worte, irrt mit dem Blick umher, verdreht die Augen, kämpft gegen böse Geister in seinem Innern. Sie hat nicht vor, jemals so zu werden. Die Fernsehbilder flimmern, eines bleibt auf der Netzhaut hängen. Eine junge Frau, die einem Mädchen aus der Oberstufe ähnlich sieht. Einem Mädchen, das immer froh und stark wirkte, Krankenschwester werden wollte und seine Ausbildung inzwischen beendet haben müsste.

Der Gedanke an die Oberstufe verursacht Kopfschmerzen. Sie dreht sich um, verlässt die Irren, geht durch den langen Flur, erinnert sich, obwohl sie sich nicht erinnern will. Drei Jahre in der Oberstufe, jedes Jahr eine neue Kerbe im Handgelenk, ein neuer Verband, neue Lügen. Die letzte Kerbe nach dem Abitur, nach den fröhlichen Liedern. Da konnte sie nicht mehr lügen. Sie ging nicht zum Abiturientenball, neigte sich stattdessen über ihr Handgelenk. Inzwischen vermisst sie das Ballkleid, den Ballsaal, die Freude darüber, dass es endlich vorbei ist. Ir-

gendwo liegt die Abiturientenmütze herum, als Staubfänger. Die Klassenkameraden, vor denen sie sich damals versteckte, schrieben ihre Namen in das Mützenfutter. Kuss und Gruß! Ich wünsch dir ein wundervolles Leben! Viel Glück! Herzlichen Glückwunsch zum Abitur!

Sie ist selbst schuld, schließlich hätte sie neu anfangen können. Sie hätte versuchen können, Freundschaften zu schließen. Die neue Klasse in der Oberstufe bestand aus lauter ganz normalen Mädchen und Jungen, die nichts von der Außenseiterin, der Streberin wussten. Die sich mit ihr unterhielten, als wäre sie eine von ihnen. Die sie fragten, ob sie dies oder jenes machen wollte. Im Speisesaal durfte sie sogar mit ihnen am Tisch sitzen. Aber inzwischen wusste sie nicht mehr, wie man sich verhält, hatte vergessen, wie man plaudert, wie man Freundschaften schließt. Sie verkroch sich erneut hinter ihren Büchern, und dort blieb sie, bis ihre Noten zu glänzen begannen. Wenn die andern an ihr vorbeigingen, drehte sie sich stets zur Wand. Den fragenden Blicken wagte sie nicht zu begegnen. Die andern glaubten, sie wolle allein sein, wolle sich freiwillig in Schweigen hüllen. Immer wieder hatte sie sich vorgenommen, jemanden anzurufen, in die Welt zurückzukehren, zu beweisen, dass sie auch unter Menschen leben könne. Jedes Mal legte sie den Hörer wieder auf, beugte sich wieder über ihre Bücher, bereute ihren Versuch. Dem Abiturientenball blieb sie fern. An allem ist sie selbst schuld.

Karin hatte sich erkältet. Schniefend saß sie im Klassenzimmer und starrte Hanna mit leeren, rot unterlaufenen Augen an. Hanna sah zu Karin rüber, senkte jedoch den Blick, als Karins Gesicht den starren Ausdruck annahm. In der Pause kam Karin zu Hanna und spuckte ihr vor die Füße. Der Speichel ringelte sich wie ein Wurm auf dem Boden.

»Deine idiotische kleine Schwester hat mich angesteckt«, krächzte Karin und warf einen hastigen Blick über die Schulter. Irgendwo im Schatten stand Sofia und beobachtete alles. Karin drehte sich um und ging zur Schar der Bewunderer hinüber, aus der ersticktes Kichern drang. Sie hüstelte erschöpft. Karin, die ihre Tage bekommen hatte, Karin, die mit Hanna Wurstbrote gegessen und Kakao getrunken hatte.

»Du hast doch selbst kommen wollen!«, schrie Hanna hinter ihr her.

»Du lügst ja wie gedruckt! Fiese Sau!«, schrie Karin und spuckte wieder auf den Boden.

»Deine Schwester ist echt das Letzte!«, fuhr Karin fort und kickte einen Stein in Hannas Richtung. Zitternd standen sie sich gegenüber. Die kichernden Stimmen hinter Karins Rücken waren verschwunden. Karin sah sich verwirrt um, suchte die Unterstützung der Mädchen. Dann sah sie Hanna wieder an und murmelte etwas Unverständliches.

»Feigling!«, sagte Hanna mit unnatürlich ruhiger Stimme. Sie trat blitzschnell auf Karin zu und schlug ihr mit der Hand hart ins Gesicht. Karin starrte sie an und schluckte. Schluckte und zischte:

»Du bist ja total übergeschnappt!«

»Und du, was bist du? Du bist eine verdammte Verräterin!«, sagte Hanna mit unverändert ruhiger Stimme. Da schlug Karin mit der offenen Hand zu. Hanna war darauf vorbereitet und stieß Karin die Faust in den Magen, bohrte ihr die Knöchel ins Zwerchfell. Karin kratzte sie im Gesicht, Hanna zwickte, krallte, biss. Karin wehrte sich mit Fußtritten, Hanna auch, schweigend, verbissen, konzentriert. Beide weinten und kratzten, weinten und zitterten, froren und schwitzten. Hanna zog Karins Kopf nach hinten, zerrte an ihren Ohren, ihren Haaren, weinte und bebte und richtete einen letzten Tritt auf Karins Beine. Dann verließen sie die Kräfte, sie überließ Karin den letzten Schlag.

Schweigend standen sie einander gegenüber, Karins Hand zitterte, die Hand, die Hanna geschlagen hatte.

»Du hast Nasenbluten«, flüsterte Hanna und sah Karin an.

»Du auch«, sagte Karin.

»Du bist total verrückt«, flüsterte Hanna.

»Du auch.« Karin biss sich auf die Unterlippe.

»Sag nie mehr so was über Emma!« Hanna trat einen Schritt zurück. Karin schüttelte den Kopf.

»Scheißsofia«, flüsterte Karin so leise, dass nur Hanna es hören konnte, »diese beschissene Scheißsofia.«

»Dann vergiss sie doch einfach!«

»Du hast ja keine Ahnung, das geht nicht!« Karin schüttelte den Kopf und lief fort, aufs Mädchenklo. Hanna holte ihre Schultasche und radelte nach Hause. Im Vorbeifahren rief sie Ylva zu, ihr sei schlecht. Ylva sah sie erschrocken an, nickte aber. Sie würde es Frau Ström ausrichten. Hanna fuhr so schnell sie konnte, im ganzen Körper hämmerten Karins Schläge, Karins Worte. Verdammte, verdammte Sofia! Feige, feige Karin!

Nie mehr Karin ansehen. Nie mehr Karin vertrauen. Nie mehr Karin etwas sagen, nie mehr Karin hereinlassen. Hanna warf die Tür so fest hinter sich zu, dass die Wände zitterten. Allein daheim in dem großen stillen Haus. Mit dem Zeigefinger befühlte sie einen schmerzenden Kratzer und folgte ihm behutsam über die Wange bis zum Hals hinunter. Karins lange hässliche Fingernägel. Früher hatte sie Karin um ihre Fingernägel beneidet, um die rosa Zimmertapete, die Schminkutensilien, ihre Haarfarbe, ihre Kornblumenaugen, ihre Golfschläger, ihre Schmusetiere und ihre durchstochenen Ohrläppchen. Karin hatte richtige Ohrringe. Hanna hatte nicht einmal Clips. Jetzt wollte sie überhaupt keine mehr. Sie öffnete ihre Schultasche und kippte sie aus. Die Schulbücher fielen aufs Bett. Es war erst halb elf und würde lange dauern, bis jemand nach Hause kam.

Sie setzte sich aufs Bett und sah zum Fenster hinaus. In ihr war es ganz leer. Sie mochte weder schlafen noch essen, hatte auch keine Lust, Hausaufgaben zu machen. Wollte einfach nichts. Karins Kratzspuren brannten im Gesicht, aber als sie in den Spiegel sah, waren sie kaum sichtbar. Vielleicht brauchte sie den Eltern nicht mal was vorzulügen. Sie ging in die Küche hinauf und schmierte sich ein Brot, obwohl sie keinen Hunger hatte. Die Hälfte ließ sie auf dem Tisch zurück, vergaß, es aufzuessen. Dann schlüpfte sie in ihren Jogginganzug, zog Turnschuhe an, schloss die Tür ab und versteckte den Schlüssel in einem Schuh auf der Haustreppe. In der Hoffnung, sich zu verirren, lief sie in den Wald.

Sie trommelte mit den Fäusten gegen die Baumstämme, riss Nadeln von den Zweigen, beugte sich über sonnenwarme Steine und zerrte ganze Moosfladen ab. Der Wald hatte ihr zwar nichts getan, war aber trotzdem idiotisch. Alle waren idiotisch, alle bis auf Großvater. Die Eltern waren idiotisch, weil sie nichts sahen, weil sie nicht von hier wegzogen, nicht in einer anderen Stadt arbeiten wollten. Andreas war ein Teenager, und alle Teenager waren idiotisch. Emma war ein Baby, und alle Babys waren idiotisch. Hanna stampfte mit dem Fuß auf und füllte den Mund mit sämtlichen Flüchen, die sie kannte. Allzu viele waren es nicht, also musste sie neue dazu erfinden.

Die Hütte stand noch, seit dem vorigem Sommer hatte sie auf Hanna gewartet. Als Hanna reinkroch, raschelte es freundlich, innen wurde sie von Düften empfangen. Jetzt gehörte die Hütte nur noch ihr – die Kiefernnadeln, das Tannenreisig, der Duft nach Harz, die geheimen Zeichen, die magischen Plätze und der unsichtbare Pfad, all das gehörte jetzt nur noch ihr. Karin war selbst schuld. Hanna füllte die Hände mit Tannennadeln und genoss das Prickeln auf der Haut. Dann folgte sie dem unsichtbaren Pfad durch Preiselbeerkraut und Heidelbeerbüsche, der zu den Grubenschächten führte. Das war verbotenes Gelände, alle Eltern warnten ihre Kinder davor, ausdrücklich und streng. In den Grubenschächten lauerten Verunglückte, Tote, unfolgsame Kinder. Angst hatte sie nicht, sie hatte nur einmal Angst gehabt, als Emma mit ihren Freunden im Wald verschwunden war. Emma war so klein und niedlich, erst sieben, Emma konnte stolpern und fallen, in die Tiefe, ins Unheilsdunkel, ins Entsetzen hinunter. Hanna wusste, dass sie Emma mit ihrem Körper, mit ihrem Leben schützen musste. Das war einfach so, das ließ sich nicht ändern.

Man konnte sich übers Geländer beugen, das die Gemeinde errichtet hatte. Man konnte auf das Geländer hinaufklettern und sich über den Abgrund beugen. Hanna kletterte, hing über dem Geländer, bekam Bauchweh, zögerte zwischen dem Hinab und dem Zurück. Die Tiefe atmete ihr verlockend entgegen, versprach Ruhe und Stille. Aber Hanna war feige, sie ließ sich vom Geländer gleiten und lief davon. Die Toten hatten ihre kalten, feuchten Hände nach ihr ausgestreckt, sie riefen hinter ihr her, forderten sie auf, zurückzukommen, wollten, dass sie bei ihnen blieb. Sie lief den unsichtbaren Pfad entlang und wusste genau, wo sie sich befand. Hier konnte sie sich nicht verirren. Kurz darauf stand sie auf dem großen Findling und blickte über ganz Tallbacken und die Stadt. Sie sah die weiße Kirche mit dem Kupferdach, sah die Ebene, das Heizkraftwerk, die winzigen Punkte, die eigentlich riesige Kaufhäuser und Industriegebäude waren. Schön oder hässlich, sie konnte es nicht entscheiden. Sie legte sich auf den Stein, platt auf den Bauch, erzählte ihm alles, lauschte dem steinernen Herz tief unten unter der harten kalten Oberfläche, streichelte die steinerne Haut und schlief ein.

Als sie aufwachte, hämmerte sie ihre Schwüre in den Stein. Nie mehr mit Karin spielen. Keinem Menschen mehr vertrauen. Sich niemals verlieben. Niemals etwas hoffen. Sie hämmerte ihre Schwüre in den Stein, weil sie wusste, dass sie wichtig waren. Für jeden Schwur dreimal drei Schläge, das war wichtig. Ein weiterer Schwur lautete, dass sie Klassenbeste werden musste. Sie war ohnehin schon eine Streberin, also kam es nicht mehr drauf an. Dreimal drei Schläge mit der Faust auf den Stein. Dann noch weitere Schwüre, an alle konnte sie sich nicht mehr erinnern, nur daran, dass die ersten die wichtigsten waren. Dreimal drei Schläge, neun war ihre Lieblingszahl, neun Leben hatte die Katze, neun Leben hatte sie selbst. Neunmal konnte sie ohne Flügel fliegen, beim zehnten Mal würde sie abstürzen. Schläge mit der Faust gegen die steinerne Haut. Sie war elf Jahre alt und versprach Großvater, wenigstens ein Jahr älter zu werden, vielleicht auch zwei. Versprach, sich noch nicht endgültig zu verirren. Eigentlich wusste sie nicht, warum sie das versprach, warum sie es zuließ, dass er sie festhielt. Vielleicht wollte er ja, dass sie noch ein paar Bilder malte.

Hanna blieb eine Weile auf dem großen Stein sitzen und blickte hinaus ins sommerliche Grün. Wenn nur schon Sommerferien wären! Sie sehnte sich nach den großen Einsamkeitsferien, sehnte sich nach lauter Dingen, die es nicht gab. Wollte weit, weit fort fliegen, über das Ende der Welt hinaus.

Sie rannte nach Hause und erinnerte sich an den Schwur, so schnell zu werden, dass niemand sie einholen und schlagen konnte. Inzwischen war es spät, sie hatte Hunger und ihr war schwindlig. Mama stand vor der Garage und hielt die Post in der Hand, ihre Stirn war nachdenklich gerunzelt, vielleicht hatte sie einen anstrengenden Tag hinter sich. Hanna schlich sich zur Hintertür hinein.

»Hallo!«, rief Mama, als Hanna ins Haus kam.

»Hallo!«, rief Hanna zurück und verschwand schnell ins Klo. Dort wusch sie sich das Gesicht mit kaltem Wasser und musterte ihr Spiegelbild lange gedankenversunken. Manchmal kam es ihr fast so vor, als ob sie hübsch wäre, doch das war natürlich eine Sinnestäuschung. Sie suchte die Grübchen in den Wangen, die kleine Mulde im Kinn, den besonderen Ausdruck der Augen, der an Großvater erinnerte. Fand aber bloß Hanna, die alte gewöhnliche, langweilige Hanna.

Sie seufzte und begann sich die Zähne zu putzen, putzte den Geschmack nach Wald, Harz, Tannennadeln und jungem Sauerklee weg. Putzte und putzte und spürte das lastende Gewicht im Magen. Verkroch sich im Duschraum, von wo sie Mamas Stimme aus der Waschküche hörte.

»Wie war's heute, Hanna? Hast du Andreas gesehen? Emma müsste doch schon längst hier sein, oder? Hat Papa angerufen?«

Hanna brummte etwas, das sie sowieso nicht hören konnte. Dann verschwand Mama, und der Wäschetrockner erfüllte das Haus mit seinem Grollen. Hanna stellte sich unter die Dusche und schluckte ein wenig warmes Wasser. Als sie den dampfenden Duschraum verließ, gluckste es dumpf in ihrem Magen. Sie schlüpfte in ihren gemütlichen alten Pulli und die ausgebeulten Jeans und huschte die Treppe hinauf. Mama saß am Küchentisch und aß Joghurt mit Müsli. Als Hanna die Küche betrat, lächelte Mama leicht, nickte ihr zu und wiederholte ihre Fragen.

»Wie war's heute? Hast du Andreas gesehen?«

Hanna nickte oder schüttelte den Kopf, mehr erwartete Mama nicht. Während sie sich zwei Wurstbrote mit Banane machte, spürte sie ein Brennen im Magen. Nie mehr würde Karin ein Wurstbrot von ihr kriegen, jetzt war sie allein, allein mit den Wurstbroten, mit den Geheimnissen, dem Wald, dem großen Stein und den Schwüren. Ihre Hände und die Knöchel, die so viele Schwüre in den Stein geschlagen hatten, schmerzten. Sie nickte, als Mama fragte, ob das Essen in der Schule geschmeckt habe. Mehr erwartete Mama nicht. Wieder spürte sie das Brennen im Magen.

Mama führte ein langes Telefongespräch, sie nickte und murmelte zustimmend. Es schien ein ernstes Gespräch zu sein, Hanna wagte gar nicht erst zu raten, wer angerufen hatte. Sie bekam Herzklopfen, als Mama den Hörer auflegte. Mama schwieg lange, dann stand sie auf und ging ins Wohnzimmer. Papa war schon da, er saß mit einer Tasse Tee auf dem Sofa und entspannte sich. Immer, wenn er von der Arbeit nach Hause kam, gönnte sich Papa diese kleine Ruhepause, in der er möglichst allein sein wollte. Mama berührte leicht seine Schulter und sagte etwas, das Hanna nicht hörte. Hanna saß immer noch am Küchentisch und drehte den Teller hin und her, drehte und wendete ihre Gedanken. Die Eltern saßen auf dem Sofa und führten flüsternd ein langes, ernstes Gespräch. Hanna schämte sich, obwohl sie gar nicht wusste, worüber sie sprachen. Während sie wartete, wurde ihr Mund ganz trocken. Als Mama und Papa sich umdrehten und sie von der Sofaecke aus ansahen, schämte sie sich noch mehr und versprach sich, ihnen nie mehr Sorgen zu machen, ihnen nie zur Last zu fallen. Die Eltern hatten ihre Erwachsenenprobleme, ihre großen ernsten Fragen.

Sie stand auf und stellte den Teller und das Glas schnell und mit unnötig viel Geklapper weg, bevor sie laut die

Treppe runterstapfte. Unten schloss sie hinter sich die Tür, baute die Schulbücher vor sich auf dem Schreibtisch zu einem großen Stapel auf und erwartete die Schritte auf der Treppe. Hörte nichts. Wartete und wartete, hörte aber nur, wie Andreas nach Hause kam und erzählte, dass er in der Physikarbeit fast alles richtig hatte. Als das Telefon wieder läutete, zuckte Hanna zusammen und beugte sich tief über die aufgeschlagene Landkarte, die Afrika zeigte. Aber es war nur Oma, die wissen wollte, wie es ihnen ging. Mama zwitscherte ins Telefon und versicherte, alles sei bestens. Hanna las zehnmal, dass Kenias Hauptstadt Nairobi hieß. Als sie am Abend ins Bett ging, hatte sie es bereits wieder vergessen.

Papa klopfte in dem Moment an die Tür, als die Träume gerade gelandet waren. Hanna brummte etwas und zog sich die Decke übers Kinn. Papa schloss hinter sich die Tür und tappte zu ihr ans Bett.

»Deine Lehrerin hat heute angerufen. Sie war besorgt. Du hättest in letzter Zeit so traurig ausgesehen. Und du wärst so müde gewesen.« Papa strich ihr übers Haar, er saß auf der Bettkante und roch nach Schlafanzug und Abendtee.

»Fehlt Großvater dir so sehr?«, fragte er mit belegter Stimme. Hanna nickte und fing an zu weinen. Sie wollte von Karin, Sofia, Lina, Peter und all den andern erzählen. Wollte von der großen Pause erzählen, der Einsamkeitspause.

»Wenn du willst, können wir zu Großvaters Grab fahren, nur du und ich«, sagte Papa mit festerer Stimme. Aber Hanna wusste trotzdem, dass seine Wangen nass waren.

»Nein«, flüsterte sie und kroch noch weiter unter die Decke, rückte von seiner Hand weg.

»Deine Lehrerin hat gesagt, dass du dich in den Pausen zurückziehst, dass du kaum mit den andern zusammen bist.« Hanna schüttelte müde den Kopf, als Papa das sagte.

Sie wollte es ihm erklären, wusste aber nicht, wie sie anfangen sollte.

»Kannst du nicht wenigstens einen kleinen Versuch machen?«, fuhr Papa fort. »Großvater lebt doch in unserer Erinnerung weiter, er verschwindet nicht einfach, nur weil er gestorben ist. Willst du nicht ein paar Klassenkameraden einladen, das wäre doch schön?«

Hanna antwortete nicht, sie war so angespannt, dass sie keinen Ton herausbrachte. Sie suchte nach Papas Hand, fand aber nur zerwühlte Betttücher. Mit der Hand hätte sie etwas erzählen können, das sich mit Worten nicht sagen ließ.

»Karin hat vielleicht andere Interessen als du«, sagte Papa, nachdem er lange gewartet hatte, und stand auf. »Aber es gibt doch noch andere Mädchen in der Klasse, oder? Man muss etwas wagen, sonst bekommt man nichts.«

Er blieb lange schweigend stehen, von seinen eigenen und Hannas Atemzügen umschlossen.

»Schläfst du?«

Hanna bewegte sich leicht unter den Betttüchern, brachte keine Antwort heraus.

»Mama und ich, wir sind so stolz auf dich. Du bist so tüchtig in der Schule, das hat deine Lehrerin gesagt, Großvater wäre auch stolz gewesen.« Papas Stimme versagte.

»Diesen Sommer fahren wir nach Gotland, freust du dich?«, fragte er schließlich. Hanna stellte sich schlafend. Gotland war in Ordnung, dort gab es Kies und Sandstrände, Felsen und Wellen, Meer und andere Menschen. Dort wusste niemand, wer sie war. Bis zu den Sommerferien waren es noch zwei Wochen. Im Herbst würde sie zwölf Jahre alt und in die sechste Klasse kommen. Sie war zu alt geworden, sie konnte nicht mehr so tun, als würde sie nichts verstehen. Solange man klein war, konnte man nach Mama und Papa schreien, konnte man schreien, dass der und der böse war, dass Mama und Papa zurückhauen oder es irgendwelchen anderen Mamas und Papas sagen sollten. Aber jetzt war sie zu groß, die Wachstumsschmerzen pulsierten im Körper, vor allem in den Beinen. Zu groß für Papas schaukelndes Knie und zu groß für das Schlafplätzchen im Bett zwischen Mama und Papa. Wer groß war, musste stark sein. Da durfte man nicht einfach weinen, da musste man sich beherrschen.

Papa beherrschte sich, als er von Großvater sprach. Er stand auf, ging hinaus und schloss vorsichtig hinter sich die Tür. Hanna biss ins Kissen und weinte. Sie musste sich zusammenreißen, stark sein. Großvater mit seinen Engelsflügeln stand im Zimmer, er sagte etwas, das sie nicht hören konnte. Plötzlich fiel ihr ein, dass sie morgen ihr Turnzeug nicht vergessen durfte. Und dass sie ihr Gesicht jedes Mal, wenn Karin vorbeiging, wegdrehen würde. Die grünen Tulpen schimmerten in der Dunkelheit. Großvater wachte über ihren Schlaf.

Am nächsten Tag hatte sie nachmittags Sport. Der Lehrer war groß und dicklich, in seiner Jugend wäre er fast mal Fußballprofi geworden. Alle Jungen bewunderten ihn, während ein paar von den Mädchen behaupteten, er sei fies und würde ständig in den Umkleideraum kommen, um Sachen zu kontrollieren, die überhaupt nicht kontrolliert werden mussten. Sofia beschwerte sich besonders lautstark, die anderen nickten und stimmten ihr zu.

Hanna fand den Sportlehrer weder fies noch nett, er war wie alle anderen Lehrer, blind und taub.

Sie war immer als Erste im Umkleideraum, lief voraus und zog sich blitzschnell um. Die andern lachten nur über Hannas Körper, Hanna war zu groß, zu klein, alles an ihr war falsch. Sie wusste nicht, was sie tun sollte, ihr Körper wuchs und wuchs, dehnte sich in die Länge, wurde schwerer, breiter. Ganz allmählich bekam sie einen Busen. Wo bisher alles platt gewesen war, gab es jetzt zwei harte Knoten. Sie wusste nicht, ob sie sich davor fürchten sollte oder nicht. Sicherheitshalber zog sie die Jacke des Jogginganzugs übers T-Shirt, dann konnte man es nicht sehen. Ihre Brüste würden bestimmt viel scheußlicher werden als Katarinas kleine Hügel oder Erikas großer, fast hängender Busen. Erika war klein und mollig und wurde immer zum Tanzen aufgefordert, obwohl sie überhaupt nicht hübsch war. Aber Sofia hatte sie für gut befunden, sie gehörte dazu, durfte Sofia umkreisen.

»Stürmisches Meer« war angesagt. Die Klasse stürzte zum Geräteraum und zerrte alles heraus, worüber sich klettern ließ – Kästen, Trampoline, Matratzen und Bänke, Stricke, Balken und Ringe. Katarina stand blass in einer Ecke und starrte den Kasten an. Torsten hockte schwer atmend auf der Bank. Einer musste jagen und abschlagen, wer abgeschlagen worden war, musste mitjagen, schließlich war nur noch einer übrig, der nicht abgeschlagen war. Als der Sportlehrer zum Start pfiff, stand Hanna gerade auf einem Trampolin und balancierte hin und her. Vor Spannung wurden ihr die Knie weich. Sie nahm sich vor, so lange zu rennen, bis sich ihr der Kopf drehte. Wenn die Welt sachte entglitt und schwarz zu werden drohte, war sie am besten.

Nach einer Weile verschwand der Sportlehrer ins Lehrerzimmer, um sein Notizbuch zu holen.

»Los, jetzt werden die Weiber geküsst!«, schrie Olle, der hoch oben auf einem Kasten stand und die Turnhalle und den Willen der andern beherrschte.

»Jaaa!«, schrien alle Jungen, die nicht auf der Bank saßen. Torsten, Krister und Simon durften die Mädchen nicht küssen, das war ein ungeschriebenes Gesetz. Hanna sprang eben über einen Kasten, sie war verschwitzt und erschöpft und wollte viel lieber weiter durch die Turnhalle rennen, fand es grässlich, dass die dämliche Küsserei wieder losging. Wie immer würde sie sich auf die Bank setzen und zugucken müssen. Sie sprang noch schnell über einen Bock und nahm dann ganz außen auf der Bank Platz. Katarina und Ylva hockten ein Stück von ihr entfernt, sie flüsterten sich gegenseitig Geheimnisse ins Ohr, lachten, fühlten sich wohl. Hanna versuchte die Welt auszusperren, die Welt und die andern, die einander berühren durften.

Geschrei und Gelächter, Hanna sah verstohlen zu den Jungen hinüber, die hinter den Mädchen herjagten, sie einfingen, küssten und mit ihren eifrigen Händen berührten. Sie machte die Augen zu und beschloss, sich niemals berühren zu lassen.

Plötzlich kam Peter in vollem Tempo direkt auf Hanna zugerast. Er rannte mit halb offenem Mund, hässlich wie immer, seine dunklen Haare standen ihm strähnig vom Kopf ab. Mit Karins Augen musste etwas nicht in Ordnung sein, wenn sie ihn süß fand. Hanna wandte das Gesicht ab. Er versuchte natürlich bloß, ihr Angst einzujagen. Er kam näher. Seine Fäuste waren fest geballt. Gleich würde er ihr ausweichen.

Peters Faust landete direkt in Hannas Bauch, unter der linken Rippe. Zuerst begriff sie überhaupt nicht, was passiert war, sondern dachte nur, so was darf man doch nicht machen! Nicht mal, wenn man Peter heißt und einen Dachschaden hat, darf man so was machen. Der Atem blieb ihr weg, sie sank auf den Boden, vor ihren Augen begannen die Ränder des Kunststoffbelags zu tanzen. Plötzlich verstummten alle weit entfernten Geräusche, die rennenden Gestalten blieben stehen. Dann wurde ihr schwarz vor Augen, Schmerz schnitt ihr durch den Magen. Vorsichtig atmete sie ein und aus, dann holte sie tief Luft. In weiter Ferne wurden wieder Stimmen laut, wurde weitergelacht. Peter rannte davon, um Mädchen zu jagen, die geküsst werden wollten. Ylva und Katarina hockten regungslos auf der Bank und gaben keinen Ton von sich, weil sie Peters Aufmerksamkeit nicht auf sich ziehen wollten.

Torsten wieherte laut, das musste er tun, sonst würde er nicht zur nächsten Disco eingeladen. Krister und Simon lachten, weil Torsten lachte. Niemand scherte sich um den Menschenklumpen, der auf dem Boden lag.

Hanna kroch zur Wand, hielt sich fest und zog sich aus dem schwarzen Loch hoch. Vornübergebeugt humpelte sie weinend zur Toilette. Sie würde sich rächen. Irgendwann, wenn er allein wäre, würde sie Peter die Faust in die Magengrube rammen und so lange darin herumbohren, bis ihm die Därme herausquollen. Der Gedanke machte sie fast froh. Sie öffnete die Tür zur Toilette, schloss hinter sich ab und sank zu Boden. Die Wände kippten auf sie zu, und der Fußboden drehte sich im Kreis. Von weit her hörte sie Gelächter und Geschrei.

Irgendwo tropfte Blut. Im Schlüpfer hatte sich eine kleine Pfütze gebildet. Hanna starrte das Blut lange an, ihr tat der Bauch weh, ihr ganzer Körper schmerzte vor Erschöpfung. Das Blut – das Blut mit dem Pestgestank, das Ekelblut. Peter war schuld, Peter und seine Fäuste. Fröstelnd lehnte sie sich nach hinten an den Rand der Toilette. Sie fühlte sich beschmutzt, eklig.

Wann hat sie zum letzten Mal ihre Regel gehabt? Sie kann sich nicht mehr daran erinnern, Jahre ist das her. Die Zeit hat sich im Krebsgang bewegt, jetzt befindet sie sich wieder dort, wo alles anfing, vor dem Wachstum, vor dem ersten Blutfleck im Schlüpfer.

Es heißt, der Körper reagiere negativ auf psychischen Stress. Die Ärzte behaupten, dass hinterher alles wieder normal wird. Wenn die Hormone erst das richtige Gleichgewicht gefunden haben, wird es ihr besser gehen. Darüber kann sie nur lachen, die haben ja keine Ahnung. Sie will *doch die Kleine sein, die mit dem glatten Körper, das Kind will sie sein, nicht die Frau. Nie mehr will sie ausgelacht werden, nie mehr will sie das Blut sehen. Sie ist auch so schon hässlich genug.*

Doch dann schüttelt sie heftig den Kopf. So etwas darf sie nicht denken, das macht alles nur noch schlimmer. Nein, die andern sind schuld, nicht sie. Das Geschrei gellt ihr immer noch in den Ohren, sie sieht die angewiderten Mienen noch vor sich. Das Blut zwischen den Beinen – wie sehr sie sich deswegen schämte. Auch zu Hause schämte sie sich, sie versteckte den Schlüpfer vor Mamas Augen, rieb so lange im Waschbecken daran herum, bis die Seife sich auflöste. Niemand durfte sehen, dass sie eine Frau geworden war. Darum lacht sie, wenn die Ärzte behaupten, alles werde wieder in Ordnung kommen. Jetzt ist doch alles so, wie es sein soll. Niemand darf an ihren Hormonen herumbasteln und sie wieder ins Gleichgewicht bringen. Sie schließt die Augen, weiß, dass sie sich mit diesen Gedanken selbst schadet. Kaut an den Fingerknöcheln und versucht, ihren Körper, das Fleisch, die Hülle zu akzeptieren, die viel zu kurzen Wimpern, die brüchigen Nägel, den knochigen Körper, der sich weigert, irgendwelche Rundungen anzunehmen, die zu großen

Zähne, die matten grauen Augen. Das perfekte Mauerblümchen.

Nein, so nicht, so nicht! Zitternd umschlingt sie ihren Körper mit den Armen. Bevor sie hier herauskommt, muss sie lieben lernen, das weiß sie. Sie denkt an ihre Haare, konzentriert sich auf die Haare: Dichte, dunkle, glänzende Haare hat sie früher gehabt. Die Locken über der Stirn, als sie sich die Stirnfransen wachsen ließ, die weichen Wellen und Haarwirbel, die den Kopf und die Gedanken wärmten. Jetzt hat sie kurze, dünne Haare, sie will wie ein Junge aussehen, will eine andere werden, einen neuen Namen tragen und eine neue Vergangenheit.

Bevor sie abends einschläft, malt sie sich aus, wie es gewesen wäre, wenn … Wenn sie sich Zeit genommen hätte, wenn sie angehalten hätte. Sie war immer in Eile, musste schnell, schnell nach Hause, zum Alleinsein, zu den Büchern, musste versuchen, alles zu vergessen. Sie wünschte sich ein flatterndes Herz, das plötzlich aus dem Körper davonfliegen könnte, wünschte, dass alles anders wäre, als es war. Die vorherbestimmten Tage, das Eingesperrtsein im Schweigen, die Eltern, die jede Zeugnisnote lobten. Sie wünschte sich, mehr Namen in ihr Adressbuch schreiben zu können.

Das alles wünscht sie sich jetzt auch. Die Weißgekleideten sagen, dass sie sich diese Fantasien verbieten müsse, sie soll lieber an die Wirklichkeit denken und das hervorheben, was in der Vergangenheit schön gewesen sei. Sie hätte doch bestimmt auch gute Sachen erlebt, Sachen, die ihr jetzt Kraft geben können. Mit Sicherheit werde sie gestärkt aus der Krise hervorgehen, das sei bei allen Menschen der Fall. Das heißt, bei allen, die überleben. Sie lacht über die Weißgekleideten und weiß, dass sie lügen muss, um hier wegzukommen. Also bestätigt sie, dass alles gut ist. Alles ist bestens. Sie liebt sich selbst. Sie hat sich versöhnt.

Hanna stand ganz oben auf dem höchsten Felsen und breitete die Arme aus wie Flügel. Von unten sah der Felsen aus wie ein Gesicht mit einer Hakennase und wulstigen Lippen. Die Eltern standen unten am Strand, Papa fotografierte, Emma pulte an einem wackligen Milchzahn herum und Andreas kletterte gerade vom Felsen herunter.

Eigentlich war Hanna schwindelfrei, aber aus dieser Höhe konnte sie kaum runterschauen, ohne ein Kitzeln in der Magengrube zu spüren. Sie trat einen Schritt vor. Plötzlich stand Großvater hinter ihr, seine eine Hand ruhte auf ihrer Schulter, sank durch die Haut, durch Fleisch und Knochen, bis sie ihr Herz berührte. Ein kurzer Schmerz, danach breitete sich im ganzen Körper Wärme aus.

Hanna holte tief Luft und trat einen weiteren Schritt vor, bis an den Rand. Mit den Zehen klammerte sie sich am rauen Gestein fest, der Wind blies ihr ins Gesicht, dann kam er wieder von hinten, sie schwankte, wie leicht könnte man hier das Gleichgewicht verlieren. Einfach hinabfallen – das wäre schön. Die Insel Gotland gefiel ihr, die Menschen hatten warme Augen, und ihr Dialekt klang fröhlich und sanft.

Hanna schloss die Augen und stellte sich vor, aus ihren Armen wüchsen Federn. Alle Menschen können fliegen, das hatte Großvater gesagt, also musste es stimmen.

Von unten drang ein Ruf herauf.

»Komm runter, Hanna! Es stürmt zu sehr!«, rief Papa.

Hanna musste laut auflachen. Natürlich wusste sie, dass es gefährlich war, deshalb war sie ja so aufgekratzt. Die Bedrohung, der abrupt wechselnde Wind, der sie gegen die Felsen schmettern konnte, die Vorstellung, dass alles hier enden könnte – das stieg ihr zu Kopf. Es wäre so einfach, so unerhört einfach, einen Schritt in die Leere hinaus zu tun. Papa rief wieder. Ihre Zehen krallten sich fester an den

Felsrand, als Papas Stimme durch den Wind drang. Ein Schritt vor oder ein Schritt zurück. Sie dachte an die vielen Schafe, die auf den kargen Weiden grasten. Dachte daran, dass Papa versprochen hatte, sie heute Nachmittag zum Eisessen einzuladen. Dann dachte sie an die vielen Bilder, die sie noch malen wollte, und an Karin, Sofia, Peter und all die andern. Ein Schritt vor oder ein Schritt zurück.

Papa zog sie nach hinten, mit harten, schweren Händen packte er sie an den Schultern und schüttelte sie.

»Hanna, Herrgott noch mal, Hanna«, flüsterte er und drückte sie fest an sich. »Was hast du dir eigentlich dabei gedacht? Hast du mich nicht rufen gehört? Hast du gar nichts gehört?« Sie konnte kaum noch atmen, weil er sie so fest an sich drückte.

»Was hattest du vor, Hanna?«, fragte er, schob sie ein Stück von sich weg und sah ihr in die Augen.

»Fliegen wollte ich«, sagte sie. Kurz starrte er sie an, dann musste er fast lachen, bevor dieser dunkle, angsterfüllte Blick wieder in seine Augen trat.

»Fliegen? Aber Hanna!« Er strich ihr über die Wange, lächelte unsicher und wusste offensichtlich nicht, was er davon halten sollte. Am liebsten hätte sie ihm erzählt, wie leicht es sei, einfach zu verschwinden und alles hinter sich zu lassen. Wie gern hätte sie ihm gesagt, dass sie immerzu daran dachte. Doch das hätte ihn nur traurig gemacht, hätte ihn erschreckt. Das musste sie ihm ersparen. Vielleicht war es ja bloß wirres Zeug, was sie da zusammendachte. Vielleicht gab es außer ihr niemanden, der solche Gedanken hatte – dass es so einfach wäre, einen Schritt über den Felsen hinauszutreten und zu verschwinden. Genauso einfach, wie über eine Schwelle zu treten oder sich am Kiosk ein Eis zu kaufen. Genauso einfach wie Weiteratmen. Sie sah Papa an und fragte sich, ob er wusste, wie einfach das war.

Am Abend schrieb Hanna mit winzig kleinen Buchstaben auf eine ihrer Ansichtskarten: *Hallo, Großvater.* Dann erzählte sie von den Felsen. Danach legte sie die Karte auf die Bettdecke.

Müde rollte sie sich auf dem Bett zusammen. Die Abendsonne schien ihr rot auf die Augenlider. Andreas ging die knarrende Treppe hinauf, sie konnte seine Schritte deutlich von allen andern unterscheiden. Bevor sie einschlief, huschte ihr noch der Gedanke durch den Kopf, dass sie eigentlich noch etwas verstecken müsste.

»Hanna, wach auf, es gibt Waffeln!« Andreas rüttelte sie an der Schulter. Sein Gesicht strahlte, unten im Keller hatte er ein Klavier gefunden, auf dem er den ganzen Abend gespielt hatte.

»Hanna?« Sie war wach, wollte sich aber nicht bewegen, weil sie noch mitten in einem Traum war, der sie zum Lachen brachte. Andreas setzte sich neben sie auf die Bettkante, sie hörte, wie er die Hand nach etwas ausstreckte.

»Wem hast du da geschrieben?«

»Nein!« Hanna richtete sich jäh auf und riss ihm die Ansichtskarte aus der Hand. Aber Andreas hatte das Geschriebene bereits gelesen und sah Hanna an. Schwer blieb er auf dem Bett sitzen, sein Gesichtsausdruck wechselte zwischen dem einen Kindes und dem eines Erwachsenen. Er war zweieinhalb Jahre älter als Hanna, das war nichts oder auch eine Ewigkeit.

»Aber Großvater ist doch tot!«, sagte er und machte ein so besorgtes Gesicht, dass Hanna fast loslachen musste. Stattdessen zuckte sie die Schultern und wischte sich den Schlaf aus dem Gesicht.

»Ich hab Hunger!«, erklärte sie und kroch aus dem Bett. »Geh jetzt, ich muss mich umziehen«, fuhr sie fort, als er nicht antwortete. Er nickte und stand auf. Sie musste daran denken, wie sie früher miteinander in derselben Badewanne gebadet hatten. Damals hatten sie ihre

Haut und ihre Körper noch nicht voreinander verstecken müssen.

Als sie von Gotland nach Hause kamen, sortierte Papa den großen Posthaufen und teilte ihn in fünf kleinere auf, es war fast wie Weihnachten. Oma und Opa hatten Hanna eine Karte geschickt, Emma und Andreas hatten auch je eine bekommen. Hannas Haufen bestand noch aus einer Nummer der »Kameradenpost«, einem kopierten Rundbrief, den sie gleich wegwarf, einen Brief von Nina, die inzwischen irgendwo in der Wüste wohnte, und einem Paket vom Buchklub der Jugend. Auf Emma warteten so viele Ansichtskarten und Briefe, dass sie gar nicht wusste, was Mama als Erstes vorlesen sollte. Fröhlich hüpfte sie um ihren Briefberg herum. Hanna hätte ihr am liebsten den lachenden Mund mit Tesafilm zugeklebt.

»Lies deine Karten gefälligst selbst!«, fauchte sie, während sie ihr klägliches Häufchen einsammelte. Andreas hatte sich mit seiner Post in eine Sofaecke verzogen, wo er jetzt über Geheimschriften und komische Witze kicherte.

Ab und zu spielte Hanna mit Papa Tischtennis im Hobbyraum. Hanna schmetterte die Bälle so heftig über die Platte, dass Papa ins Schwitzen kam und lieber zum Schwimmen gehen wollte. Inzwischen fragte er nicht mehr, warum Hanna nicht mit Karin spielte.

»Wie wär's, wenn du in einen Tischtennisverein eintreten würdest?«, schlug er stattdessen vor. »Am Wochenende fahren wir zu Großmutter, hast du Lust mitzukommen?«

Hanna nickte zuerst und schüttelte dann den Kopf, aber niemand schien sich dafür zu interessieren, wann sie Ja oder Nein antwortete.

Also trat sie in einen Sportverein ein und begann dort Tischtennis zu spielen. Und am Wochenende fuhr sie mit zu Großmutter, trank dort süßen Saft und futterte süßen Kuchen, bis ihr ganz schwindlig war. Großmutter war noch mehr geschrumpft, bald würde sie wahrscheinlich leichter werden als Luft und endgültig verschwinden.

Hanna spielte jetzt zweimal wöchentlich Tischtennis und schlug immer fester zu. Der Trainer erklärte, sie habe Talent. Papa strahlte. Hanna war tüchtig. Und dann ging der Sommer zu Ende.

Hüte dich davor zu glauben, du seist etwas Besonderes. Lass niemals durchscheinen, dass du etwas kannst, dass du deine Hausaufgaben gemacht, in einem Test alle Fragen richtig beantwortet oder im Sport gewonnen hast. Erhebe dich niemals über die andern, auch nicht um Haaresbreite, wag es nicht, einen anderen Ton anzuschlagen, eine andere Nuance auszuprobieren. Heiß alles gut, was den andern gefällt. Fertige alles, was Wissen heißt, als bescheuert ab. Lehne die müden Muskeln, die abgetragenen Jogginganzüge, die langen gemütlichen Abende zu Hause als total öde ab. Duftradierer sammeln, einen Einsiedlerkrebs als Haustier halten, sich so anziehen wie alle andern – das ist cool. Lange Haare sind in, Dauerwellen auch, dann aber wieder nicht. Über das, was die Erwachsenen manchmal miteinander treiben, musst du kichern, musst es spannend finden, darfst nicht rot werden und nicht zugeben, dass du die Ausdrücke, die Andeutungen nicht verstehst. Musst in sämtliche Discos und Filme gehen, auch in solche, die nicht jugendfrei sind, musst Videos leihen, wenn die Eltern nicht zu Hause sind. Musst Stehblues tanzen und dich von der Haut eines Jungen erhitzen lassen. Scharf, geil, cool musst du das finden.

Hüte dich davor, dicke Romane zu lesen – BRAVO und STARLET sei deine Lektüre! Mit den Jungen in der Pause Fußball spielen, schwitzen, kurze Haare und schmale Hüften haben – unmöglich! Wehe, wenn du was für Mathe übrig hast und den neuen Aushilfslehrer nicht ätzend findest. Alle Lehrer, die einen Bauch haben, musst du fertig machen, ganz gleich, wie nett sie sind oder wie interessant sie ihren Unterricht gestalten. Vor deinem fünfzehnten Geburtstag musst du Schnaps getrunken haben, ein anständiges Besäufnis ist Ehrensache. Bis dahin musst du alles über Suff, anschließenden Kater und Sex wissen. Hast du mit fünfzehn noch niemanden geküsst, kannst du genauso gut gleich Nonne werden. Und wenn du keinen Bock hast, dich am Lehrerterror zu beteiligen, bist du selbst schuld. Die Kloschüssel wartet. Was glaubst du wohl, wer du bist?

Sie zittert, erinnert sich und zittert. Wagt immer noch nicht zu widersprechen. Fürchtet sich immer noch vor der Welt außerhalb der weißen Wände. Womöglich muss sie sogar hier noch Theater spielen und sich nach ungeschriebenen Regeln richten, die einige wenige bestimmt haben, die starken Typen, die am lautesten schreien.

Die Welt der Erwachsenen liegt nur einen Steinwurf von der Welt der Kinder entfernt. Es stimmt nicht, dass alle mit der Zeit reifer werden. Vielleicht haben ihre Klassenkameraden sich überhaupt nicht verändert, sondern spielen immer noch die gleichen Spiele auf dem Schulhof und im Klassenzimmer, nur dass sie es jetzt Arbeitsplatz und Vorlesungssaal nennen. Nein, rächen will sie sich nicht, sie möchte nur gern erfahren, warum.

Tief unter der Matratze verborgen wartet die Rasierklinge auf Haut und Fleisch. Aber sie wird vergebens warten. Das Metall ruht kühl auf der Handfläche, ein formschönes Werkzeug. Dass sie die scharfe Klinge nicht hat benützen müssen, rechnet sie sich als Sieg an. Aber sie bewahrt sie auf, für alle Fälle.

Müde tritt sie ans Fenster, lehnt die Stirn an die Scheibe und sehnt sich hinaus. Jetzt am Nachmittag verschwindet ein Pfleger nach dem andern, nur die Nachtwache bleibt zurück. Bald werden die Schlüssel rasseln und klappernde Absätze in den Ohren der Irren hallen, die Luft hier drin ist zum Ersticken. Wenn sie nur ein Loch in die Fensterscheibe schlagen könnte, um etwas Sauerstoff hereinzulassen. Ihr schmerzt die Brust vor Sehnsucht, so schlimm war es noch nie. Doch das ist gefährlich, ein Rückfall wäre riskant. Sie darf sich in nichts hineinsteigern.

Die Ärzte wollen ganz sichergehen. Sie sei ein kompli-

zierter Fall. Vielleicht ist sie in den Augen des Pflegepersonals ja nur ein interessantes Studienobjekt. Bald muss sie sich wieder mit dem Hornochsen hinterm Schreibtisch unterhalten, der sich einbildet, alles über sie zu wissen. In seinem Zimmer ist die Luft noch trockener als hier. Sie lässt die Rasierklinge fallen, hört das Klirren, will sich nie mehr danach bücken.

Als Hanna in der großen Halle Tischtennis spielte, war alles wie verwandelt. Ein paar Kinder wussten zwar, in welche Schule sie ging, und erkannten sie von früher, aber niemand schien festzustellen, dass sie durchsichtig oder eklig war. Alle schienen sie für normal zu halten. Die Tischtennishalle lag am andern Ende der Stadt, die meisten Kinder, die hier spielten, besuchten Schulen in der Umgebung. Hanna versteckte sich hinter der Unwissenheit der andern und tat so, als wäre mit ihr alles in Ordnung. Sie unterhielt sich sogar mit ein paar Mädchen im Umkleideraum, sagte, wie alt sie war, und schüttelte den Kopf, als die Mädchen fragten, ob sie früher schon mal Tischtennis gespielt hätte.

Die Mädchen lobten Hannas Vorhand, da wurde sie rot und rannte schnell ins Abendlicht hinaus, um auf Papa zu warten, der sie mit dem Auto abholen würde. Es war gefährlich, sich zu lange mit den andern zu unterhalten, sie durfte sie nicht zu nah an sich heranlassen, denn dann könnten sie plötzlich die Zeichen erkennen, jene unsichtbaren Zeichen, die Hanna selbst nicht sah. Und dann würden sie anfangen zu flüstern. Der Trainer hatte gesagt, sie sei tüchtig. War das nun gut oder schlecht? Wenn Frau Ström sie vor der Klasse lobte, schienen die Rücken der andern zu wachsen und eine Stille senkte sich übers Klassenzimmer, die voller Stimmen und Schreie war.

Hanna schlüpfte neben Papa auf den Vordersitz. Sie lächelte unmerklich. Die Minuten nach dem Training, die sie allein mit Papa verbrachte, gehörten zum Schönsten, was es gab. Manchmal roch es im Auto nach Schokolade und Erdnüssen, dann wartete eine Überraschung im Handschuhfach.

»Warst du gut heute?«, fragte Papa.

»Ja ... Im Herbst ist ein Turnier.«

»Na, großartig!« Papa fuhr los. Hanna sah zum Fenster hinaus. Der Augustabend war noch hell, obwohl es bereits kurz vor acht war. Der Herbst brachte die Dunkelheit mit, in der sie sich verstecken konnte, auch die Tischtennishalle war jetzt eine Zuflucht. Ihr Tischtennisschläger lag auf ihrem Schoß, rot auf der einen Seite, grün auf der andern. Sie lehnte den Kopf an die Fensterscheibe und versuchte ihre Gedanken, dass die Schule bald wieder anfing, an dem kühlen Glas zu zerdrücken.

Plötzlich blitzte in ihr eine Erinnerung auf.

»In der Schule gibt es auch eine Tischtennisplatte!«

»Na, wunderbar, dann kannst du es den Jungen ja mal richtig zeigen!« Papa fuhr jetzt nach Tallbacken hinauf. Hanna legte ihre Hand an die Fensterscheibe und musterte ihre Finger. Einmal war ihre Hand zu groß, dann wieder zu klein, die Haut kam ihr zu rau vor und dann wieder viel zu glatt. Sie strich sich übers feuchte Haar und blieb noch ein Weilchen sitzen, nachdem Papa vor der Garage angehalten hatte. Papa blieb ebenfalls sitzen, gemeinsam lauschten sie der Stille. Hanna hörte Papa atmen.

»Woran denkst du?« Papa drehte sich zu ihr um und sah, dass sie die Augen geschlossen hatte. Die Stille dauerte an. Hanna hielt die Augen noch eine Zeit lang geschlossen, ohne Papas Frage zu beantworten. Dann öffnete sie die Autotür und stieg aus. Erst jetzt spürte sie, wie müde ihre Beine waren.

Am ersten Schultag fuhr Hanna mit dem Fahrrad zur Schule. Mama hatte ihr einen neuen Helm kaufen wollen, doch Hanna hatte sich heftig gewehrt.

Irgendwie war sie doch neugierig, wie Karin und die andern nach dem Sommer wohl aussahen, ob sie gewachsen waren, ob jemand weggezogen war.

Hanna stellte das Fahrrad ab und ging langsam auf das neue Klassenzimmer zu, auf das Klassenzimmer der Sechsten, wo neue Bänke, neue Stifte, Radiergummis, Notizblöcke und Stundenpläne warteten und wo neues Gelächter die Klassenstars umflattern würde. Hanna trug ihre weiße Hose und dazu einen blauen Pulli, in ihrer Halsmulde glänzte das goldene Herz, aber die Silberkette mit der Muschel, die Karin ihr geschenkt hatte, lag tief unten im Schmuckkästchen begraben.

Sie hatte sich geschworen, nie mehr mit Karin zu reden. Nie mehr zu lächeln, nie mehr etwas Nettes zu sagen.

Unten in Hannas Rucksack steckte der Tischtennisschläger. In den Pausen würde sie unten im Keller Tischtennis spielen, dann brauchte sie sich nicht mehr bei den Schaukeln zu verstecken oder sich hinten im Ackergraben zu verkriechen. Sie würde mit den Kleinen spielen, die keine Ahnung hatten, wer sie war.

Als sie ins Klassenzimmer trat, waren da wieder die Augen der andern, die ihr auswichen oder einfach durch sie hindurchsahen. Hanna hängte ihre Jacke auf und lehnte sich an die Wand. Der weiche blaue Pulli fühlte sich plötzlich rau auf der Haut an.

Katarina und Ylva standen flüsternd in ihrer Ecke und steckten die Köpfe zusammen. Sie hatten schon einmal behauptet, eine könnte die Gedanken der andern lesen. Wenn Ylva krank war, war Katarina auch krank und umgekehrt. Ihre Testnoten fielen meistens gleich aus.

Torsten war noch dicker geworden, seine rosige Haut glänzte von den Grillfesten und Eisbechern des Sommers. Krister dagegen sah dünner und blasser aus und kauerte Schutz suchend in Torstens Schatten. Simon pendelte zwischen Torsten und Krister und der großen Jungenschar um Olle, Jonas und Peter hin und her. Simon gehörte weder zu den Aussätzigen noch zu den andern. Karin war gewachsen und hatte zugenommen, unterm Pulli zeichnete sich deutlich ihr Busen ab, ihre hellblonden Haare reichten ihr fast bis an die Taille und sie hatte sich geschminkt – rosa

Lippenstift und blaue Wimperntusche. Lina war auch gewachsen, ihr reichte das Haar bis an die Schultern. Sie roch nach Pferd. Erika mit den schweren Brüsten, mollig wie immer, futterte mit vorgeschobenen Lippen Kekse.

Sofia sah völlig verändert aus, der Sommer hatte sie in eine kräftige Riesin mit linkischen Bewegungen und schwerfälligem Gang verwandelt. Nur ihre Haare waren noch so hübsch wie früher, ihr Gesicht war jedoch so sehr aus dem Leim gegangen, dass ihre Augen irgendwie verrutscht schienen und man nicht mehr recht wusste, wohin sie eigentlich guckte. Die Jungen musterten sie mit verstohlenem Grinsen und stießen sich an. Sofia senkte den Blick und sah zu Boden, anstatt wie früher einfach lächelnd auf die Jungen zuzugehen. Zwar stand sie noch zwischen Karin und Lina, umgeben von den übrigen Stars – aber trotzdem schon irgendwie außerhalb. Pia redete eifrig auf Sanna ein, bei jedem Lächeln blitzte ihre Zahnspange auf. Sanna war größer und schlanker geworden, ihr hübsches Gesicht wurde von neuen Dauerwellen eingerahmt, sie sah wie ein Fotomodell aus. Sofia und Sanna musterten sich gegenseitig, maßen einander mit Blicken. Sanna lächelte, Sofia wich zurück.

Dann kam Frau Ström. Ihre Brille war immer noch zu groß und rutschte immer noch auf der Nase nach vorn, ihre helle Haut schien noch blasser geworden, sie sah fast durchsichtig aus.

»Guten Morgen«, sagte sie, während die Schüler sich aufstellten.

»Guten Morgen, Frau Ström«, kicherten die neuen Sechstklässler. Frau Ström hatte noch nicht kapiert, dass es total out war, sich aufstellen und Guten Morgen sagen zu müssen.

Niemand war weggezogen, niemand war neu hinzugekommen. Frau Ström verteilte die Sitzordnung. Hanna kam neben Krister. Krister roch schwach nach Zigarettenrauch. Hanna wurde schwindlig davon. Er fingerte nervös am Bankdeckel herum und warf ab und zu einen Blick nach hinten, zu Torsten, der neben Eva saß. An seinem dünnen Arm hatte er einen großen blauen Fleck.

Frau Ström verteilte Bücher und neue Stundenpläne, dann fragte sie, ob jemand mit ihr zusammen aus einem andern Klassenzimmer die Mathebücher holen wolle. Hanna traute sich nicht, die Hand zu heben. Die andern sollten bloß nicht glauben, sie wolle schleimen. Kein Mensch meldete sich. Frau Ström seufzte und forderte Pia und Jan auf, die am nächsten saßen. Pia strahlte Jan begeistert an, während Jan Sanna anstarrte.

Kaum hatte Frau Ström mit ihren Helfern das Klassenzimmer verlassen, als der Radiergummikrieg ausbrach, wie immer nach den Ferien. Jedes Mal Radiergummikrieg mit drei Hauptzielen: Hanna, Katarina und Torsten. Torsten blieb einfach hocken und aß lachend einen Radiergummi auf, um zu zeigen, wie cool er war. Katarina hielt den Kopf mit geschlossenen Augen zum Fenster gewandt, und Hanna hatte den Bankdeckel hochgeklappt und tat so, als würde sie den neuen Stundenplan studieren. Sie sah, dass Kristers Handgelenk dünner war als ihres, blaue Adern verzweigten sich zur Handfläche hin. Als Frau Ström zurückkam, fragte sie wie üblich: »Was ist denn hier los?« Keine Antwort. Seufzend setzte sie sich an ihr Pult.

»Ihr seid keine kleinen Kinder mehr, jetzt geht ihr in die sechste Klasse und müsst das auch zeigen!« Genau das Gleiche hatte sie letztes Jahr gesagt. Ein kurzes unterdrücktes Kichern war zu hören, dann begann die erste Stunde.

In der Mittagspause schlüpfte Hanna in den Keller hinunter. Die Tischtennisplatte leuchtete ihr wie eine grüne Wiese entgegen. In einer Ecke lagen ein paar Tischtennisbälle und sammelten Sommerstaub. Hanna ließ einen Ball auf der Schlägerkante hüpfen, elfmal hintereinander, ein persönlicher Rekord. Nach einiger Zeit tauchten ein paar kleinere Jungen aus der Vierten auf. Anfangs musterten sie Hanna voller Misstrauen, doch dann zuckten sie die Schultern und näherten sich wie auf ein gegebenes Signal der Platte.

»Spielen wir?«, fragte ein blonder Junge und ließ einen Ball auf die Platte hüpfen. Hanna nickte. Für den Anfang schlug sie noch nicht so fest zu wie sonst. Bald waren so viele Jungen da, dass sie Rundlaufen spielen konnten. Plötzlich rannten Olle und Peter auch mit um den Tisch. Im Eifer der Jagd nach dem Ball schienen sie zu vergessen, dass es Hanna war, die ihnen an der Platte gegenüberstand. Hoffentlich gaben die beiden bald auf, um wieder die Mädchen im Hof rumzuscheuchen.

»Scheiße, das ist doch die Hanna!«, schrie Peter plötzlich. Die kleineren Jungen hörten auf zu spielen. Hanna starrte zornig auf ihre Schuhe hinunter und umklammerte ihren Schläger fest mit der Hand.

»Na und? Die spielt doch super«, wandte ein groß gewachsener Junge aus der Fünften ein.

»Halt's Maul!« Olle schubste den andern so heftig, dass er fast hingefallen wäre. Es blieb lange still, doch dann begannen die Jungen wieder um die Platte zu laufen, an Hanna vorbei, um die grüne Wiese herum. Hanna sah, dass Olle und Peter miteinander flüsterten, rannte aber trotzdem wieder mit. Jetzt schmetterte sie hemmungslos und ohne Rücksicht auf die kleineren Jungen und deren Geschrei, dass das ungerecht sei.

Peter musste beim Rennen hecheln wie ein Hund, er hatte eine schlechte Technik, schaffte es aber trotzdem meist, die Bälle übers Netz zu schlagen. Manchmal verzog er das Gesicht, um einen Schweißtropfen im Mundwinkel aufzufangen. Er hielt den Schläger zwischen Daumen und Zeigefinger, wollte es wohl den Chinesen nachmachen. In der Schlussrunde würde sie gegen ihn spielen müssen, das war unvermeidlich. Hanna wusste auch, dass sie gewinnen würde und dass das gefährlich war. Jedes Mal, wenn er Punkte verlor, suchte er mit verschwitztem Grinsen bei Olle Unterstützung.

»Mensch, Peter, zeig's ihr, die ist doch bloß ein Mädchen, die stinkige Hanna!«, schrie Olle und lachte, dass die Spucke sprühte. Lachte hart und schrill mit leichtem Zittern. Jetzt nach dem Sommer schien er irgendwie geschrumpft zu sein, er war genauso klein wie die Viertklässler und konnte immer noch nicht richtig lesen. Dafür kannte er tausend Flüche und verstand es, die Mädchen mit seinem ekligen Mund abzuknutschen. Er konnte spotten, schlagen, treten, andere mit Schlamm und Schnee einseifen und ihnen den Kopf in die Kloschüssel drücken. Aber richtig lesen konnte er nicht. Es gab überhaupt keinen Grund, ihn zu bedauern.

Hanna gewann. Peter schleuderte den Schläger auf die Platte, schrie aber nicht, dass sie geschummelt hätte. Er hatte bloß einen roten Kopf. Olle stand verdattert daneben und fluchte vor sich hin.

»Verdammte Scheiße, Peter, die ist doch nur ein Mädchen!«

Hanna starrte ihren Schläger an. Wahrscheinlich war es das nicht wert. Sie drehte die grüne Seite nach oben, dann die rote. Eine Verkehrsampel, die sich nicht entscheiden konnte, ob Hanna weitergehen durfte oder stehen bleiben musste. Hanna ging hinaus auf den Schulhof, trat hinaus auf den schwarzen Asphalt und die Kreidestriche eines Himmel-und-Hölle-Spiels. Peter und Olle verschwanden, das hätten sie ruhig früher tun können. Sie hatte nicht drum gebeten, gegen Peter spielen zu dürfen. Hatte nicht drum gebeten, in diese Schule gehen zu dürfen. Sie kickte Steine vor sich her und hätte am liebsten den Schläger ins Gebüsch geworfen, blieb aber stehen und wartete, bis es läutete.

Den Rest des Tages saß sie mit gesenktem Blick in der

Bank und rechnete so schnell, dass sie ein ganzes Kapitel weiterkam als die andern. Sie nahm sich vor, zu Hause weiterzurechnen, dann Tischtennis zu spielen, zu lesen und ein Bild zu malen. Im Kopf entwarf sie einen eigenen Stundenplan – wenn sie sich daran hielt, bräuchte sie nie mehr neben dem Telefon zu sitzen und zu warten, dann hätte sie keine Zeit mehr, an etwas anderes zu denken als an das, was sie sich vorgenommen hatte.

Sie tanzt schnell, immer schneller, dreht sich, bis ihr schwindlig wird, wirft die Haare hin und her, wiegt den Körper, stellt sich vor, das Zimmer sei voller anderer Körper, die mit ihr tanzen. Stellt sich vor, sie sei schön. Stück für Stück erforscht sie ihre Haut, wild trommelt sie mit den Füßen gegen den Boden, sie streicht sich mit heißen Fingern über die Lippen, saugt vorsichtig, möchte wissen, wie Küsse schmecken. Vielleicht süß und warm wie Blut. Ihr eigenes Handgelenk hat sie schon oft geküsst. Sie wirbelt im Kreis, jetzt hat sie ihr Ballkleid an, jetzt die schönen weißen Schuhe, jetzt fallen ihr die Haare in weichen Wellen um den Nacken, ihre Augen strahlen, niemand sieht weg oder wendet sich ab. Ja, hier will sie sein.

Sie prallt an eine Wand, stößt sich von ihr ab. Nie mehr wird sie sich an Wände pressen, nie mehr wird sie ein Mauerblümchen sein, das die Tanzenden, Glücklichen angestrengt anlächelt. Nie mehr wird sie so tun, als wäre alles gut, als fühlte sie sich unheimlich wohl in Gesellschaft von Popcorn, Bowle und den anderen schweigenden, an der Wand klebenden Unbeliebten. Sie tanzt und schlägt, tritt, kratzt. Das da ist Sofia, das Peter, da sind Lina und Jonas und Olle. Inzwischen tanzt sie nicht mehr. Sie spuckt und faucht, Arme und Hände schmerzen.

Sie kratzt Karin die Augen aus, bespuckt das unsichtbare Gesicht, das Erinnerungsbild. Natürlich müsste sie verzeihen. Darf nicht bitter sein. Plötzlich erinnert sie sich an all das Helle, das sie mit Karin geteilt hat. An die Spiele in der selbst gebauten Hütte und an die Schokokugeln, an lauwarmen Saft auf der Veranda, an das Zelt und das Geflüster, die Verkleidungskiste, das Lachen, die gemeinsamen Geheimnisse. Dann die Erinnerung an das Dunkle: Karins Spott, ihre kichernde Verachtung, ihr grundloser Verrat. Oder gab es einen Grund? Vielleicht sollte sie Karin ein-

fach anrufen und fragen. Oder ihr einen Brief schreiben, sie mit einem Gruß aus der Vergangenheit überraschen, mit einem Brief, abgestempelt im Irrenhaus. Vielleicht sollte sie Karin bitten, sie zu besuchen?

Sie lacht leise vor sich hin. Karin würde es niemals wagen herzukommen. Karin will die Vergangenheit durchstreichen, die Irrtümer der Kindheit vergessen. Ganz so schlimm war es doch gar nicht. Eigentlich ist ja kaum was passiert. Unmöglich, dass Kinder so miteinander umgehen können. Kinder spielen ein bisschen und streiten sich ein bisschen, als Erwachsener hat man für so was Verständnis. Eigentlich hatten sie einen guten Zusammenhalt in der Klasse. Alle kümmerten sich umeinander. So will Karin ihre Erinnerung haben. Vielleicht sieht die Erinnerung der andern genauso aus.

Sie schüttelt den Kopf, fährt sich mit dem Fingernagel übers Gesicht und sinkt zu Boden. Umschlingt ihren Körper und schaukelt sanft hin und her. Sie darf sich nicht selbst hassen. Rollt sich zu einem Knäuel zusammen und hört ihr Herz flattern. Ist zu schwach, um aufzustehen. Saugt an den Fingern, am Daumen, möchte wissen, wie Küsse schmecken. Möchte Großvater fragen, der neben ihr sitzt und ihr die Hände um den Kopf legt, als würde er sie segnen.

Auf einmal ist das Zimmer voller gelber Rosen, die sich an ihrem Körper emporranken. Großvater hat seine Beerdigungsrosen in ihr Zimmer gepflanzt. Er flüstert, die Rosen seien das Leben und sie müsse weitertanzen. Er wolle auf ihre Hochzeit gehen, nicht auf ihre Beerdigung. Sie solle damit aufhören, ihre Erinnerungen zu zerkratzen.

Torsten saß ganz vorn, direkt vor dem Lehrerpult. Die übrigen Bänke waren nach hinten geschoben und die Vorhänge zugezogen. Die Bunte Stunde konnte beginnen. Frau Ström stand neben der Tür. Jedes Mal, wenn Torsten rülpste, lächelte sie betreten. Torsten konzentrierte sich auf seine große Aufgabe. Er hatte angekündigt, seinen persönlichen Fressrekord zu brechen und eine große Tüte frisch gebackener Hefeschnecken mitgebracht, die er seiner Mutter direkt vom Backblech geklaut hatte. Darin hatte er Übung, meistens ließ er auch noch ein Scheinchen aus ihrem Geldbeutel mitgehen. Seine Eltern waren reich, sie wohnten in einem großen Haus mit einem Riesenkühlschrank, zwei Schäferhunden und mehreren Barschränken. Torsten war schon dreimal besoffen gewesen. Hanna hatte ihn ein einziges Mal besucht, an seinem neunten Geburtstag. Damals hatten ihm alle Süßigkeiten mitgebracht. Nur Hanna hatte ihm ein Buch geschenkt, das hatte er wahrscheinlich nie gelesen.

»Los, fang an!« Jan stand mit der Stoppuhr neben ihm. Torstens alter Rekord lag bei zwölf Hefeschnecken in einer Minute.

»Du schaffst es, Torsten, du schaffst es!« Olle und Jonas waren auf die Bänke gestiegen und feuerten ihn an. Frau Ström war verschwunden, die Bunte Stunde löste bei ihr eine Allergie aus. Torsten presste sich die runden Hefeschnecken in den Schlund, kaute höchstens einmal, dann schluckte er. Mit fettigen Fingern grapschte er nach der nächsten und dann nach der übernächsten. Krister stand als moralische Stütze neben ihm. Torstens Gesicht begann sich zu verfärben, aber er hörte nicht auf zu essen.

»Noch fünfzehn Sekunden!«, brüllte Jan.

»Elf Schnecken«, zählte Peter und machte einen weiteren Strich mit dem Bleistift, »zwölf Schnecken …«

»Noch fünf Sekunden!«

»Dreizehn Schnecken ...«

»Drei, zwei, eins, stopp!« Torsten schaffte es gerade noch, die letzte Schnecke hinunterzuwürgen, bevor Jan den Stoppknopf drückte.

»Wahnsinn! Einsame Spitze!«, keuchte Olle und starrte Torsten an. »Los, Leute, wir müssen Torsten hochleben lassen!«, schrie er.

Torsten sah immer noch irgendwie komisch aus, und als die Jungen anfingen, ihn an Armen und Beinen hochzuhieven, war er zu geschwächt, um sich zu wehren.

»Der wiegt ja mindestens eine Tonne«, piepste Karl unter Torstens fettem Arm hervor.

»Bloß siebenundneunzig!«, protestierte Torsten, der allmählich wieder zu sich kam. Plötzlich entglitt er ihren Händen und krachte schwer auf den Boden.

»Lasst mich in Ruhe!«, fauchte er und wischte sich den Mund. Dann stand er auf und schwankte zu seiner Bank zurück.

Schon wartete die nächste Darbietung: Katarina und Ylva hatten eine Playback-Show zu Liedern von Pernilla Wahlgren vorbereitet. Sie tanzten gut, Katarina kam aber immer mal wieder aus dem Takt. Olle buhte sie aus.

»Katarina soll lieber Nackttanz machen!«, brüllte er.

»Und Ylva Bauchtanz!«, schrie Stefan. Alle lachten. Ylva hatte fast überhaupt keinen Bauch, von der Seite her war sie ein Strich, fast unsichtbar.

Hanna saß ganz außen bei den Fenstern, ab und zu spähte sie unter den dunklen Vorhängen hinaus und sah das Herbstlaub im Wind tanzen.

»Wenn Frau Ström verreist, kriegen wir einen neuen Lehrer, das wisst ihr doch«, sagte Karin plötzlich und stand auf. »Also, der ist echt fies, der betatscht die Mädchen und so!«, fuhr sie fort, während sie ihre langen Haare nach hinten warf. Olle nickte eifrig und stellte sich neben

Karin. Im Klassenzimmer wurde es still. Frau Ström hatte eine Mutter, die im Sterben lag, deshalb wollte sie zu ihr ins Krankenhaus.

»Der Typ heißt Tell-Inge und wohnt immer noch zu Hause bei seiner Mami, obwohl er schon fünfundvierzig ist«, teilte Olle grinsend mit. Peter und Jonas grinsten auch.

Tell-Inge tat Hanna jetzt schon Leid. Er hatte ein paar Mal Vertretung gemacht. Er war groß und schwer, hielt den Blick meist gesenkt und strich sich oft über sein strähniges graues Haar.

»Wir haben ausgemacht, dass niemand antworten darf, wenn er was fragt«, fuhr Olle fort.

»Ja, genau!«, sagten Peter und Stefan im Chor und standen auf. Sie hatten bestimmt, was die Klasse zu tun hatte.

»Geschieht ihm recht, wie kann man nur so unmöglich sein wie der!« Karin lächelte Olle freundlich an.

Olle beugte sich vor. »Manchmal treibt er's mit seiner Mami, weil er so geil ist, aber niemand sonst was von ihm wissen will«, zischte er.

»Keinen Mucks, wenn der geile Tell-Inge uns dämliche Sachen fragt, verstanden?«, schrie Peter und forderte die Klasse auf, es ihm nachzusagen. Die Klasse widerholte brav alles, was er hören wollte. Erst als Frau Ströms Absätze im Flur klapperten, setzte er sich hin und hielt den Mund.

Hanna versteckte sich hinterm Vorhang. Sie baute sich dort ein eigenes kleines Zimmer aus Stoff. Von dort aus konnte sie ins herbstliche Gelb hinaussehen. Es war schon September, bald wurde sie zwölf, für solche Kindereien war sie zu groß. Sie hatte nichts versprochen, sie gehörte ja sowieso nicht zur Klasse. Jetzt wollte sie nach Hause und malen, heute Abend fiel das Tischtennistraining aus. Ab und zu müsse sie ausruhen, hatte der Trainer gesagt. Den Schläger brachte sie mittlerweile nicht mehr in die Schule mit, Peter und Olle hefteten sich ihr nämlich jedes Mal sofort an die Fersen, wenn sie in den Keller hinunterging.

Hanna sollte sich bloß nichts darauf einbilden, dass sie im Tischtennisverein spielte.

Das ganze Englischbuch hatte sie schon durchgelesen und im Mathebuch war sie viele Kapitel weiter als die andern, doch das hatte sie Frau Ström nicht verraten. Nie mehr würde sie irgendjemandem irgendwas verraten. Niemand durfte ahnen, dass ihr Mathe und Englisch Spaß machten. Sie ließ den Vorhang zurückfallen und sah Frau Ström die Tür öffnen.

»So, seid ihr schon fertig?«, fragte Frau Ström und ging zum Pult. Sie lächelte, strich sich die Haare aus der Stirn und wurde ernst.

»Ab Montag bin ich ja nicht mehr da, aber ihr werdet euch bestimmt gut mit meinem Vertreter verstehen«, fuhr sie fort. Plötzlich schien sie zu frösteln. Sie zog die Schultern hoch und wirkte dadurch irgendwie noch dünner als vorher.

Tell-Inge hatte einen dunklen kleinen Schnurrbart und spärliche Haarsträhnen, die er sich schräg über die Glatze kämmte. Seine Brille schien schwer zu sein, an der Nasenwurzel leuchteten rote Abdrücke. Unter dem engen T-Shirt, das ab und zu nach oben rutschte, quoll sein Bauch wie ein Kissen hervor. Olle und Peter hatten hinter Tell-Inge herspioniert, sie wussten, wo er wohnte und dass seine Mutter eine alte Hexe war, die alle Leute hasste, nur ihren kleinen Liebling nicht. Jeden Morgen brachte sie ihm das Frühstück ans Bett, und wenn er von der Arbeit nach Hause kam, wartete das Mittagessen auf ihn. Ab und zu unterrichtete er in den oberen Klassen, aber nur im Notfall, wenn sonst keine Vertretung aufzutreiben war. In seinem Zimmer hing ein Modellflugzeug von der Decke. Eigentlich hatte er Pilot werden wollen, und das, obwohl er eine große schwere Brille trug und total gaga war. Er war echt der Allerletzte.

In der ersten Stunde hatten sie Mathe. Tell-Inge wanderte durchs Klassenzimmer und beugte sich über die Zahlen, dabei flatterten die Haarsträhnen auf seinem Kopf. Lina und Karin schnitten Gesichter. Sie bildeten sich ein, dass er sich vor allem über sie beide beugte, dass er komisch keuchte und an seiner Hose herumfummelte. Tell-Inges Hose rutschte tatsächlich andauernd und ließ seine Unterhose hervorleuchten. Während er durchs Klassenzimmer ging und immer wieder seine Hose hochzog, deutete er mit dem Finger in die Mathehefte und erklärte tauben Ohren, wie man die Aufgaben lösen musste. Als er sah, wie weit Hanna schon war, lobte er sie. Sie wurde rot und nickte rasch. Hoffentlich ging er weiter, hoffentlich sagte er nichts mehr, was die andern hören konnten! Er ging tatsächlich weiter. Inzwischen war die Hose so weit runtergerutscht, dass er etwas unternehmen musste. Er begann in seiner Aktentasche zu wühlen und zog schließlich einen breiten Ledergürtel mit einer Metallschnalle vor. Die Klasse brach wieder in Kichern aus, weil der Gürtel so total wahnsinnig aussah, ungefähr wie einer dieser Gurte, die sich Gewichtheber um den Bauch schnallten. Aber ein Gewichtheber war Tell-Inge bestimmt nie gewesen, und wenn, dann waren inzwischen sämtliche Muskeln als Fettring um den Bauch nach unten gesackt. Als Tell-Inge die Schüler kichern hörte, sah er auf und lächelte.

Ganz vorsichtig, damit möglichst niemand es sah, rechnete Hanna weiter. Ihr Stift bewegte sich kaum, trotzdem gelang es ihr, die Zahlen aufs Papier zu bringen. Tell-Inge lächelte und sprach immer schneller. Als die Klasse weitergrinste, wurde sein Lächeln noch breiter. Er erzählte einen Witz, der überhaupt nicht komisch war und musste so sehr lachen, dass er einen Schluckauf bekam. Die Klasse hörte nicht mehr auf zu kichern, Tell-Inge sah beinahe glücklich aus. Er glaubte wohl, dass sie ihn mochten.

In der Pause schrieb Peter etwas an die Tafel. In roten Buchstaben leuchteten einem die hässlichen Wörter entgegen: *Tell-Inge bumst seine Mutter.*

Hanna tat so, als würde sie es nicht sehen, und als Tell-Inge nach der Pause hereinkam, verhielt er sich genauso. Die Wörter blieben den ganzen Tag stehen, am nächsten Tag waren sie verschwunden, aber Peter schrieb sie wieder hin. Danach blieben sie die ganze Woche stehen. Als Tell-Inge etwas an die Tafel schrieb, schien er sie nicht zu sehen. Peter behauptete, das beweise, dass es wahr sei. Pfui Teufel, Tell-Inge war ein Schwein!

Nicht einmal, als sie Geschichte hatten und die Tafel für die vielen historischen Jahreszahlen nicht mehr ausreichte, wischte Tell-Inge die Wörter aus.

Hinter seinem Rücken redete die Klasse wild durcheinander. Ab und zu flogen Radiergummis oder kleine Papierknäuel durch die Luft. Die Jungen falteten Papierflieger und spielten Krieg. Karin, Lina und Sanna schminkten sich oder flochten einander die Haare. Sofia, Pia und Erika teilten sich eine Tüte Bonbons und blätterten in Zeitschriften. Torsten und Krister steckten sich heimlich Zigaretten zu. Krister war ein Stückchen gewachsen und entwickelte sich nach und nach zum coolen Typ. Selbst schlagen war besser als geschlagen zu werden.

Simon holte brav Tell-Inges Aktentasche, die neben dem Pult stand. Peter, der vor Erregung fast sabberte, öffnete den Verschluss und leerte den Inhalt auf den Boden. Tell-Inge hatte der Klasse den Rücken zugewandt und erzählte sich selbst vom Zweiten Weltkrieg und den Juden.

»Zimtschnecken!«, schrie Peter und schmiss die Tüte zu Torsten rüber, der wie auf Befehl zu essen begann. Tell-Inge murmelte etwas über die Konzentrationslager.

»Ha! Er hat unsere Mathearbeit korrigiert!« Peter sah die Papiere durch und las alle Ergebnisse laut vor. Alle, nur Hannas nicht. Sie erhielt ihren Test trotzdem, weil Simon ihn erwischte und ihn via Ylva zu ihr hinüberschickte. Simon war vielleicht doch ein bisschen nett.

Alle Aufgaben waren richtig gelöst. Sie faltete das Blatt zusammen und steckte es in die Schultasche.

»Nur einen Fehler!«, schrie Peter triumphierend. Die andern jubelten, Peter war der Klassenstar, der Primus, das war schon längst so abgemacht.

Tell-Inges Hand zitterte leicht, als er das Jahr 1945 aufschrieb und über den Friedensschluss zu erzählen begann. Er nahm die ganze Weltgeschichte für sich allein durch.

»Los, wir hauen ab!«, schlugen Jan und Stefan vor und nahmen ihre Schultaschen. Bald war das Klassenzimmer leer, nur Hanna, Katarina und Ylva saßen noch da. Tell-Inge schrieb weiter an die Tafel und redete laut vor sich hin. Hanna blieb bis zum Läuten sitzen. Dann nahm sie ihre Tasche und ging langsam zur Tür. Als sie sich umdrehte, sah sie, dass Tell-Inge auf den Stuhl gesunken war. Die Brille war ihm auf die leuchtend rote Nase hinuntergerutscht. Fast eine Woche war vergangen. Nur noch eine Woche, dann würde er als Vertretung in eine andere Klasse wechseln.

Am nächsten Tag beantwortete Hanna aus Versehen eine Frage. Im Erdkundeunterricht wollte Tell-Inge wissen, ob jemand von ihnen schon in Paris gewesen sei. Hanna hatte Verwandte dort. Unwillkürlich fuhr ihre Hand hoch. Tell-Inge lobte sie lächelnd für ihre Antwort. Ob sie auch Französisch könne? Hanna schüttelte den Kopf und starrte vor sich auf die Bank. Sie wollte keine Fragen mehr hören, wollte keine Antworten mehr geben. Aber Tell-Inge fragte immer weiter, jetzt wandte er ihr seine ganze Aufmerksamkeit zu und erklärte, es sei sehr wichtig, früh in der Welt rumzukommen und Sprachen zu lernen. Dann erzählte er ausführlich vom Eiffelturm und den vielen kleinen Cafés in Paris, vom Triumphbogen und der Französischen Revolution, von Künstlern und Schriftstellern, die dort gelebt hatten und von dem kleinen Hotel, wo er manchmal Urlaub machte.

»Mit der Mami, was?«, fragte Olle grinsend. Diese Frage beantwortete Tell-Inge nicht, er lächelte Hanna nur weiterhin an und lobte sie noch einmal, weil sie in Paris gewesen war. Hartnäckig hielt sie den Blick gesenkt und kniff den Mund zu.

Hanna stand allein auf dem Schulhof, als plötzlich Karin mit den andern Mädchen auf sie zukam. Nur Katarina und Ylva fehlten. Die Mädchen bauten sich im Kreis um Hanna auf und begannen sie anzustarren. Sie starrten und starrten, ohne mit der Wimper zu zucken. Hanna versuchte, aus dem Ring auszubrechen, doch die Mädchen trieben sie zurück. Lange blieben sie so stehen, manchmal rückten sie näher an Hanna heran und atmeten ihr Feuchtigkeit ins Gesicht. Hanna starrte zurück, starrte Karin an und sah in die Augen, die sie früher so schön gefunden hatte. Schließlich senkte Karin den Blick. Hanna seufzte erschöpft. Am liebsten hätte sie blind um sich geschlagen, doch ihr Körper war völlig ausgelaugt. Sie ließ sich auf den Boden sinken. Dort rollte sie sich zusammen und verbarg den Kopf zwischen den Armen, formte eine Hülle um den Körper.

»Die spinnt ja total«, war von oben zu hören.

»Die ist garantiert noch nie in Paris gewesen.«

»Die hat doch tatsächlich was für dieses Ekelpaket übrig!«

»Die hat selbst Schuld! So eine Sauerei, was zu sagen, obwohl wir es verboten haben!«

Die Stimmen verschwanden. Hanna blieb noch eine Weile liegen und versuchte sich einzubilden, sie wäre ein Stein.

Während des ganzen Heimwegs konzentrierte sie sich auf die vielen Sachen, die sie erledigen musste.

Am Abend schmetterte sie ihre Vorhandbälle noch wilder als sonst. Ihr Trainer schlug vor, sie zu einem Turnier anzumelden. Sie nickte eifrig.

»Du schlägst genauso fest wie ein Junge«, stellte er anerkennend fest und musterte sie neugierig.

Hanna wusste nur, dass es sie erleichterte, wenn sie so fest zuschlagen konnte und der Ball durch die Luft schwirrte. Schlagen, schlagen, alles vergessen …

Anschließend huschte sie schnell unter die Dusche, um als Erste fertig zu sein. Bloß nicht mit den andern reden, mit niemandem! Sie wollte nicht riskieren, aus Versehen etwas Falsches zu sagen. Und niemand durfte ihren Körper sehen, ihren schmerzenden, wachsenden Körper. Jedes Mal, wenn die andern Mädchen in den Umkleideraum kamen, hielt Hanna den Blick gesenkt und packte mit großer Konzentration ihre Sachen ein.

»Hast du schon geduscht, Hanna?«, fragte eine von ihnen, die Sara hieß. Hanna nickte und murmelte etwas, gab vor, es eilig zu haben, und sah hektisch auf die Uhr, obwohl sie genau wusste, dass es erst Viertel nach sieben war.

»Also dann, bis zum nächsten Mal«, sagte sie mit einem vorsichtigen Blick auf die anderen Mädchen, die ihr lächelnd zunickten.

»Das Training war heute echt gut! Du spielst doch beim nächsten Turnier mit, oder?«, fragte Sara. Hanna konnte sich nicht erklären, warum Sara so freundlich war.

»Mhm, ja, stimmt.«

»Ganz schön aufregend, was, das erste Turnier?« Hanna sah Sara erstaunt an, schüttelte den Kopf und ging zur Tür. Nein, sie glaubte nicht, dass sie nervös sein würde, man brauchte doch bloß draufzuschlagen! Aber vielleicht war es total verkehrt, nicht aufgeregt zu sein?

Draußen in der herbstlichen Dunkelheit wartete sie auf Papa, der kurz darauf mit dem Auto vorfuhr. Während der ganzen Heimfahrt musste sie an Sara denken. Wieso wollte Sara mit ihr reden? Ausgerechnet mit ihr!

Plötzlich wurde ihr Kopf eigenartig schwer.

Diese Gelegenheit, jene Gelegenheit. Immer wieder von neuem, immer wieder verpasste Begegnungen, offene Gesichter, die sich schlossen, weil sie nicht in der Lage war, sie zu berühren. Immer wieder glaubte sie, dass es sich doch nur um Masken handelte. Diese und jene Gelegenheit, diese und jene Person, die meisten sind inzwischen verschwunden, haben andere gefunden, Menschen, die zu sprechen, zu lächeln wagten.

Sie kann sich an alle erinnern, sie kann ihre Namen auswendig, sie sind wie die unsichtbaren Glieder einer Kette, die nie zustande gekommen ist, die schon von Anfang an zerrissen war. All die Namen sind in ihrem Mund zu einer Litanei geworden, die sie manchmal vor sich her betet, flüsternd, erinnernd – was wäre wohl gewesen, wenn sie es jemals gewagt hätte?

Die Zeit bis zur neunten Klasse – drei schwarze Jahre. Eingesperrt in Schweigen verließ sie ihren flachen, glatten Körper und wurde zu einer Frau. Nichts gefiel ihr, nicht mal die Haare, die dichten, glänzenden Haare. Mama musste zur Schere greifen und sie abschneiden, um das Gewicht des Wachstums ein bisschen zu lindern. Doch die Geschehnisse der Vergangenheit hatten ihren Körper bereits in eine Form gesperrt, eine von den andern entworfene Form – die Form der Streberin.

Die Einsamkeit blieb unsichtbar wie eine Krankheit ohne äußere Anzeichen, bestand nur aus Schmerz und Juckreiz. Niemand konnte eine genaue Diagnose stellen, niemand sah, was in ihr vorging. Sie verkroch sich immer tiefer unter der Schale der Streberin, glaubte sich dort geschützt. Gleichzeitig wusste sie jedoch, dass alles bald aufbrechen würde. Immer wieder wollte sie die Zeit beschleunigen, wollte den letzten Schultag herbeizwingen. In ihrer Erinnerung leuchtete der letzte Schultag der Neunten als etwas Segensreiches, Tröstliches. Die anderen Mädchen in der Klasse weinten, umarmten sich gegenseitig und versprachen, den schönen Zusammenhalt nie zu vergessen. Sie erhielt ihre Zeugnisse, alle Erwartungen waren erfüllt. Die Lehrerinnen umarmten die Schüler und wünschten ihnen alles Gute für die Zukunft.

Die anschließende Zeit im Gymnasium ist ein stiller Raum, in den sie bisweilen zurückkehrt, wenn die Träume ihr Angst machen wollen. Im Gymnasium verlief der Kampf auf anderer Ebene. Auch in der neuen Klasse wagte sie nicht, den Blicken der andern zu begegnen. Das Gewesene hatte schon zu tiefe Narben hinterlassen, es ließ sich nicht mehr wegwischen. Sie bewegte sich auf den Wahnsinn zu. Sie bereitete ihrem Körper Schmerzen, strafte ihn. Während sie in der Aula saß, Mathearbeiten, Chemiearbeiten, Physikarbeiten schrieb und fast immer eine Eins erhielt, während es auf das tüchtige Mädchen Auszeichnungen regnete, hatte sie stets die Rasierklinge im Bewusstsein. Es war ihr nicht möglich, den Blicken der andern zu begegnen.

Immer dieser Gedanke an die Rasierklinge, der sie daran hinderte, Ja zu sagen, wenn jemand sie zu einem Fest einlud. Nie konnte sie vergessen, dass sie ein Mauerblümchen, eine Aussätzige war, wenn es um Schulfeste, Discos, Tanz, junge Körper, junges Beisammensein ging. Nie schaffte sie es, jung zu sein, ein normaler Teenager. Sie berührte keine Haut, keine Lippen.

Wie ein eiskalter Strahl durchzieht die Sehnsucht ihren Körper.

Natürlich hatte sie Großvater, aber inzwischen genügte nicht einmal mehr Großvater. Großvater wollte, dass sie tanzen sollte, und das will er jetzt auch. Sie ist immer noch jung, es ist nicht zu spät. Sie muss es wagen, jemandem zu vertrauen. Nicht alle, die lächeln, lächeln voller Hohn.

Hanna saß nach dem letzten Spiel im Umkleideraum, in ihrer Hand lag eine schwere Bronzemedaille. Sie war völlig verschwitzt, hatte noch nicht geduscht. Morgen ist Montag, morgen ist Montag. Immer wieder gingen ihr die Worte durch den Kopf, obwohl diese Gedanken verboten waren. Draußen in der Sporthalle dankte die Lautsprecherstimme allen Teilnehmern für das schöne gemeinsame Wochenende. Papa wartete draußen. Jetzt saß sie bereits eine Viertelstunde hier und starrte auf den Boden. In ihr war alles leer. Morgen ist Montag ... Die Wochenenden vergingen so schnell, es gelang ihr nie, zu vergessen oder sich wenigstens eine Möglichkeit auszudenken, wie sie unauffällig verschwinden könnte.

Plötzlich fühlte sie wieder dieses schwere, auf dem Kopf lastende Gewicht, den Schmerz im Rücken, den die Fußtritte am Freitag auf dem Schulhof hinterlassen hatten. Sie hatte es niemandem erzählt, wusste nicht einmal, wer es gewesen war. Die Tritte waren von hinten gekommen, ohne Vorwarnung. Weinen half nichts, aber jetzt weinte sie trotzdem.

Vor der Tür zum Umkleideraum näherten sich Schritte, jemand hatte ihr Schluchzen gehört. Die Tränen kamen stoßweise, in heftigen Anfällen, ließen sich nicht zurückhalten, Hanna bekam kaum Luft. Es geht nicht mehr, dachte sie. Jetzt geht es einfach nicht mehr. Morgen wieder Schule.

Sara setzte sich zu ihr auf die Bank.

»Weinst du, weil du nicht gewonnen hast?«, fragte sie leise und berührte Hannas Medaille. Sara war ins Viertelfinale ihrer Altersgruppe gekommen und hochzufrieden. Hanna hatte bei ihrem ersten Turnier das Halbfinale erreicht.

»Du hast echt super gespielt! Es gibt kaum jemanden, der gleich beim ersten Turnier gewinnt«, sagte Sara und klang dabei fast erwachsen. Hanna schüttelte den Kopf. Am liebsten hätte sie erklärt, dass es nichts mit dem Turnier zu tun hatte, sondern mit all dem andern Kram. Doch das konnte sie Sara doch nicht erzählen, denn dann würde Sara begreifen, dass mit ihr was nicht in Ordnung war.

Plötzlich konnte sie es nicht mehr zurückhalten, sondern schluchzte und zitterte am ganzen Leib, konnte es einfach nicht mehr beherrschen. Sara legte ihr vorsichtig den Arm um die Schultern. So saßen sie lange nebeneinander. Hannas Schluchzen erfüllte den Raum.

»Ist jemand gemein zu dir gewesen?«, fragte Sara versuchsweise. Hanna sah Sara durch den Tränenfilm an. So viel Anteilnahme konnte sie einfach nicht annehmen.

»Geh«, flüsterte sie. »Ich muss duschen, mein Vater wartet.«

»Aber du kannst es mir doch ruhig sagen …«

Saras Stimme klang traurig. Hanna schüttelte heftig den Kopf und wich zurück.

»Ich muss mich beeilen«, flüsterte sie, »geh jetzt lieber, wir sehen uns beim Training.«

Sara nickte und stand auf, ging langsam auf die Tür zu, hinaus zu den andern, um den Vereinserfolg zu feiern und Hanna zu vergessen, die sich so seltsam verhielt und unbedingt allein sein wollte.

Hanna schlich sich in die Dusche. Anschließend schlang sie sich das Handtuch um den Körper, den hässlichen Körper. Ihr war, als würden die Brüste stärker schmerzen als sonst, Knie und Handgelenke taten ihr weh vom Tischtennis. Unablässig hatte sie zugeschlagen, hatte geschlagen und geschlagen und sich vorgenommen, die Platte auf der Gegnerseite zu zerschmettern. Hatte den Ball weit außen auf die Plattenkante geschlagen, hart wie ein Junge. Alle schienen sich zu wundern, warum sie so hart zuschlagen konnte. Die kapierten alle nichts.

Papas Gesicht hellte sich auf, als Hanna kam. Er strich

ihr übers feuchte Haar und wollte die Medaille noch einmal sehen.

»Jetzt nichts wie ab nach Hause zu einem schönen Festessen! Das muss gefeiert werden.«

Wieso gefeiert?, dachte Hanna. Sie ließ Papa die Trainingstasche nehmen und verbarg ihr Gesicht hinter seinem breiten Rücken, während sie die Halle verließen.

Schweigend saß sie neben ihm im Auto. Sie lehnte sich zurück und schloss die Augen.

»Müde?«, fragte Papa und legte seine rechte Hand auf ihre beiden Hände. Papa war warm, Hanna war kalt. Sie antwortete nicht, sondern tat so, als wäre sie schläfrig und bereits ins Reich der Träume unterwegs.

Nach einer Weile waren sie zu Hause. Papa stieg aus dem Auto und nahm Hannas Tasche. Irgendwo hatte er eine Rasierklinge, das wusste sie. Sie sah ihr Handgelenk an. Ob es wohl sehr wehtat? Plötzlich spürte sie einen stechenden, ziehenden Schmerz durch Brust und Herz.

Hanna stieg ebenfalls aus und ging langsam auf die Haustür zu. Der große Ahorn verlor schon seine Blätter, groß und gelb lagen sie im Gras. Es roch nach Erde und Wasser.

Andreas hatte goldbraune überbackene Brote gemacht, die er stolz um den Tisch trug und anbot. Hanna trank heißen Tee, in der Hoffnung, warm zu werden. Ihre Augenlider wurden schwer, die Beine schmerzten wie immer. Auf einmal befand sie sich wieder im Umkleideraum, die Lautsprecherstimme schlug ihr entgegen und bedankte sich für das gemeinsame erfreuliche Wochenende. Ab und zu wurden die Gedanken von der Rasierklinge durchschnitten, die ihre scharfe Spitze an Hannas Kopf presste. Hanna würgte ihr überbackenes Brot hinunter und trank ihren Tee. Papa lächelte und sagte etwas, das sie nicht hörte. Sie blieb sitzen, wollte am Tisch einschlafen, einfach einschlafen, ins Bett getragen werden, krank und fiebrig aufwachen. Oder vielleicht überhaupt nicht schlafen! Wer nicht genügend schlief, wurde krank, das hatte der Schularzt in einem Vortrag gesagt.

Ich kann nicht mehr in die Schule gehen! Das ist völlig unmöglich, dachte Hanna. Mama fragte etwas. Dann fragte Mama noch einmal, diesmal mit besorgtem Gesicht. Papa sagte auch etwas, Andreas holte das Blech und trug die letzten Brote um den Tisch. Auf Hannas Teller landete ein frisches dampfendes Brot mit gelbbraunem Käse und Champignons. Als Mama ihre Schultern berührte, begann der Tisch sich zu drehen, die Lautsprecherstimme dröhnte ihr durch den Kopf, die Rasierklinge schnitt und schnitt. Auf dem Schreibtisch lag die glänzende Medaille. Morgen in die Schule, morgen in die Schule ... Morgen in die Schule, morgen in die Schule ... Langsam deckten die Träume Hanna zu.

Am nächsten Morgen bekam Hanna die Augen kaum auf. Ihre Lider waren mit dickem gelbem Eiter zugeklebt, der getrocknet war. Ihre Haut brannte, aber innen war ihr eiskalt. Ein schwerer Stein rollte in ihrem Kopf von einer Seite zur andern. Mama war besorgt, Hanna dagegen froh. Sie komme gut allein zurecht, niemand müsse bei ihr zu Hause bleiben. Mama brachte ihr Frühstück ans Bett, Honigwasser, Orangensaft, Haferbrei mit Johannisbeermarmelade und ein Käsebrot mit Paprikaringen. Hanna nickte und schlief sofort wieder ein, als Mama verschwunden war. Später wachte sie auf, weil der Regen sanft aufs Fensterbrett tropfte. Inzwischen konnte sie sich im Bett aufrichten, ohne dass es ihr schwarz vor den Augen wurde. Insgesamt fühlte sie sich schon besser.

Papa hatte in der Schule angerufen und Hanna krankgemeldet. Jetzt nahm sie sich vor, mindestens eine Woche krank zu bleiben. Vielleicht hatte sie ja einen Virus erwischt, das brauchte seine Zeit. Nur schade, dass sie nicht Tischtennis spielen konnte.

Am nächsten Tag waren die Augen immer noch zugekleistert und der Stein rollte weiterhin schwer im Kopf.

»Geht es dir besser?«, wollte Mama wissen.

Hanna nickte, ein bisschen besser schon, aber nur ein ganz kleines bisschen. Einen Tag müsse sie mindestens noch zu Hause bleiben. Vielleicht auch die ganze Woche. Am Wochenende gesund, dann wieder unerklärlicherweise krank.

Sie musste sich Mühe geben, überhaupt noch Fieber und Kopfschmerzen zu spüren. Als die Eltern nach Hause kamen, stellte sie sich schlafend.

»Wie geht's? Besser?« Mama und Papa schauten in Hannas Zimmer. Sie bewegte sich leicht unter der Decke und murmelte etwas Unverständliches.

Als sie am Freitag aufwachte, tat ihr nichts mehr weh, sie blieb aber dennoch im Bett, bis die Eltern gegangen waren.

So könnte ich liegen bleiben, bis ich sterbe, dachte sie. Ich würde einfach daliegen und zuhören, wie Mama und Papa kommen und gehen, wie Emma und Andreas durchs Haus rennen und wie das Postauto kommt. Wie das Telefon läutet, und wie sie alle telefonieren. Bis ich vergessen hätte, dass ich in die Schule muss.

Sie schlief wieder ein, stand dann auf und suchte nach der Rasierklinge. Irgendwo in Papas Schreibtischschublade musste sie liegen. Ja, da war sie! Hanna wog sie in der Hand und drückte die Spitze dann vorsichtig in die Haut. Die Klinge war so scharf wie die langen Grashalme des Sommers, wahrscheinlich war sie noch schärfer. Hanna legte die Rasierklinge wieder in die Schublade, holte sich ein Buch über Sherlock Holmes und vergaß sich und die Welt. Als Mama nach Hause kam und fragte, ob sie etwas gegessen hätte, wusste sie es nicht mehr. Also nickte sie bloß und erklärte, es gehe ihr besser.

Später am Nachmittag klingelte es. Sofia stand vor der Tür, mit kurz geschnittenen Haaren und neuer Brille. Vielleicht hatten sich ihre Augen verschlechtert, die Brille hatte nämlich große, dicke Gläser. Mama war an die Haustür gegangen, jetzt lächelte sie freundlich und bat Sofia, hereinzukommen.

»Hanna, ein Mädchen aus deiner Klasse ist da!«, rief sie die Treppe hinunter. Hanna saß am Schreibtisch und schluckte krampfhaft. Durchs Fenster hatte sie schon Sofia gesehen, diese neue ungewohnte Sofia, die sich nicht mehr schminkte. Langsam ging sie die Treppe hinauf, zur Tür.

»Hallo«, sagte Sofia und machte ihren Rucksack mit den Schulbüchern auf. »Diesen englischen Text sollst du mal durchlesen, schönen Gruß von Frau Ström. Ein Märchen sollen wir auch schreiben, das Thema dürfen wir uns selbst ausdenken.«

Hanna nickte, nahm die Bücher entgegen und wartete darauf, dass Sofia ging.

»Frau Ströms Mutter ist jetzt tot«, sagte Sofia plötzlich. Beide schwiegen wieder, doch dann zog Sofia plötzlich ein Kärtchen aus der Tasche, eins dieser Kärtchen, die Hanna normalerweise nicht bekam.

»Pia wird zwölf, sie lädt die ganze Klasse zu sich nach Hause ein. Disco.« Sofia verzog das Gesicht, Hanna sah, dass etwas Dunkles, Erschöpftes in Sofias Augen auftauchte. Hanna wusste, dass Olle mit Sofia Schluss gemacht hatte, alle in der Klasse wussten es, aber niemand wusste, ob Olle jetzt mehr in Karin verknallt war oder in Sanna.

»Gehst du hin?«, fragte Hanna und nahm das Einladungskärtchen. Sofia zuckte die Schultern, seufzte.

»Vielleicht, wenn ich Zeit hab.«

Plötzlich sah sie traurig aus, sie strich sich mit der Hand über die kurzen Haare, bereute vielleicht, dass sie sie hatte abschneiden lassen. Eigentlich hätte Hanna jetzt etwas über Sofias Frisur sagen müssen, zum Beispiel behaupten, dass ihr der neue Schnitt viel besser stand, obwohl in

Wahrheit die langen Haare vorteilhafter gewesen waren. Aber sie schwieg. Geschah Sofia ganz recht, dass sie nicht mehr beliebt war. Hanna trat einen Schritt zurück in den Flur und sah zu Boden. Sofia begriff, drehte sich um und verschwand.

»Wirklich lieb von ihr, dir die Hausaufgaben vorbeizubringen«, sagte Mama. Hanna nickte und wollte wieder in ihr Zimmer zurück.

»Was war das für ein Kärtchen, das du da gekriegt hast?«

Hanna seufzte. Wenn Mama doch nicht alles sehen und hören würde! Wenn sie nur nicht so neugierig wäre!

»Nichts Besonderes. Pia hat Geburtstag, sonst nichts.«

»Aha?« Mama sah Hanna erwartungsvoll an. Hanna sagte nichts mehr, sondern ging nur langsam die Treppe hinunter und versuchte dabei möglichst müde auszusehen.

»Dann musst du doch ein Geschenk kaufen ...« Mamas Stimme klang dünn, ein wenig ängstlich und traurig. Hanna blieb auf der Treppe stehen, drehte sich um und lächelte vorsichtig.

»Klar kauf ich was«, sagte sie, worauf Mama wieder froh wurde.

Im Traum rennt sie durchs Frühlingsgras. Irgendwo steht Papa in schmutzigem Hemd und zerrissenen Jeans, er beugt sich über braungelbes Gras und zündet den ersten Halm an. Bald flammt das Frühlingsfeuer auf, das hohe Gras am Rand des Rasens und des Grabens wird zu Asche. Überall schwarzer Ruß, schwarzes gestutztes Gras. Papa zieht die Düfte des Feuers hinter sich her ins Haus, Hanna folgt ihm mit rußbedeckten Händen. Emma und Andreas bedecken ihre Hände ebenfalls mit Ruß und schmieren sich lachend ihre Gesichter voll.

Doch plötzlich beginnt das Feuer Hanna zu jagen. Sie rennt über den Rasen, der sich in ein Feld verwandelt hat, rennt durch die Jahreszeiten, durch die Zeit. Ihr ganzer Körper ist von pochendem Wachstum erfüllt, es pocht zwischen den Beinen und in der Brust, wo die beiden harten Knoten schmerzhaft nach außen drängen. Vor dem herbstlich gelben Ahorn, der seine Blätter fallen lässt, bleibt sie stehen. Der Baum entkleidet sich und zeigt sich dem Himmel und der Erde in seiner Nacktheit. Großvater steht unter dem Ahorn und sammelt Ahornblätter für eine Krone. Er will ihr einen Kranz binden. Sie lässt ihn die harten Knoten berühren und fragt ihn, ob ihn das anekelt. Unter seinen Händen schwillt sie an. Sie will nicht, dass er sie so sieht. Du bist schön, flüstert er, aber sie mag es nicht hören, sondern läuft auch von ihm weg, rennt durchs Feuer, das ihre Fußsohlen anknabbert. Barfuß und nackt, entblößt, damit alle sehen können, wie hässlich sie ist.

Schweißgebadet, mit schwindligem Kopf, wacht sie auf, im letzten Moment kann sie den Schrei zurückhalten, den die Nachtschwester nicht hören darf. Immer wieder handeln ihre Träume von Feuer und Asche. Was hat das nur zu bedeuten? Sie richtet sich auf und versucht das Schwindelgefühl, das sie jedes Mal beim Aufwachen spürt, mit fest zugekniffenen Augen zu überwinden. Das habe etwas mit dem Blutdruck zu tun, hat man ihr erklärt. Vorsichtig streicht sie sich mit den Händen über die Schenkel, die im Traum zu versengten Fleischklumpen geworden waren. Fast kann sie Papas Frühlingsfeuer im Zimmer riechen. Papa, der Beherrscher des Feuers. Nur in ihren Träumen gerät das Feuer immer außer Rand und Band.

Sie stellt sich ans Fenster. Draußen hat Frost die Gegend überzogen. Allmählich wird der Herbst kälter, bald werden die ersten Äpfel erfrieren, die Pflaumen werden zu gären beginnen und die Vögel betrunken machen. Jetzt kocht Oma Apfelmus und Kompott, füllt die Kühltruhe, lädt zu Apfelkuchen und Apfelmost ein. Es ist lange her, dass sie Omas Apfelkuchen gegessen hat. Die süße Vanillesoße, in der warmen Küche …

Hier ist Oma nicht gewesen, sie darf nicht herkommen und den Wahnsinn ihrer Enkelin sehen, das hat Hanna selbst untersagt. Oma soll weiterhin stolz auf sie sein.

Voller Sehnsucht schließt sie die Augen. Ihr Körper erschauert, er will sich dehnen, anspannen, will rennen, sich entfernen, weit, weit fort, anstatt hier, wo die Zeit stillsteht, von weißen Wänden umschlossen zu werden. Sie will auf den höchsten Felsen klettern, sich vom Wind fangen lassen, schwanken und fallen. Schweben und auf die Welt hinausblicken, um dann wie hell glänzender Staub hinunterzuwehen, die Erde zu wärmen und auf denjenigen zu warten, der den Staub wieder zu einem Menschen zusammenfügen wird. Wer das ist, wann das sein wird, das weiß sie nicht. Sie weiß nur, dass sie aus diesem Zimmer hinausschweben muss.

Hanna balancierte am äußersten Rand des Gehsteigs entlang. In der Hand hielt sie das Geschenk – ein Paar silberne Ohrringe, die sehr billig gewesen waren. Mehr war Pia nicht wert. Pia gehörte zu den Jasagern in der Klasse, die keine eigene Meinung vertraten. Sie wollte Stewardess werden und Jan heiraten, obwohl Jan in Sanna verknallt war. Pias Eltern waren reich, sie wohnte in einer roten Backsteinvilla, hatte ein Rennrad und einen eigenen Fernseher.

Bunte Luftballons und brennende Fackeln leuchteten Hanna entgegen. Ihre Schritte verlangsamten sich immer mehr. Hinter ihr stieß jemand einen schrillen Pfiff aus, sie drehte sich nicht um, konzentrierte sich lieber darauf, den rechten Fuß auf dem schmalen Gehsteig vor den linken zu setzen und dann wieder den linken vor den rechten – wie eine stumme Beschwörung. Sie nahm sich vor, das Geschenk zu überreichen und nur ganz kurz zu bleiben. Auf keinen Fall würde sie in den Discokeller hinuntergehen. Sie trug ihre gute weiße Hose und eine blauweiß gestreifte Bluse, dazu die goldene Kette mit dem Herz um den Hals. Tief unten in der Hosentasche lag der Troststein – sicherheitshalber. Schon wieder ertönte hinter ihr ein Pfiff. Die Jungen hatten also bereits damit begonnen, sie zu verspotten. Wenigstens hatte sie sich nicht geschminkt. Unter keinen Umständen wollte sie sich aufspielen wie die andern Mädchen.

Pia öffnete die Tür. »Hallo«, sagte sie, nahm das Päckchen entgegen und bedankte sich. Im Eingangsflur war es warm und eng. Hanna streifte rasch die Straßenschuhe ab und ging ins Wohnzimmer, wo Pias Eltern alle Gäste begrüßten.

»Aha, du bist wohl Hanna, nehme ich an«, sagte Pias Vater und gab ihr die Hand. Hanna nickte und setzte sich auf den Klavierstuhl, in der Hoffnung, dass alles bald vorbei sein würde. Wenn sie doch nur nicht hergekommen wäre!

»Pia hat uns erzählt, dass du so tüchtig in der Schule bist«, sagte Pias Mutter plötzlich und beugte sich zu Hanna vor. Hanna starrte sie wortlos an.

»Wirklich schön, dass du kommen konntest. Ich glaube, fast die ganze Klasse ist heute Abend da«, fuhr Pias Mutter fort und drückte sich in den knarrenden Lehnstuhl zurück.

»Wir sind auch zu einer Party eingeladen, die alten Herrschaften seid ihr also los«, sagte Pias Vater mit einem zufriedenen Seufzer. Draußen im Flur läutete es wieder, kurz darauf stapften Olle, Jan und Jonas herein und überreichten Pia je eine Tüte Süßigkeiten.

Niemand sah durch Hanna hindurch, niemand wich ihrem Blick aus. Hanna trank ein Glas Orangensaft und versuchte sich daran zu gewöhnen, dass niemand sie mit dem Ellbogen anstieß oder sie von vorn anrempelte, weil sie ja nicht existierte. Pia bot Knuspergebäck an und zog die Schale auch nicht zurück, als Hanna die Hand danach ausstreckte.

»Nimm doch mehr«, forderte Pia sie freundlich auf, als Hanna nur ein einziges Schokoladenplätzchen nahm. Hanna schüttelte den Kopf und sah Pia verwundert an. Schließlich wich Pia Hannas Blick doch aus.

Katarina und Ylva standen wie immer abseits. Sie waren wohl nur gekommen, um zu essen und sich auf dem Sofa zu unterhalten. Simon, der im Wohnzimmer inmitten der Jungen stand, hatte die scheußlichen Sachen über Tell-Inge zusammen mit Peter an die Tafel geschmiert, seither konnte Hanna ihn nicht mehr ausstehen.

Pias festlich gekleidete Eltern verabschiedeten sich vergnügt. Pia und Torsten begannen den Tisch zu decken und das Essen aufzutragen. Hanna sorgte dafür, dass sie neben Katarina und Ylva saß, und nahm sich vor, kurz nach dem Essen zu verschwinden.

Hanna aß ein kleines Stück Fleischpastete und verschloss die Ohren gegen die Gespräche, das Gelächter, das Geschrei und die unanständigen Witze. Katarina und Ylva kicherten leise. Offensichtlich hatte Katarina ihre eigene Geburtstagsfete mit dem Wellensittich im Kühlschrank und Torstens Kotze auf dem Boden vergessen. Aber so etwas konnte man doch eigentlich nicht vergessen.

Hanna schloss die Augen, suchte in der Hosentasche nach ihrem Troststein und befühlte seine weiche Oberfläche mit den Fingerspitzen. Es interessierte sie nicht, dass Torsten seinen fetten Arm laut rülpsend um Sofia legte, die am liebsten weggekrochen wäre und fast in Tränen ausbrach. Die andern brüllten lachend, Torsten sei scharf auf Sofia, während Torsten grinsend noch einmal rülpste, was Olle dazu veranlasste, ihn zu fragen, wann er denn wieder einen neuen Fressrekord aufstellen wolle. Als dieses Thema erschöpfend behandelt worden war, wurde über Tell-Inge hergezogen und über ihn und seine Mutter gespottet.

Hanna ließ alles hinter ihren geschlossenen Lidern verschwinden. Noch ein paar Minuten, dann würde sie gehen.

Durchs Küchenfenster sah Hanna Torsten und Krister draußen vor dem Haus stehen und ihre geklauten Zigaretten paffen. Die Art, wie sie die Zigaretten hielten und daran zogen, verriet, dass sie schon oft geraucht hatten.

»Ich glaub, die haben auch Schnaps mitgehen lassen, oder zumindest Bier! Ich hab's gleich gerochen, als sie kamen«, flüsterte Pia mit ängstlichem Gesicht, worauf Jonas beschützend den Arm um sie legte.

»Lass sie doch, wenn's ihnen Spaß macht«, sagte er und zwinkerte gleichzeitig Stefan zu, der gegenüber saß.

Stefan schenkte sich Apfelsaft nach. »Trinken ist okay«, gab er grinsend zurück. »Bin schließlich auch schon blau gewesen, logo«, fuhr er fort, kippte das Glas mit lautem

Aaah hinunter und legte den Arm um Lina, die rot wurde und sich leicht an ihn anlehnte. Dann wurde es wieder still und alle sahen dem Zigarettenrauch und den beiden coolen Typen draußen vor dem Fenster zu.

Nach dem Essen kam Karin zu Hanna und fragte sie, ob sie jetzt wieder ganz gesund sei. Dann klagte sie über Kopfschmerzen, vielleicht habe sie sich eine Grippe eingefangen. Es war, als würde Hanna sich mit einer Fremden unterhalten, einer, die freundlich wirkte, so als ob überhaupt nichts vorgefallen wäre. Karin schien alles vergessen zu haben.

»Eigentlich wollte ich dir die Hausaufgaben bringen, hab's dann aber doch nicht geschafft.« Karin fuhr sich mit den Fingern durch ihre langen Haare.

»Sofia hat sie gebracht«, murmelte Hanna, während sie Karins Ohrring anstarrte, einen Silberring, der am Ohrläppchen baumelte. Plötzlich fiel ihr ein, dass sie den Ohrring Karin zum zehnten Geburtstag geschenkt hatte. Die Erinnerung versetzte ihr einen Stich. Vorsichtig strich sie sich mit der Hand über die Stirn, um sie wegzuwischen.

»Ach so, Sofia ... Hast du schon gemerkt, wie komisch die geworden ist?«, flüsterte Karin ihr ins Ohr, genau wie sie es früher immer getan hatte.

»Mit der kann man einfach nicht mehr reden«, redete Karin weiter und nickte zu Sofia rüber. »Übrigens ist sie auch noch affenhässlich geworden, die neue Frisur sieht echt unmöglich aus!«

Hanna schwieg. Sie sah sich um und verzog sich vorsichtig zu der Schale mit den Schokoladenplätzchen. Karin folgte ihr. Schweigend standen sie nebeneinander und knabberten. Verstohlen sah sie Karin an, ihren Augen wich sie jedoch aus. Mit Karin Süßigkeiten zu essen, einfach neben Karin zu stehen – das war so vertraut und doch so ungewohnt.

Inzwischen war die Musik aus dem Keller lauter geworden. Karin begann sich hin und her zu wiegen. Hanna spürte den Rhythmus auch im Körper und hätte sich gern bewegt, tat es aber nicht, sondern aß mechanisch weiter.

»Komm, wir gehen runter!« Karin griff nach Hannas Hand.

»Muss erst noch aufs Klo«, murmelte Hanna und wich zurück. Ihr Herz klopfte so seltsam, ihr war schwindlig und heiß. Plötzlich lief ihr der Schweiß unter den Armen herab, zum Glück sah man nichts an der Bluse. Auf der Toilette trocknete sie sich ab, wusch sich das Gesicht mit kaltem Wasser und betrachtete ihr Spiegelbild lange und gründlich. Nichts hatte sich verändert. Prüfend ließ sie den Zeigefinger an Wange und Kinn entlanggleiten. Sie blieb eine Zeit lang sitzen, versuchte ruhig zu werden und das Summen und Surren der Gedanken abzustellen. Sie holte den Troststein heraus und rollte ihn an der Wange entlang. Das Licht der Straßenlaterne fiel in kleinen weißen Flecken durch das enge Fenster auf den Boden, Hanna stellte sich in einen der Flecken und versuchte sich einzureden, sie wäre schön, wäre so, wie man sein musste.

Dann ging sie zu den andern hinunter, die schon zu tanzen begonnen hatten, lehnte sich an die Wand und warf einen verstohlenen Blick auf die Uhr. Eine halbe Stunde, dann konnte sie gehen, ohne dass es groß auffiel.

Und plötzlich tanzte sie. Anfangs fühlte sie sich linkisch, wusste nicht recht, wie sie sich bewegen sollte, doch da kam ihr Karin lachend zu Hilfe und zeigte ihr ein paar Schritte. Ohne Scheu berührte sie Hannas Hände, auch sonst wich niemand vor Hanna zurück oder verzog bei ihrem Anblick das Gesicht. Hanna beschloss einfach zu vergessen, dass das alles nicht sein konnte, dass sie nach Hause musste, dass das hier unheimlich war. Sie tanzte und wagte ein vorsichtiges Lächeln. Katarina und Ylva hockten auf dem Sofa. Sofia, die sonst immer mit Olle getanzt hatte, tanzte mit Simon. Allmählich sank Sofia immer tiefer auf der Rangleiter nach unten, bald würde sie am Boden entlangschrammen.

Unversehens fand Hanna sich mitten in einem Kreis, in dem nur die Beliebten und Umschwärmten mittanzen durften. Hanna und die Klassenstars, die Akzeptierten. Kurz schloss sie die Augen. Es ist bestimmt besser, wenn ich jetzt gehe, dachte sie. Als langsamere Musik einsetzte, verzog sie sich an die Wand. Sie war ein fremder Vogel, ein Pinguin, der wie die anderen Vögel zu fliegen versuchte.

Wenn sie jetzt eng zusammen tanzen, muss ich aber wirklich gehen, dachte sie und fuhr sich mit zitternder Hand durchs Haar. Ihre Haut fühlte sich weich und warm an. Einen Augenblick durchzuckte sie ein Glücksgefühl. Als sie Sofia auch an der Wand stehen sah, tat sie ihr Leid. Sie ging eine Treppenstufe hinauf und hörte es oben klappern. Torsten schien Teller und Töpfe auszukratzen. Hanna setzte sich. Ein paar Minuten konnte sie noch warten.

»Tanzen wir?« Jonas stand vor ihr, Jonas mit seinen dunklen, leicht gewellten Haaren und seinen klarblau leuchtenden Augen. Der hübsche Jonas, der immer so fies zu ihr gewesen war. Warum streckte sie ihm nicht die Zunge raus? Warum wurde ihr so seltsam warm? Jetzt fing sie auch noch an zu zittern! Warum nickte sie, obwohl sie doch gar nicht tanzen konnte?

Anfangs hielten sie Abstand voneinander, Hanna mit den Händen auf Jonas' Schultern und er mit den Händen auf ihren Hüften, und tanzten zu einer langen, langsamen Melodie, ein Mann mit dunkler Stimme sang auf Englisch von Liebe und gebrochenen Herzen. Plötzlich war der Abstand nicht mehr so groß. Jonas roch gut nach frisch gewaschenen Haaren. Wieso wollte er mit ihr tanzen? Ihr Herz klopfte so laut, dass er es eigentlich hätte hören müssen. Als die Musik zu Ende war, blieb er noch kurz stehen, die Arme immer noch um sie gelegt. Vielleicht fand er, dass sie zu dünn war? Oder zu dick? Sie entzog sich seinen Händen, ging zum Tisch und schenkte sich ein Glas perlende Limo ein, die ihr in der Nase kribbelte, als sie sich über das Glas beugte. Nicht nur in der Nase, im ganzen Körper kribbelte es. Lina und Karin tauchten neben ihr auf und redeten auf sie ein, hinterher hatte sie keine Ahnung mehr, worüber sie gesprochen hatten. Aber die Wörter waren nebensächlich. Sie standen zu dritt mitten in der Musik, tranken Limo und unterhielten sich fast wie ganz normale Freundinnen. Dann trat Jan auf Hanna zu und fragte, ob sie tanzen wolle. Sie nickte und stellte das Glas ab. Flüchtig nahm sie Sofia wahr, die inzwischen auf dem Sofa saß und Chips aß.

Auf diesen Tanz folgte der nächste, dann noch einer und noch einer. Jedes Mal, wenn jemand ihre Haut berührte, eine Hand sich um ihre Taille legte, spürte sie ein Ziehen in der Magengrube. Berührung, sowohl von innen als auch von außen, selbst nur der Hauch von Nähe eines andern – seltsam, wie stark dieses Gefühl war. Der Einzige, mit dem sie nicht tanzte, war Peter.

Später gingen alle wieder in die Küche hinauf, wo es Torte gab. In der Küche roch es so stark nach Zigarettenqualm, dass Pia lüften musste. Torsten und Krister hatten sich wieder ins Freie hinausbegeben

Hanna hielt es kaum aus, still am Tisch zu sitzen. Erhitzt, mit roten Backen, dachte sie an die vielen Hände, die sie im Lauf des Abends berührt hatten. Sie brachte fast keinen Bissen Torte runter, auf dem Teller wurde die Sahne flüssig, in der Schokoladenstreusel herumschwammen. Diesmal saß sie nicht mehr zwischen Katarina und Ylva, sondern zwischen Karin und Olle. Noch nie war sie so nah bei Olle gewesen. Olles Lippen schimmerten weich. Vorsichtig schob sie ihre Hand in die Tasche, um den Troststein zu berühren, ihr Verbindungsglied zur Einsamkeit. Womöglich würde sie den Stein wegwerfen können. Sie schob die Sahne mit dem Löffel auf dem Teller hin und her und sog alle Worte auf, die ringsum durch die Luft schwirrten. Tell-Inge war wieder Thema, bot Anlass zu Spott und Gelächter. Hanna merkte, dass sie auch lächelte, gegen ihren Willen. So musste man es eben machen, jeder, der dazugehören wollte, musste sich so verhalten.

»Hat jemand eine Ahnung, woran Frau Ströms Mutter gestorben ist?«, fragte Jan, während er sich ein großes Stück Torte auf den Teller schaufelte.

»Gebärmutterkrebs!«, erklärte Peter mit selbstsicherer Stimme. Dann stellte er sich auf den Stuhl und zeigte auf seinen Bauch.

»Hier«, tönte er, »hier haben alle Weiber eine Gebärmutter, und wenn sie alt werden, fängt die bei manchen an zu schimmeln, und dann sterben sie.«

Mit lautem Wiehern griff er nach Katarina, die ihm aber auszuweichen versuchte. Er legte ihr die Hand auf den Bauch und drückte fest zu.

Pia lachte und presste sich dann vorsichtig an Peters Arm. Wenn sie Jan schon nicht kriegen konnte, wollte sie wenigstens Peter. Katarina strich den Pulli glatt und tat, als wäre nichts passiert. Wie kann sie nur so schnell vergessen?, fragte sich Hanna. Für einen kurzen Augenblick trafen sich ihre Blicke, da wusste sie, dass es kein Vergessen gab. Die Erinnerungen blieben wie unsichtbare Kratzspuren für immer zurück. Aber wenn man die Augen schloss und an etwas anderes dachte, ließen die Schläge sich leichter ertragen, als wenn man sich wehrte.

Torsten und Krister kamen laut lachend wieder herein. Sie rochen irgendwie komisch. Pia stellte die letzte Torte auf den Tisch. Bald saßen Torsten und Krister mit Simon allein in der Küche. Hanna folgte den andern in den Flur. Als sie die Treppe hinuntergehen wollte, drückte ihr plötzlich jemand einen Zettel in die Hand. Ihre Hand begann zu pochen, das Papier war im Nu von Schweiß durchnässt. Sie wartete, bis die andern im Keller waren, dann faltete sie den Zettel auseinander und las die magischen Worte. *Olle lässt fragen, ob er bei dir Chancen hat.*

Ihre Wangen brannten, sie schleuderte den Zettel von sich und ließ sich auf die Treppe sinken. Wenn sie die Augen richtig fest zukniff, würde bestimmt alles verschwinden. Sie würde in ihrem Bett aufwachen und feststellen, dass alles nur ein Traum gewesen war. Doch als sie die Augen öffnete, sah sie, dass Olle unten an der Treppe stand und sie anstarrte. Eigentlich sah er ganz gut aus. Errötend wandte sie das Gesicht ab. Sie wollte hinuntergehen und auch wieder nicht. Sie starrte ihr Hände an und versuchte etwas zu entdecken, das sich plötzlich verändert hatte und schöner geworden war. Doch sie fand keine Spuren, keine Zeichen, sah nur ihre gewohnten Hände, dünn, bleich, mit den Leberflecken, die sie von Großvater geerbt hatte.

»Hanna«, flüsterte eine Stimme aus der Dunkelheit und der Musik herauf. Karin kam die Treppe heraufgehuscht, dicht gefolgt von Lina und Erika. Kichernd bauten sie sich als Mauer vor Hanna auf. »Olle macht sich überhaupt nichts mehr aus Sanna, die ist ihm viel zu eingebildet«, flüsterten sie. Hanna schluckte krampfhaft, ihre Zunge lag schwer im Mund, sie brachte kein Wort heraus.

»Los, sag doch Ja!«, flüsterte Karin eifrig und stieß Hanna aufmunternd an.

»Mensch, jetzt sag doch schon Ja, wo er mit dir will!« Lina nickte und lachte. Erika lachte ebenfalls und versicherte, Sanna und Olle seine sowieso nie richtig zusammen gewesen, jedenfalls nicht ernsthaft.

Hanna nickte vorsichtig. Ihr war heiß und schwindlig. Als sie wieder auf ihre Hände hinabsah, schienen sie zu schimmern.

»Sagst du Ja?«, fragte Karin wieder und beugte sich zu ihr vor.

»Mhm ...«, flüsterte Hanna froh. Im selben Augenblick

schlug ein seltsames, lautes Lachen gegen ihr Gesicht. Es war Erika, die so lachte.

»Gut!«, sagte Karin atemlos und richtete sich rasch auf, rannte die Treppe runter und in die Musik und die Dunkelheit hinein. Lina und Erika wechselten einen Blick und nickten. Plötzlich hatte Hanna wieder das Gefühl, ausgeschlossen zu sein. Ihr Herz klopfte, ihre Zunge war wie gelähmt, ihre Hände schwitzten. Langsam drehte sie sich um, sah zur Tür, zu dem großen Berg aus Schuhen, sah in die Küche und hörte Torsten angestrengt kauen. Von unten drang die Musik herauf. Olle stand ganz unten an der Treppe und sah sie an. Seine Haut und seine blonden Haare lockten, vielleicht auch die Lippen. Sie ging hinunter, fühlte seine Hand, die nach ihrer tastete, sog den Duft der Nähe ein.

Eingehüllt von der Musik, von der Dunkelheit aneinander gepresst tanzten sie. Die Blicke der andern, ihr Flüstern und eigenartiges Gelächter nahm Hanna nur wie aus weiter Ferne wahr. Sofia saß immer noch auf dem Sofa und starrte auf ihre Füße. Mit langsamen, gleitenden Schritten tanzte Hanna an Sofia vorbei. Olles Hände lagen um ihre Taille, er drückte sie vorsichtig an sich, bewegte die Hand über ihren Rücken. Hanna war ein wenig größer als er, doch das störte sie nicht. Sie tanzten fast Wange an Wange, so nah, dass ihre Oberkörper sich beinah berührten. Jetzt fasste er sie noch fester um die Taille, strich ihr über den Bauch. So sollte er sie nicht berühren, das wollte Hanna nicht. Sie versuchte seiner Hand auszuweichen und sich ihr zu entziehen, ahnte seinen nassen Mund, die Lippen, die nach ihr schnappten. Ahnte die zum Lachen verzogenen Mundwinkel, das höhnische Grinsen. Schnell bog sie sich zur Seite und schüttelte ihren Kopf.

»Was denn? Was denn?«, rief er laut, dann lachte er, presste seinen Mund auf ihr Gesicht, schnappte nach ihren Lippen und versuchte, seine Hände auf ihre Brüste zu legen. Sie wand sich, Panik stieg in ihr hoch, ihr Herz klopfte so heftig, dass es die Haut zu sprengen drohte.

»Scheiße, du bist ja total platt!«, schrie er, nachdem es ihm endlich gelungen war, sie zu packen und ihr die Hände auf die Brust zu legen. »Totale Zaunlatte!«, spie er aus. »Wer will schon mit so einem Plattfisch zusammen sein!« Er wischte sich den Mund mit dem Handrücken.

»Ich mach Schluss, ich mach Schluss!«, brüllte er, trat einen Schritt zurück, verzog das Gesicht zu einem Grinsen und ließ sie stehen. Hanna duckte sich in die Dunkelheit und versuchte sich so klein wie möglich zu machen.

Da gingen die Lichter an. Pia stand feixend am Lichtschalter. Alle hatten aufgehört zu tanzen und starrten jetzt Hanna an, Hanna, die, den Tränen nahe, einen roten Kopf bekommen hatte.

»Hanna ist echt supereklig!«, verkündete Olle. »Hast du dir ehrlich eingebildet, dass ich was mit dir anfange? Bei dir piept's ja! Das war ein Witz, ein verdammter Scheißwitz!«, schrie er mit zurückgeworfenem Kopf und sah sich laut lachend um. Die andern grinsten zurück, starrten Hanna an und tuschelten. Dann wurde das Licht gelöscht und die Ersten fingen wieder an zu tanzen. Das Spiel war zu Ende. Hanna wurde nicht mehr gebraucht. Jetzt durfte sie nach Hause.

Sie stürzte die Treppe hinauf, wühlte in dem Schuhhaufen und zwängte ihre Füße in die Schuhe. Suchte fieberhaft nach ihrer Jacke. Fror so sehr, dass ihr die Zähne klapperten. Kurz bevor sie die Tür öffnen und gehen wollte, sah sie die kleine Schachtel mit den Ohrringen, die sie Pia geschenkt hatte. Sie nahm die Schachtel, stopfte sie in die Jackentasche und schlich hinaus. Die Tür ließ sie offen, damit es drinnen schön kalt wurde.

Sofia stand vor der Garage und fummelte mit dem Fahrradschlüssel am Schloss herum, ihr verweintes Gesicht war rot und geschwollen. Hanna blieb vor ihr stehen und starrte sie an. Schweigen und Kummer warfen zwei tiefblaue Schatten auf die Straße.

»Ich wollte es nicht«, brach Sofia schließlich das Schweigen. »Aber als du krank warst, haben sie es ausgeheckt.« Sofia schloss ihr Fahrrad auf und fingerte an ihrem Sattel herum. »Die sind so verdammt fies, das hätte ich nie von Olle geglaubt, wo er und ich doch ...«, fuhr sie fort und starrte auf ihre Füße. Hanna sammelte Speichel im Mund. Sofia ist doch genau wie die andern, dachte sie, aber dann fehlte ihr die Kraft zum Spucken. Als sie krank gewesen war, hatten sie es ausgeheckt. Etwas pochte in ihrem Hals, ein Schrei, der herauswollte. Wenn sie sich das Handgelenk aufgeschnitten hätte, bräuchte sie nicht so hierzustehen. Sie suchte in ihrer Tasche und zog die Schachtel mit den Ohrringen heraus.

»Willst du sie?«

Sofia schüttelte den Kopf, musste dabei aber lächeln. Geschah Pia ganz recht.

Hanna rannte nach Hause. Es war nicht weit, aber sie hatte trotzdem Angst. Hinter jedem Baumstamm versteckte sich ein Vergewaltiger. Ihre Brust schmerzte beim Atmen, vielleicht, weil die Tränen ihr Nase und Hals verstopften und sie keine Luft bekam. Sie hasste Olle, hasste Karin, Lina und all die andern. Nie mehr würde sie mit ihnen reden, nie mehr glauben, dass sie dazugehören könnte. Alle logen immerzu, unablässig gaben sie Lügen von sich. Der Radweg wurde schmaler, der Wald neigte sich über sie mit seinen dunklen Tannen, seinen großen Vergewaltigern. Ausgerechnet jetzt fehlte ihr die Kraft zum Rennen. Es war kurz vor zehn, fast vier Stunden hatte sie auf dieser idiotischen Discofete verbracht. Inzwischen tanzte Olle bestimmt mit Karin und lachte mit ihr über Hannas platte Brust, ihre Rippen unter der Haut, ihren komischen Geruch, ihre Hände, die ihn berührt, ihn verpestet hatten. Hände, die geglaubt hatten, sie würden geliebt. Wie vernagelt durfte man eigentlich sein? Popcorn futternd würden sie den ganzen Abend über Hanna spotten und sich vor Lachen verschlucken.

Sie schlich in die Garage, sank auf den Boden und weinte, weinte, bis ihre Augen ganz rau und trocken waren. Die Garagenluft war kalt und feucht wie an regnerischen Novembermorgen, wenn ein kalter Wind wehte. In der Dunkelheit sah Hanna Papas Werkzeug schimmern, eine Säge, einen Hammer, ein Messer. Auf der abgewetzten Holzbank lag das rostige Fahrtenmesser. Wie fühlte sich das an, wenn man die rostige Klinge übers Handgelenk zog? Warum kommt Papa nicht einfach heraus, um mich ins Haus zu tragen?, dachte Hanna. Wie ein kleines Kind soll er mich tragen, den Abend wegwischen und mir zuflüstern, dass wir von hier wegziehen, in ein anderes Haus in einer anderen Stadt, wo es eine andere Schule mit anderen Kindern gibt.

Hanna verkroch sich noch tiefer in die Dunkelheit und blieb dort hocken, ein graues fröstelndes Knäuel. Dann hörte sie auf zu weinen, zu zittern, und strich sich die salzigen Tränen von der Haut. Als sie ihre Finger ableckte, stellte sie fest, dass es gut schmeckte. Besser jedenfalls als Pias eklige Torte. Mit der Hand vergewisserte sie sich, dass die Ohrringe noch in der Tasche lagen, vielleicht könnte sie mit ihnen Mama überraschen. Lautlos schlich sie aus der Garage und schloss so vorsichtig die Tür hinter sich, dass nicht das leiseste Knarren zu hören war. Es war elf geworden. Bestimmt war ihr Gesicht jetzt nicht mehr ganz so verheult, also konnte sie sich ins Haus wagen.

»Hallo!«, rief sie, streifte sich die Schuhe von den Füßen und stürzte ins Bad.

»Na, das war wohl höchste Eisenbahn!«, ließ sich Papas Stimme vom Fernsehsofa vernehmen. Hanna blieb lange auf dem Klo sitzen, schließlich stellte sie sich unter die Dusche, wo sie langsam auftaute. Bevor sie zu den Eltern hinausging, sorgte sie dafür, dass ihrem Gesicht nichts anzusehen war. Keine Anzeichen von Trauer oder Müdigkeit. Sie setzte ein Lächeln auf, huschte in ihr Zimmer, schlüpfte in den Schlafanzug und tappte endlich ins Wohnzimmer, wo die Eltern mit ihren Fragen auf sie warteten.

»War es schön?«, wollte Mama wissen. Hanna nickte und kroch neben Papa aufs Sofa.

Papa strich ihr übers Haar. »Waren Pias Eltern zu Hause?«, fragte er.

»Nur am Anfang, dann waren sie irgendwo eingeladen.«

»Gab's was Gutes zu essen?« Nachdem Mama den Fernseher ausgeschaltet hatte, hüllte die Stille sie alle wie eine weiche Decke ein. Hanna nickte und kroch noch näher zu Papa hin.

»Na, hast du mit einem netten Jungen getanzt?« Schmunzelnd ließ Papa seine Hand auf ihrem Kopf ruhen. Hanna zuckte die Schultern, ohne zu antworten. Mama sah Papa an und lächelte.

Sollten sie doch glauben, was sie wollten. Plötzlich schienen die Wände des Zimmers zurückzuweichen, und Hanna war, als ob sie in ein schwarzes Loch sank, immer tiefer in einen Brunnen hinab, in eine schwarze Wüste hinunter, die nach Zigaretten und Popcorn, Fleischpastete und Sahne roch.

Sie sitzt dem Hornochsen am Schreibtisch gegenüber, starrt auf ihre Hände und hört ihn in weiter Ferne vor sich hin faseln. Ihr Herz klopft wie rasend, schon wieder befindet sie sich auf dem Heimweg von der Klassendisco, immer wieder auf dem Heimweg von irgendeiner Disco. Die schwarzen Nächte der Erinnerung, der salzige Geschmack nach Popcorn, der den Gaumen wie mit einem Film überzieht. Wieso überfallen diese Erinnerungen sie ausgerechnet jetzt? Erzählen wird sie ohnehin nichts davon, ihm ganz bestimmt nicht. Es ist ihr viel zu anstrengend, seinen langen, komplizierten Sätzen zu lauschen. Zur Zeit ist er ganz davon in Anspruch genommen, ihre Knoten im Hirn aufzulösen. Sie könnte ihm gar keine größere Freude bereiten, als wenn sie ihre Eltern jetzt anklagen und ihm etwas über schwierige häusliche Verhältnisse berichten würde. Dass sie damit nicht aufwarten kann, fällt ihm schwer zu akzeptieren. Ganz allmählich gerät er ins Wanken und akzeptiert, dass sie bald entlassen werden kann. Es habe sich wohl nur um eine verspätete Pubertätskrise gehandelt. Sie sei eben ungewöhnlich sensibel, sei aber inzwischen stärker geworden.

Sie nickt und schüttelt den Kopf, je nachdem, wo es ihrer Ansicht nach am besten hinpasst. Der Hornochse liebt es, Vorträge zu halten. Er hat einen wohlklingenden Titel und verdient viel Geld am Wahnsinn seiner Mitmenschen. Warum verabscheut sie ihn eigentlich so sehr? Vielleicht wegen seiner wässrigen Augen? Leuten mit durchsichtigem Blick hat sie noch nie vertraut. Oder liegt es an seiner Kopfform, die sie an Peter erinnert? Als sie ihm zum ersten Mal gegenübersaß, fiel es ihr sofort auf. Schon damals hat sie gewusst, dass niemand ihr hier würde helfen können, dass sie auf sich selbst angewiesen war. Die Erinnerung an Großvater war das Einzige, woran sie sich anlehnen konnte. In-

zwischen ist sie ziemlich weit gekommen. Tief in ihrem Innern hört sie eine Stimme flüstern, dass sie stark ist.

Ich muss das Licht malen!, denkt sie, während sie ihre Hände anstarrt. Emma hat einmal zu ihr gesagt, ihre Bilder seien so hell, dass es wehtue, hinzuschauen. Ja, so muss es wohl sein, denn niemand würde es wagen, ihre Bilder anzuschauen, wenn sie ihre innere Dunkelheit malen würde.

Die Klasse begann Geld für eine Klassenfahrt zu sammeln.

»Ich will nach Griechenland«, verkündete Torsten, der schon dreimal in Griechenland gewesen war und von den Gasthausbesuchen schwärmte.

»Das wird vielleicht ein bisschen teuer«, meinte Frau Ström freundlich und schlug vor, im Inland zu bleiben.

»Wir könnten mit dem Kanu paddeln und angeln«, rief Jan, der jedes Wochenende mit seinem Vater zum Angeln fuhr.

»Iiih, wie eklig! Da muss man ja Fische ausnehmen!«, kam es von Lisa, die lieber auf einen Pferdehof wollte. Oder nach Island, wo es die süßen Ponys gab. Einer wollte auf der Bahnstrecke nach Nordschweden Draisine fahren, andere zogen Gotland vor. Als Sanna schließlich eine Floßfahrt auf dem Klarälven vorschlug, stimmten die meisten mit lautem Jubelgeschrei zu.

»Gut, dann müssen wir nur noch das nötige Kleingeld dafür auftreiben«, sagte Frau Ström.

»In der Baumschule kann man beim Bäume pflanzen helfen«, meinte Olle. Alle nickten begeistert. Ja, sie würden Bäume pflanzen, bis ihre Hände nach Harz rochen und von Tannennadeln zerstochen waren.

»Und eine Versteigerung mit altem Krempel, wie wär das?« Der Vorschlag kam von Eva, deren Eltern einen Speicher voll altem Gerümpel hatten. Weitere Vorschläge waren: eine Theateraufführung, Unkraut jäten und Schnee schippen gegen Bezahlung und der Verkauf von selbst gebackenen Plätzchen. Frau Ström meinte, es sei am besten, beim Verkaufen zu zweit unterwegs zu sein. So was Bescheuertes konnte sich auch nur Frau Ström ausdenken. Hanna hatte überhaupt keine Lust, irgendwohin zu verreisen.

»Ich geh davon aus, dass alle mitfahren wollen?«, fragte Frau Ström nebenbei, während sie Vorschläge und Namen an die Tafel schrieb. Katarina und Ylva sahen sich an, sagten aber nichts, Sofia starrte auf ihre Bank, Hanna sah zum Fenster hinaus. Torsten schien sich damit zu trösten, dass er angeln können würde, und Krister murmelte, wenigstens müsse er dann ein paar Tage nicht zu Hause sein.

In der Pause kam Sofia zu Hanna und schlug vor, dass sie gemeinsam Plätzchen backen und verkaufen könnten. Hanna starrte zuerst auf den Boden und dann Sofia direkt in die Augen, in dieselben Augen, die früher einfach durch sie hindurchgeblickt hatten. Wortlos drehte sie sich um und verschwand mit klopfendem Herzen. Eigentlich hätte sie Sofia lieber was Freundliches gesagt. Oder sie angeschrien, dass sie eine dumme Kuh und selbst an allem schuld war. Ehrlich gesagt hatte sie keine Ahnung, was sie wollte. Vielleicht konnte sie vor der Klassenfahrt ja noch rechtzeitig krank werden, Durchfall oder Grippe oder sonst was kriegen. Auf jeden Fall würde sie kein einziges Plätzchen backen oder verkaufen!

Sara saß mit ein paar Jungen vom Tischtennisverein auf einer Bank und winkte Hanna lächelnd zu, als sie sie hereinkommen sah. Der Trainer war noch nicht da.

»He, Hanna, hast du eine neue Frisur?« Sara machte ihr Platz auf der Bank. Hanna schüttelte den Kopf.

Sara berührte vorsichtig Hannas Haare. »Sieht gut aus.«

Die Berührung tat fast weh. Olle hatte sie auch so berührt, hatte ihre Haare gestreift. Sie ließ sich auf die Bank sinken und sah verstohlen zu Tomas und Johan hinüber, die neben Sara saßen. Die Jungen waren etwas älter, zwei Tischtennisasse, Johan hatte schon bei den Jugendmeisterschaften mitgespielt. Hanna wagte sie kaum anzuschauen. Bestimmt wunderten die sich, weil sie so komisch aussah. Sara war ganz anders, alle Jungen waren von ihr begeistert, sie traute sich zu reden und zu lachen und ihr eigenes hübsches Spiegelbild anzulächeln. Sie hatte Hanna sogar schon mal aufgefordert, in die Jugendhausdisco mitzukommen. Hanna starrte in die Sporthalle hinaus – in der Dunkelheit tanzen, jemanden berühren, der rasch zurückwich …

»Spielen wir?« Plötzlich stand Tomas vor ihr und balancierte seinen Schläger auf der Hand. Hanna wischte sich verstohlen ihre schweißnasse Hand an den Shorts ab, bevor sie nickte.

»Du spielst gut, hab dich beim letzten Turnier gesehen«, sagte er und ließ den Ball auf der Tischtennisplatte hüpfen. Hanna war so nervös, dass sie ihren Schläger fast fallen ließ. Anfangs verpasste sie die meisten Bälle, doch dann wurde sie sicherer und schlug zu, ohne lange zu überlegen.

»Spielst du schon lange?«, fragte Tomas, bevor er den nächsten Ball rüberschlug.

»Ein Jahr ungefähr.« Hanna wurde rot und wusste nicht, warum. Tomas nickte. Er schlug allmählich fester und erhielt genauso fest geschlagene Bälle zurück. Hanna konzentrierte sich ganz auf ihre Wut. Sie stellte sich vor, Peters Gesicht hätte sich in einen grünen Tisch verwandelt oder Karin würde unsichtbar vor ihr auf einer grünen Wiese liegen. Als der Trainer kam und alle zu sich rief, merkte sie es nicht einmal. Die restliche Trainingszeit mussten sie Seil springen und im Wechsel zwischen den Tischen hin und her rennen. Bald würden sie mit dem eigentlichen Konditionstraining beginnen – mindestens fünf Kilometer Dauerlauf auf Kieswegen.

»Dann laufen wir um die Wette«, flüsterte Tomas lächelnd. Hanna wurde es schwindlig, Tomas stand zu nah, er atmete zu dicht an ihrer Haut. Sie zuckte die Schultern und tat so, als wäre sie nicht interessiert, obwohl sie sich anders verhalten wollte. Wie, wusste sie nicht. Da ging er an einen anderen Tisch und fing dort ein Spiel mit einem der Jungen an. Bestimmt fand er Hanna jetzt unheimlich doof. Am liebsten hätte sie sich unsichtbar gemacht.

Die andern starrten sie an, sahen durch sie hindurch, verschwanden. Sie spielten gegeneinander, lachten über Hanna, wunderten sich darüber, dass sie überhaupt hier war. Aber Sara? Warum lächelte Sara die ganze Zeit? Was wollte sie? Hanna setzte sich auf eine Bank und legte den Kopf auf die Knie. Das, wonach sie suchte, befand sich irgendwo in diesem Raum. Warum ging sie nicht einfach zu den andern hinüber? Warum saß sie hier und stellte sich an? Als Tomas in ihre Richtung schaute, wandte sie das Gesicht ab und tat, als wär sie mit irgendwas beschäftigt. Jedes Mal, wenn sie jemand lächeln sah, brannten ihr die Augen. Sie wusste einfach, dass alle immer nur logen.

Hinterher im Umkleideraum lächelte Sara schon wieder so seltsam. Ihr Lächeln sah beinah echt aus. Als Hanna sich nach dem Duschen abtrocknete, merkte sie Saras Blick, der warm über ihre Haut zu streichen schien. Schnell starrte sie auf die weißen Fußbodenkacheln und ihre eigenen Zehen.

»Er mag dich!«, sagte Sara plötzlich.

»Wer?«

»Tomas natürlich! So wie er dich anguckt.« Sara wickelte ihr Handtuch zu einem großen Turban, ohne den Blick von Hanna zu wenden.

»Hat er ja gar nicht!«, fuhr Hanna sie heftig an. Alles an ihr bebte vor Zorn – Körper, Kopf, die Haare, die sie wütend nach hinten schleuderte.

Sara lachte. »Klar hat er, das sieht doch jeder!«

Hanna schlang sich das Handtuch fest um den Körper, lief hinaus und zog sich rasch um. Sara sollte sie nicht so anlügen!

Sara setzte sich auf die Bank. »Hast du es eilig?«, fragte sie. Hanna antwortete nicht, sondern biss sich bloß auf die Unterlippe, während sie ihr Handtuch in die Tasche stopfte.

»Tomas ist doch echt süß, findest du nicht?«, versuchte Sara noch einmal.

»Hör doch endlich auf! Der sieht doch, wie hässlich ich bin!«, fauchte Hanna und stürzte davon, ohne sich die Haare gekämmt zu haben. Sie stolperte hinaus und versteckte sich hinterm Gebüsch, um dort auf Papa zu warten. Weinend schlug sie sich selbst ins Gesicht, schlug und weinte und wusste nicht, warum sie immerzu fliehen musste, nur, dass sie fortwollte, fort von allen. Am liebsten hätte sie laut geschrien, der Schrei steckte ihr schon in der Kehle und wollte sich hinausdrängen. Sie steckte sich die Fingerknöchel in den Mund und kaute auf ihnen herum.

Endlich kam Papa. Sie hörte am Geräusch des Motors, dass er es war. Schnell schlüpfte sie hinter den Büschen hervor, lief zum Wagen und kroch auf den Vordersitz. Neben dem Eingang zur Halle lehnte Sara an der Wand. Sara wartete ebenfalls auf ihren Vater, sie hob die Hand zu einem vorsichtigen Winken. Hanna presste ihre Hand ans Fenster und sah Sara kleiner werden.

»Freundin?«, fragte Papa. Das wusste Hanna nicht, also stellte sie sich taub. Papa schaltete das Radio an, wie immer hatte er seine Frage bereits vergessen. Die Straßen lagen schwarz und still unter dem Mond, der wie eine Rasierklinge den Himmel durchschnitt. Hanna zählte die Tage bis zu ihrem Geburtstag. Auch dieses Jahr würde sie niemanden einladen. Sie berührte ihr Handgelenk und ahnte das Ticken unter der Haut. Wenn sie doch nur die ganze Welt zerschneiden könnte!

Zwei Tage später rief Sara an, sie sei erkältet und könne nicht zum Training kommen.

»Gut, ich werd's ausrichten«, sagte Hanna, die sich insgeheim fragte, warum Sara den Trainer nicht selbst angerufen hatte. Sie schwieg kurz in den Hörer hinein und wartete auf Saras Tschüss.

»Du bist doch hoffentlich nicht sauer, weil ich das mit Tomas gesagt hab?«, fragte Sara plötzlich. Hanna presste die Hand fester um den Telefonhörer und schwieg.

»Ich hab geglaubt, du freust dich drüber«, redete Sara weiter, »aber wahrscheinlich ist er doch in Lena verknallt, die spielt bei den Älteren mit.«

»Garantiert«, murmelte Hanna.

»Hast du schon mal einen Freund gehabt?«, fragte Sara, die inzwischen viel munterer klang, überhaupt nicht mehr erkältet.

»Nein«, sagte Hanna. Sie musste an die Discofete bei Pia denken, wo sie mit Olle getanzt hatte.

»Gibt es in deiner Klasse keinen, den du süß findest?«

»Nein, die sind alle affenscheußlich«, antwortete Hanna schnell und hätte am liebsten den Hörer gleich aufgelegt.

»Die in meiner Klasse auch, aber in meiner Parallelklasse gibt's ein paar, die sind stark.«

»Aha.« Hanna versuchte gleichgültig zu klingen. Am anderen Ende der Leitung wurde es still, dann fragte Sara, ob Hanna Lust hätte, am Freitag mit ihr und ein paar andern ins Kino zu gehen. Sie wollten sich »Die Jönssonliga« anschauen, den Lachfilm der Saison.

Hanna fröstelte plötzlich.

»Ich kann nicht«, antwortete sie. Im Hörer wurde es still.

Dann: »Schade. Hast du was Besonderes vor?«

»Ja, wir fahren weg. Zu meiner Oma«, log Hanna und rutschte dabei immer weiter vom Stuhl herunter. Plötzlich bereute sie ihre Worte, doch das konnte sie natürlich schlecht zugeben. Sara sagte tschüss und legte den Hörer auf. Hanna legte auch auf und hätte am liebsten gleich wieder angerufen, um zu sagen, dass sie sehr gern ins Kino mitwollte und vor nichts und niemand Angst hatte. Sara war doch bloß ein ganz normaler Mensch, kein bisschen gefährlich. Kurz blieb sie sitzen und starrte den Telefonhörer an, dann ging sie in ihr Zimmer und verkroch sich im dunklen Wandschrank. »Ich fürchte mich nur vor Menschen, aber nicht vor Engeln«, flüsterte sie den Wänden zu. »Habe bloß vor den Lebenden Angst, vor den Toten nicht.«

Sie hörte die Welt draußen vor den Schranktüren, hörte Emma durchs Haus rennen und ihre verschwundenen Turnschuhe suchen, hörte Andreas auf dem Klavier herumdonnern, hörte die Eltern fragen, wo Hanna wohl steckt. Schließlich kroch sie heraus, um ihren Tischtennisschläger zu holen. Inzwischen war es Zeit, zum Training zu gehen. Sie stellte sich vor den Spiegel und sah, wie alles sich langsam auflöste. Der Tischtennisschläger fiel zu Boden und alles wurde schwarz.

Torsten stand mitten im Kreis der Jungen. Mit runden, roten Backen und leuchtenden Augen bot er den anderen Süßigkeiten an und beschrieb keuchend vor Lachen und über seine eigenen Worte stolpernd, wie er sich am Samstagabend hatte voll laufen lassen und wie geil der Kater danach gewesen war. Zwölf Jahre war er alt, die andern Jungen wieherten und stachelten ihn an, futterten sein süßes Zeug und wollten noch mehr hören. Er schilderte die Barschränke seines Vaters und die vielen Zigarettenschachteln, die er seiner Mutter geklaut hatte. Eine davon zog er jetzt aus der Tasche, worauf Krister vortrat und ihm Feuer gab. Torsten machte einen tiefen Lungenzug und stieß den Rauch durch die Nase wieder aus.

»Mann, Krister, lass doch mal 'ne Flasche von deinem Alten mitgehen!«, schlug Jonas vor und gab Krister einen Schubs. In Kristers Augen flackerte etwas auf, dann lächelte er verlegen. Erst sah er traurig aus, aber dann nickte er und lachte seltsam gezwungen.

Montag, Mittagspause. Hanna war eben vom Klo gekommen, wo sie eine Viertelstunde lang gehockt und sich gelangweilt hatte. Heute war ihr Geburtstag, Frau Ström hatte *Hanna 12 Jahre. Herzlichen Glückwunsch* an die Tafel geschrieben, aber niemand hatte gesungen, nur Frau Ström war besonders freundlich zu ihr gewesen. Hanna ging zu den Schaukeln hinüber. Ein paar kleine Drittklässlerinnen sahen sie verängstigt an, doch dann merkten sie, dass Hanna nur groß war, aber nicht gefährlich. Sie stieß sich mit ihren zwölfjährigen Füßen ab, holte Schwung und schaukelte wild und hoch. Ihre zwölfjährigen Haare flatterten ihr um die Ohren, in ihrem zwölfjährigen Kopf wurde es schwindlig. Kein Mensch hatte »Gratuliere, Hanna!« gesagt, kein Mensch hatte »Herzlichen Glückwunsch« gesagt. Ihre zwölfjährigen Hände umklammerten die Kette, bis es schmerzte, dann drückte sie noch fester zu. Jetzt war sie also zwölf, bald dreizehn.

Beim Tischtennistraining am Abend vermied es Hanna, Sara anzusehen, und wenn sich ihre Blicke dennoch kreuzten, schien Sara sie mit Befremden zu mustern. Auch später im Umkleideraum sprachen sie nicht miteinander. Sara hockte tuschelnd und kichernd mit ein paar anderen Mädchen zusammen. War auch besser so. Hanna duschte schnell und schlich davon. Es war ihr peinlich, dass ihr die andern beim Umziehen zusahen und beobachteten, wie sie die Tür öffnete und hinter sich schloss. Sie schämte sich, weil sie so schweigsam war und es nicht über sich brachte, zu bleiben und so zu tun, als wäre sie ganz normal. Papa holte sie wie immer ab, vor ihm brauchte sie sich nicht zu verstellen, gefährlich waren nur die andern außerhalb des Autos und der vertrauten Wohnung.

»Hat alles geklappt beim Training?«, fragte Papa, hielt vor der roten Ampel an, trommelte mit den Fingern aufs Lenkrad und legte den Leerlauf ein. Hanna nickte, obwohl sie sich kaum noch ans Training erinnern konnte. Das Training lief meistens gut, und der Trainer lobte ihre Fortschritte. Aber eigentlich hielt sie sich in der Halle nur auf, um für kurze Zeit zu vergessen. Sie hatte sich vorgenommen, so gut zu werden, dass niemand mehr durch sie hindurchsehen konnte.

»Am Wochenende kommen Oma und Opa, ist dir das recht?« Papa sah sie fragend an.

»Und Großmutter?«

»Großmutter ist zu müde, die lange Fahrt wäre zu anstrengend für sie. Aber bestimmt schickt sie dir einen Gruß.«

Hanna nickte und dachte an Großmutter, die jetzt so dünn und erschöpft war – früher war Großmutter unermüdlich gewesen. Aber seit Großvater nicht mehr lebte, schien Großmutter keinen Sinn mehr darin zu sehen, für irgendetwas Kraft aufzubringen. Großmutter wollte auch wegfliegen, die Einsamkeit zurücklassen.

Am nächsten Morgen, als Hanna gerade ihr Fahrrad abgestellt und abgeschlossen hatte, kam Sofia zu ihr und brachte ein vorsichtiges »Glückwunsch« heraus.

»Du hast doch Geburtstag gehabt.« Sofia lächelte verlegen. Hanna nickte, ohne etwas zu sagen. Sofia sollte sich bloß nichts einbilden. Schweigend überquerten sie den Schulhof. Hanna wäre am liebsten davongerannt, Sofia würde nie ihre Freundin werden. Jetzt war sie auf einmal gut genug, jetzt, wo Sofia den andern nicht mehr gut genug war und bei den Jungen keine Chancen mehr hatte, weil sie zu groß geworden war. Hanna ging immer schneller, bis sie Sofia hinter sich gelassen hatte. Man soll sich immer bemühen, zu verzeihen, hatte Papa gesagt, und Oma meinte, man soll seine Feinde lieben, das ist Gottes Wille. Und Oma liebte Gott. Aber Oma verstand auch nicht alles. Hanna rannte fast auf die Tür zu und drückte den Griff so heftig runter, dass die ganze Tür bebte. Hinter sich hörte sie ein Aufschluchzen, fühlte sich aber nicht schuldbewusst. Sofia hatte sich alles selbst zuzuschreiben. Jetzt war es zu spät.

Am Abend überwand sie ihre Angst und wählte Saras Nummer. Warum, wusste sie nicht, sie wollte nur etwas sagen, zwei, drei Wörter vielleicht, möglicherweise auch einen ganzen Satz. Dass sie gar nicht absichtlich komisch war, es kam einfach von ganz allein. Dass sie versuchen wolle, nicht mehr so unmöglich zu sein. Sie wollte Sara von den Dingen erzählen, die wehtaten, wahrscheinlich würde Sara das verstehen. Sie glaubte fest, dass Sara ihre Freundin werden könnte.

»Sara Karlsson«, meldete sich Sara am Telefon. Hanna warf den Hörer auf die Gabel und presste die Hände gegen die Ohren. Kniff die Augen fest zu. Ihr Kopf wollte zerspringen. Sie saß in Papas Zimmer. Plötzlich schienen sich die Wände mit den kleinen braunen Tulpen auf sie zuzubewegen, sich gegen ihren Kopf, ihre Schläfen zu pressen. Sie riss die oberste Schublade auf und wühlte kurz zwischen den Stiften, bis sie die Rasierklinge fand. Wie scharf und schön sie war! Versuchsweise zog sie die Klinge vorsichtig über die Haut. Als das Blut hervorquoll, erschrak sie, rannte ins Bad und wusch sowohl die Rasierklinge als auch das Handgelenk sauber. Lutschte vorsichtig am Blut. Im Kopf pochte es immer noch, inzwischen auch in den blauen gewundenen Adern der Hand. Nie mehr würde sie versuchen, jemanden anzurufen, nie mehr versuchen, sich jemandem zu nähern.

Warum senkt sie immer die Augen, warum weicht sie immer aus, wenn jemand sie anzusehen versucht? Warum sitzt sie in dem weißen Zimmer auf dem Bett und scheut vor jedem Geräusch zurück, das sie erreicht? Einerseits sucht sie Nähe, andererseits doch wieder nicht. Warum sollte sich jemand ihr nähern wollen? Vielleicht nur, um wieder auf sie einzuschlagen, um wieder von vorn anzufangen, mit Worten und Blicken zu schlagen, mit einem Grinsen, einer Geste, einem Seufzer. Sie weiß, wo sie hingehört, die andern haben ihr gründlich klargemacht, wo ihr Platz ist – jenseits von allem Menschlichen, jenseits von Wärme, Nähe, Berührung. Sie braucht sich bloß nicht einzubilden, dass sie etwas taugt. Für sie ist kein Platz im selben Raum. Die andern lächeln nicht, sondern grinsen höhnisch, sie reden nicht, sondern verleumden, sie berühren nicht, sondern schlagen. Niemand erträgt ihre Haut, ihre Haut schreckt alle Hände ab. Manchmal träumt sie von Berührung, erwacht voller Wärme, bedeckt von Licht. Wenn der Traum dann entgleitet, wird ihr kalt.

Sie denkt an den einen Pfleger und fragt sich, ob er genauso ist. Ob er auch Hände hat, die schlagen, anstatt zu berühren. Ob er auch grinst, anstatt zu lächeln. Inzwischen fängt sie an, ihm zu vertrauen, und das ist gefährlich. Er kann sich jederzeit umdrehen und fortgehen, ihr durch sein Schweigen zu verstehen geben, dass sie nicht gut genug ist. Jedes Mal, wenn er kommt, erwartet sie Augen, die nicht sehen, und Lippen, die nicht sprechen. Aber bisher hat er sie angesehen, ohne dabei die Augen zu schließen, bisher hat er mit ihr gesprochen, ohne dabei einen andern anzureden. Wie lange wird er es schaffen, ihr vorzumachen, dass er die langen Spaziergänge um die frostigen Äcker und durch den dunklen Wald schätzt?

Immerhin hat er die Narben an ihren Handgelenken ge-

sehen und weiß, dass sie im Kopf einen Orkan mit sich herumträgt. Dennoch sieht er sie nicht voller Verachtung an. Vielleicht möchte er sogar, dass sie gesund wird, dass der Orkan in ihrem Kopf verschwindet? Bei diesem Gedanken schwindelt ihr. Das, was sie eigentlich weiß, will sie nicht zugeben, es ist zu gefährlich. Er hat etwas eingefangen, was sie vor allen andern hier verborgen hat - ihr Vertrauen.

Am liebsten würde sie ihm von dem nackten Schulhof erzählen, von den leeren Fluren, den stummen Wänden. Sie würde ihm gern davon erzählen, wie sie unablässig schrie, ohne dass jemand es hörte. Wie sie sich immerzu entfernte und darauf wartete, dass ihr jemand folgte. Immer schüttelte sie den Kopf und sagte: Hab keine Zeit. Hatte es immer so eilig, allen Pflichten nachzukommen. Musste die Rahmen der Zeit mit nützlichen Dingen füllen. War Freundschaft etwas Nützliches? Nur einfach dasitzen und reden, war das nützlich? Diesen Versuch wagte sie nie, stattdessen rannte sie davon, in die Geborgenheit ihrer Pflichten und festgefügten Tage. Anstatt, wie sie eigentlich wollte, sämtliche Grenzen zu sprengen, baute sie nur immer höhere Mauern. Die andern gaben es auf, sie zu fragen, sie glaubten, sie wolle es so.

Sie würde den Pfleger gern fragen, ob er weiß, wie gefährlich es ist, einen andern Menschen zu berühren, einem andern zu vertrauen. Da die andern ohnehin verschwinden, ist es besser, eine Mauer um die Einsamkeit zu schließen, da weiß man wenigstens, was man hat. Die Einsamkeit kann ihr nicht verloren gehen. Plötzlich beginnt sie, auf die weißen Betttücher loszuhämmern. Will eine Begegnung wagen. Wagt keine Begegnung. Sie kaut an den Fingerknöcheln, reißt ein Stück Daumennagel ab, um sich selbst zu strafen und wehzutun. Du bist feige, feige, feige! Sie schließt die Augen und redet sich ein, dass es ganz einfach ist. Man braucht doch bloß Ja zu sagen, wenn jemand fragt. Ja, ich komme mit ins Kino. Ja, ich will im Speisesaal neben dir am Tisch sitzen. Ja, ich trau mich, dir in die Augen zu sehen. Ja, ich wage es zu glauben, dass ich etwas bedeute. Sie hört auf, an ihren Knöcheln herumzunagen, das schmeckt nicht. Sie sehnt sich danach, dass jemand kommt.

Hanna lag wach und horchte auf den Zeitungswagen. Sie hatte Licht gemacht, es war erst vier Uhr morgens, aber sie konnte nicht wieder einschlafen. Jetzt hörte sie das schwache Geräusch eines Motors, dann das dumpfe Aufschlagen der Zeitung im Briefkasten. Das Auto fuhr weiter. Der nächste dumpfe Aufprall und weiter entfernt wieder der nächste. Sie stand auf und schlüpfte in die Holzschuhe. Draußen war es kalt, die frostbedeckten Ahornblätter lagen in gelben Haufen vor der Tür. Sie stellte sich hinter die Garage und wartete, bis der Zeitungswagen vorbeigefahren war und sie ihn nicht mehr sehen konnte. Beim Ausatmen bildete sich eine kleine Wolke, in die sie fast mit dem Finger ihren Namen schreiben konnte. Sie fröstelte in ihrem Schlafanzug und lief rasch zum Briefkasten. Ob die Spinne wohl erfroren war? Manchmal blieben silberne Fäden an ihren Fingern hängen, wenn sie die Post hereinholte.

Sie steckte die Hand in den Briefkasten, zog die Zeitung heraus und warf einen Blick auf die Spinne. Ganz unten im Briefkasten lag ein weißer Zettel. Mit klopfendem Herzen holte sie ihn heraus. Sie wusste nur zu gut, was es war.

Schnell rannte sie zur Tür zurück und knallte sie aus Versehen hinter sich zu. Im Bad faltete sie den Zettel auseinander und las gegen ihren Willen, was darauf stand. Es war die Beliebtheitsliste der Jungen. Schon während des Lesens zerriss sie das Papier in winzig kleine Stücke, die sie im Klo runterspülte. Dann ging sie hinauf, frühstückte und tat so, als hätte sie vergessen, dass sie eine der beiden war, die ganz unten standen. Wer wohl diesmal mit der Liste herumgeradelt war? Vielleicht Simon. Der wollte später ja mal Briefträger werden.

»Wir müssen langsam dran denken, Sachen für die Versteigerung zu sammeln«, sagte Frau Ström und verteilte wieder einmal Zettel. »Zu zweit macht es bestimmt mehr Spaß«, fuhr sie lächelnd fort. Hanna faltete den Zettel zusammen und legte ihn tief unten in die Tasche. Die dämliche Versteigerung interessierte sie nicht.

Frau Ström öffnete den Schrank, in dem Papier, Farben und Buntstifte aufbewahrt wurden. »Heute habe ich mir was Schönes für euch ausgedacht«, sagte sie.

Hanna stieg der Geruch von Farben in die Nase, in ihren Fingern kribbelte es förmlich vor Sehnsucht. Schon lange hatte sie nichts mehr gemalt, keine Schatten, kein Licht, keine Träume. Die Staffelei hatte sie in den Wandschrank geräumt, dort stand sie jetzt und wartete. Frau Ström legte auf jede Bank zwei Bogen Papier und eine Schachtel Buntstifte. Hanna strich mit der Hand über die weiße, saubere Fläche und träumte davon, Rundungen und Hohlformen, Linien und Farben draufzaubern zu können. Ein Bild zaubern zu können, das wirklicher war als die Wirklichkeit und schöner als die Träume. So hatte Großvater es ausgedrückt. Jetzt nahm seine Hand die ihre und sie begannen gemeinsam zu malen. Frau Ström hatte klassische Musik aufgelegt – zur Inspiration.

Torsten malte einen Mann mit Raubtiergebiss, der eine Frau mit großem Busen auffraß. Die Brüste sahen wie Hefeschnecken aus, mit Hagelzucker verziert. Peter und Jonas malten Kriegsbilder, ihrer Ansicht nach passte das gut zu einer Mozart-Sonate. Karin malte ein verliebtes Paar im Sonnenuntergang, daheim in ihrem Zimmer hatte sie ein ähnliches Plakat hängen. Auf Hannas Bild nahm eine schattenhafte Figur Gestalt an, die über eine Wiese ging und Blumen um sich streute. Die Musik klang hell und leicht wie Morgennebel. Frau Ström saß mit geschlossenen Augen vorn am Pult und bewegte den Zeigestock im Takt zur Musik, sie liebte Mozart und träumte davon, eine Opernsängern zu sein.

Karin und Lina mussten natürlich kichern – Menschen,

die klassische Musik liebten, waren wohl das Hinterletzte. Mozart gehörte in die Steinzeit. Alle über dreißig gehörten in die Steinzeit und wären am besten im Museum aufgehoben. Als Frau Ström die Augen wieder öffnete, beugten sich Karin und Lina gerade nach vorn und besprühten ihre rosa glitzernden Zeichnungen mit Gekicher.

Frau Ström ging durchs Klassenzimmer, beugte sich über die Bänke und bemühte sich, über jede Zeichnung etwas Freundliches zu sagen. Als sie Torstens Zeichnung der nackten Frau, die gerade aufgefressen wurde, sah, lächelte sie unangenehm berührt und murmelte etwas über schöne Farben. Das Raubtiergebiss sehe ja erstaunlich echt aus.

Hanna hatte bereits ihr zweites Bild begonnen, als Frau Ström zu ihr kam.

»Wie schön!«, rief Frau Ström so laut aus, dass alle es hören mussten. »Was du alles kannst, Hanna. Ist einer von deinen Eltern Künstler?«

»Nein, nur Großvater«, murmelte Hanna und legte den Arm vor die Zeichnung, damit Jan nicht herübersehen konnte.

»Darf ich sie nachher im Flur aufhängen?«, fragte Frau Ström. Inzwischen starrten alle Hanna an.

Hanna schüttelte heftig den Kopf. »Nein, ich will sie verschenken!« Sie beugte sich wieder über ihr Mozartbild mit den dunklen Hügeln und dem weißen Kind, das schlafend im Gras lag und dessen Nabelschnur wie eine Baumwurzel in die Erde hinunterreichte. Frau Ström nickte und legte ihr leicht die Hand auf die Schulter. Die andern hatten sich wieder ihren eigenen Bildern zugewandt, die Stunde näherte sich dem Ende und Torsten hatte versprochen, in der Pause Süßigkeiten zu verteilen. Alle saßen startbereit in ihren Bänken. Als es zur Pause läutete, fragte Hanna, ob sie noch bleiben und ihr Bild fertig malen dürfe, bloß noch ein paar Minuten. Sie wolle noch den Atem des Kindes malen, der von einem hellen Lichtschein hinter dem schwarzen Berg aufgesogen wurde. Frau Ström nickte und begann mit ihren Vorbereitungen für die nächste Stunde.

Plötzlich sah sie von ihren Papieren hoch. »Es tut mir wirklich Leid, dass wir an deinem Geburtstag nicht dazu gekommen sind, dir ein Geburtstagsständchen zu singen«, sagte sie.

»Macht doch nichts«, murmelte Hanna und zog eine letzte helle Linie.

»Bestimmt hätten sie gern für dich gesungen, glaubst du nicht auch?«, fuhr Frau Ström, die inzwischen direkt neben Hannas Bank stand.

»Nein, das glaube ich nicht«, flüsterte Hanna und biss sich auf die Unterlippe.

Frau Ström sagte nichts, legte nur ihre Hand auf Hannas Schultern und seufzte.

»Das war doch damals dein Großvater, der starb?«, fragte Frau Ström nach längerem Schweigen. Hanna nickte und hielt den Blick weiterhin gesenkt.

»Ich kann gut verstehen, dass man nach einem solchen Erlebnis traurig ist und sich zurückziehen will.« Frau Ström drückte leicht auf Hannas Schultern. Sie wollte wohl Hanna ein wenig trösten. Hanna öffnete ihren Bankdeckel, um ihre Sachen hineinzutun.

»Muss noch schnell aufs Klo«, sagte sie und huschte davon.

Emma durfte Hannas Fahrrad leihen, wenn sie dafür Sachen für die Versteigerung zusammenbettelte, das hatte Hanna versprochen. Emma verlangte noch zusätzlich Süßigkeiten, musste sich jedoch damit zufrieden geben, dass Hanna Schokokugeln machen würde. Jetzt stand Hanna am Fenster und sah Emma mit ihrer Freundin Josefin davonziehen. Das war die beste Lösung – Emma traute sich mit allen Menschen zu reden, Emma war eben normal.

Papa witzelte immer, Emma müsse später mal Vertreterin werden, weil niemand ihrem Lächeln widerstehen könne.

Am Abend kehrte Emma mit einem ganzen Leiterwagen voller Beute zurück. Sie war mit Josefin durch die Nachbarschaft gezogen und hatte alte Bilder, Uhren, Bücher und Kleider, die wie neu aussahen, eingeheimst. Emma strahlte, nahm eine Puppe, die jemand gestiftet hatte, und tanzte mit ihr durchs Haus. Als Hanna sie sah, musste sie lächeln.

»Jetzt will ich meine Schokokugeln haben«, sagte Emma und wanderte in die Küche. Josefin kam hinterher. Papa lächelte Hanna zwinkernd zu. Bald saßen alle vier mit den fertigen Kugeln am Tisch. Der Hagelzucker knisterte im Mund.

»Ihr wollt also eine Floßfahrt machen, Hanna?« Papa nahm seine vierte Schokokugel in Angriff. »Kommen auch irgendwelche Eltern mit?«

Hanna zuckte die Schultern. Warum wollte er das wissen?

»Ich hab mir überlegt, ob ich mich freiwillig melden soll. Was hältst du davon?« Papa nahm sich noch eine Schokokugel.

»Bist du verrückt, nie im Leben!«, schrie Hanna und hätte fast ihr Saftglas umgeworfen. Emma und Josefin verstummten und starrten sie an. Papa machte ein erstauntes Gesicht, er legte die Schokokugel weg und wischte sich mit der Serviette den Mund ab.

»Ich meine bloß, also, ich glaub, da haben sich schon welche gemeldet …« Hanna sah auf ihren Teller. Bestimmt hatte sie ihn jetzt enttäuscht. Wenn er nun anfinge, sie auszufragen, würde er all das verstehen, was er nicht verstehen durfte. Aber er nickte nur, strich ihr über die Wange und sagte: »Verstehe.« Einen Moment blieb er stumm. »Du willst natürlich mit deinen Freunden ungestört sein«, meinte er dann und trank seinen Kaffee aus. Hanna verschluckte sich am Saft und musste husten. Der Husten trieb Hanna Tränen in die Augen. Papa sah sie besorgt an. Die Tränen wollten nicht aufhören, schließlich stürzte sie mit dem Husten und den Tränen ins Badezimmer. Papa durfte nicht sehen, dass sie weinte. Und er durfte sie niemals mit den andern in der Klasse zusammen sehen.

Nichts ist so leer wie dieses Zimmer. Außer ihr ist hier nichts vorhanden, und sie ist niemand. Wenn sie die Hand durch die Luft zieht, fühlt ihre Haut die Leere. Hier existiert nicht einmal die Zeit. Die Zeiger, die sich um die Nabe der Uhr drehen, lügen. Nur in der wirklichen Welt existiert die Zeit, dort, wo Menschen sich begegnen und das Leben tatsächlich leben, anstatt es nur zu ertragen. Sie hält die Uhr ans Ohr und lauscht dem Ticken. Der Gedanke an all das, was sie verpasst und versäumt hat, schmerzt. Wenn sie sich zusammennähme, wenn sie es wirklich wollte, könnte sie dann dort draußen leben? Vielleicht ist sie schon stark genug, um die Leere irgendwie füllen zu können. Wenn es doch nur jemanden gäbe, der ihr das abnehmen könnte. Selbst Papa, der immer behauptet hat, alles in Ordnung bringen zu können, hat die Leere nicht zu beseitigen vermocht.

Nichts ist so dünn wie der Luftstrahl, den sie ausatmet. Ihre Lungen sehnen sich nach anderer Luft, einer anderen Welt. Zwischen diesen weißen Wänden erstickt die Seele an Asthma. In der Nachbarschaft des Irrsinns schwindet der Sauerstoff. Die meisten Irren werden hier kranker, davon ist sie überzeugt. Die vielen Schreie, das Weinen, das durch die Flure hallt, Spritzen und Tabletten, die für den Moment einschläfern, aber beim Aufwachen Entzugsgefühle und Ängste erzeugen. Manche Patienten sind schon seit über zehn Jahren hier. Bei diesem Gedanken wird ihr übel. Die Pfleger sagen, sie würden auf lange Sicht arbeiten, man müsse mit mindestens einem Jahr Behandlungsdauer rechnen, meistens mit mehr. Sie selbst ist inzwischen schon an die zwei Jahre hier, und das reicht.

Keine Seele wiegt so wenig wie ihre, und dennoch muss sie sich damit abschleppen. Das Leben müsste mehr sein als das hier – auf dem Bett sitzen und das Gewicht der Leere empfinden, darauf warten, dass jemand kommt, dass etwas geschieht. Dabei will sie gar nicht, dass jemand kommt, dass etwas geschieht. In der Leere fühlt sie sich geborgen, hier braucht sie bloß in die Rolle des Opfers, der Irren zu schlüpfen und die Erwartungen zu erfüllen, indem sie kopfwackelnd durch die Flure wandert, vor sich hin sabbert und ab und zu einen Anfall hat. Sie ist eine der jüngsten Patientinnen, dennoch kann sie die meisten tiefen Narben aufweisen. Dieses Verdienst möchte sie am liebsten vergessen. Viele Jahre könnte sie hier noch verbringen, könnte Theater spielen, falls der Wahnsinn je fliehen sollte. In der Leere ist sie geborgen, aber will sie nicht eigentlich aus der Leere heraus?

Der Weg hinaus ist gefährlich, die vielen Menschen dort draußen, die vielen Blicke, die Spuren. Überall Erinnerungen – ein Schulhof, eine Schaukel, eine Schneehöhle sind schon genug. Jemand, der an diesen oder jenen erinnert. Der Geruch nach Popcorn und Hamburgern. Stechende Blicke und Lockenmähnen, blaue Wimperntusche und rosa Kleider. Discomusik, junge Körper, die sich bewegen, junge Menschen. Draußen muss sie mutig sein und stark, hier kann sie feige und schwach sein, ein klägliches Wrack.

Hier wird nichts von ihr verlangt, außer dass sie zweimal in der Woche zum Hornochsen mit den wässrigen Augen geht. In dem Zimmer mit der trockenen Luft soll sie dann erklären, warum das Leben so leer ist, warum sie sich geschnitten hat, warum sie von schwarzen Wüsten träumt und wie sie anschließend zurechtzukommen gedenkt. Seit sechs Wochen ist es ihr gelungen, sich zu beherrschen. Seit sechs Wochen versichert sie dem Hornochsen hinterm Schreibtisch, dass sie keine Irre ist. Dass es ihr gut geht und dass sie frische Luft atmen muss. Er schwankt bereits, bald lässt er sie hinaus. Beim letzten Mal hat sie ihn mit angespannten, schmerzenden Mundwinkeln angelächelt.

Die Jungen hatten den Älteren aus den oberen Klassen etwas Neues abgeguckt, das sie jetzt üben mussten: Sie rannten hinter den Kleinen aus der Vierten und Fünften her und schleppten sie aufs Klo, wo sie unter anderem mit dem Kopf in die Kloschüssel gesteckt wurden – die allergrößte Schande. Hanna machte sich unsichtbar. In der Mittagspause verzog sie sich hinter die Schule, streifte durch die angrenzenden Straßen und an den Pferdeweiden entlang. Hier brauchte sie sich wenigstens nicht zu ducken, wenn sie jemand hinter sich kommen hörte. Sie vermied es, in die Nähe der Erst- und Zweitklässler zu geraten, weil Emma ihre einsamen Wanderungen nicht sehen sollte.

Heute lag nach der Pause ein Englischtest auf den Bänken. Nicht schwierig, nur Vokabeln und ein Verständnis-Text, erklärte Frau Ström. Sie wolle nur wissen, wie viel sie im Lauf der letzten Wochen gelernt hätten. Schließlich sei bald Elternsprechtag.

»Scheiße«, zischte Olle, der in Englisch eine Niete war.

»Scheeeiße«, seufzten Karin und Lina im Chor und klimperten unruhig mit ihren blau verklebten Wimpern. Sanna seufzte ebenfalls, Sofia auch. Sofia hielt sich inzwischen an Erika und tat alles, um nur wieder in Gnaden aufgenommen zu werden. Fast war es ihr schon gelungen, aber nur fast. Simon warf Peter einen flehenden Blick zu, worauf Peter unmerklich nickte und seine Hilfe versprach.

»Dann ziehen wir die Bänke jetzt auseinander, ihr habt eine halbe Stunde Zeit«, sagte Frau Ström und sah auf die Uhr.

Mit lautem Gescharre wurden die Bänke auseinander gerückt, schwere Seufzer sanken auf die Papierbögen hinab. Hanna schrieb schnell, der Test fiel ihr so leicht, dass sie nach der Hälfte der Zeit fertig war. Sie las gerade ihre Antworten noch einmal durch, als sie das leise Klopfen an der Tür hörte und sah, wie ein anderer Lehrer Frau Ström zu sich winkte. Als Frau Ström dem Klassenzimmer den Rücken zuwandte, stieß Jonas Hannas Arm an. Er saß neben ihr, reckte den Hals und schielte zu ihrem Blatt herüber. Sein eigenes Blatt war fast leer. Hanna versteckte ihr Blatt unterm Arm, wollte ihm ihre Antworten nicht zeigen.

»Scheißhanna«, hörte sie Jonas' Stimme dicht an ihrem Ohr zischen. Sie drehte ihr Blatt um und starrte ihn an.

»Scheißmogler«, formte sie mit den Lippen. Jonas bekam einen roten Kopf und beugte sich wieder über sein fast leeres Blatt.

In der Pause kam er auf Hanna zu und packte sie am Arm. Sie wehrte sich, fauchte ihn an und befreite sich, wurde aber gleich wieder von seinen kleinen, harten Händen eingefangen.

»Beschissene Streberin«, zischte er und presste seine Hand um ihr Handgelenk.

»Hanna muss im Klo getauft werden!«, schrie er dann den andern Jungen zu, die in der Nähe standen.

»Lass mich los!«, schrie Hanna und versuchte ihn gegen das Schienbein zu treten.

»Selber schuld, hast mir ja nicht helfen wollen!« Jonas hielt sie lachend fest, während die andern mit dem grinsenden Peter an der Spitze langsam näher rückten.

»Aber vorher pinkeln wir noch rein!«, rief Peter, worauf alle Jungen eifrig nickten. Da landete Hanna einen harten Tritt gegen Jonas' Schienbein. Jonas schrie auf und ließ sie los. Mit den Jungen auf den Fersen rannte Hanna auf den Fußballplatz zu, hörte hinter sich Geschrei und Gelächter. Die Streberin musste gefangen werden. Sie rannte schneller und hörte, wie ihre Verfolger zu keuchen begannen. In letzter Zeit hatten sie beim Tischtennis viel Lauftraining gemacht, aber sie musste noch viel mehr trainieren, um noch viel schneller zu werden, um alle hinter sich lassen zu können.

»Mensch, lasst die doofe Streberin doch laufen, die ist ja so eklig, dass man sie nicht mal anfassen will«, hörte sie plötzlich Jonas' Stimme von weit hinten. Die Jungen waren stehen geblieben, standen jetzt in einer keuchenden Gruppe beisammen und beschlossen, sich lieber Katarina vorzuknöpfen. Katarina war nicht schnell und in ihren Augen genauso bescheuert wie die doofe Streberin.

Während der Pause hatte Frau Ström die Tests korrigiert, jetzt verteilte sie die Blätter auf den Bänken. Besonders gut sei der Test nicht ausgefallen, bis auf ein paar wenige Ausnahmen. Dabei sah Frau Ström Hanna mit breitem Lächeln an. Katarinas Bank war leer, Ylva saß mit fest aufeinander gepressten Lippen in ihrer Bank und starrte vor sich hin.

»Wo ist Katarina?«, fragte Frau Ström, als sie zu Katarinas Bank kam.

»Die wird wohl noch auf dem Klo sein«, antwortete Karin lachend. Die ganze Klasse kicherte, nur Hanna und Ylva nicht. Frau Ström fragte nichts mehr, sondern teilte nur die restlichen Tests aus. Bis auf zwei Rechtschreibfehler hatte Hanna alles richtig beantwortet, Frau Ström hatte an den unteren Rand des Blattes einen Goldstern geklebt.

Katarina blieb die ganze Stunde weg und kam auch nicht in die nächste. Ylva sagte, Katarina sei wahrscheinlich nach Hause gegangen, weil ihr schlecht war.

Als es läutete, lief Hanna zum Fahrradständer und raste nach Hause. Wie fest hatten die Jungen Katarinas Kopf in die Kloschüssel getunkt? Wie viele hatten vorher reingepinkelt? Katarina würde wahrscheinlich eine Woche lang krank sein.

Als Hanna nach Hause kam, war nur Andreas da. Er stand in der Küche und machte sich ein Brot.

»In der Schule hab ich ein paar aus deiner Klasse gesehen«, sagte Andreas plötzlich, während er genüsslich sein Knäckebrot kaute. Hanna nickte und sah zum Fenster hinaus.

»Aber dich nicht«, fuhr er fort.

»Ich war eben allein, kapiert?«, fuhr Hanna ihn an. Andreas begriff überhaupt nichts, niemand begriff etwas.

Andreas seufzte und verdrehte die Augen.

»Streberin.«

»Hör auf!«, fauchte Hanna. Sie fuhr hoch und schüttete ihr Glas Milch mitten in sein Gesicht. Weiße Bäche rannen von seinem Kopf, der Pulli troff, Andreas blinzelte verblüfft.

»Du sollst mich nicht Streberin nennen!«, schrie sie und stürmte die Treppe hinunter. Andreas rannte mit lautem Gebrüll hinterher und hinterließ überall eine weiße Milchspur.

»Streberin!«, schrie er und donnerte mit den Fäusten an die Wand. Hanna schloss ihre Tür ab, warf sich aufs Bett und heulte in ihr Kissen.

Hanna weinte so sehr, dass ihr alles wehtat – der Hals und der ganze Körper. Sie hämmerte auf ihre Beine ein, auf die Knie, die Brust, trommelte mit den Fäusten gegen den weichen Sägemehlbauch des Ponys, schlug ihm auf den Kopf, auf die weiße verfilzte Mähne. Schließlich sank sie einfach auf dem Bett zusammen, war zu erschöpft, um weiterzuweinen. Eng ans Pony geschmiegt schlief sie schließlich ein. Träumte, dass sie in einem Meer aus Milch schwamm, das sie austrinken musste, um an Land zu kommen. Sie trank und trank, aber der Meeresspiegel stieg unaufhaltsam, schließlich versank sie in all dem Weiß und wurde zu einem Fisch mit durchsichtigen Augen.

Nach einer Weile wachte sie wieder auf, blieb aber mit geschlossenen Augen auf dem Bett liegen. Das Milchmeer hatte sich aufgelöst. Als es an die Tür klopfte, beschloss sie weiterzuschlafen.

»Darf ich reinkommen, Hanna?« Es war Andreas, seine

Stimme klang eigenartig, als hätte er sich verschluckt und könnte nur noch krächzen. Sie antwortete nicht, hörte, wie er verschwand. Dann kam er zurück, begann am Schloss herumzustochern und schubste schließlich ihren Schlüssel heraus. Hanna wusste, dass sein Zimmerschlüssel auch bei ihr passte. Als Andreas die Tür öffnete, kniff sie die Augen fest zu. Er schlich auf Zehenspitzen, obwohl er wusste, dass sie wach war.

Hanna schlug die Augen auf und sah ihn an. Seine Haare waren noch nass und tropften ihm in den Nacken.

»Machen wir eine Rosinenpizza?«, sagte er leise.

Hanna nickte und setzte sich im Bett auf. »Mit Ananas und Krabben?«

Andreas packte sie an der Hand und rannte mit ihr die Treppe hinauf, in die Küche.

Sie banden sich Schürzen um, schalteten das Radio ein, sangen lauthals mit und bepuderten sich gegenseitig das Gesicht mit Mehl. Andreas entdeckte eine ungeöffnete Packung Blockschokolade, die Mama wahrscheinlich für eine Torte bestimmt hatte.

»Wir sagen einfach, Papa hätte sie angebrochen«, kicherte er und steckte Hanna zwei Stücke in den Mund, weil ihre Hände vom Teig ganz klebrig waren. Alles, was der Kühlschrank hergab, kam auf die Pizza: Makrelen, Ananas, Krabben, Pilze und Käse. Zum Schluss noch Rosinen und Oregano.

»Noch mehr Rosinen!«, schrie Hanna und bestreute die Pizza damit.

Während die Pizza im Ofen brutzelte, holte Andreas die Verkleidungskiste und die Theaterschminke. Jeder durfte die Kleider für den andern aussuchen.

»Oh, Frau Petronella, Sie sind wirklich zu charmant!«, flötete Andreas und malte zwei rote Kreise auf Hannas Backen. Hanna hatte einen grünen Rock und eine rosa Baskenmütze an, ihre Füße steckten in Schwimmflossen.

Andreas hatte sich in Mamas alten schwarzen Badeanzug gezwängt.

»Nachher bringe ich dir Fechten bei«, versprach er, während er die Pizza aus dem Ofen holte. Hanna nickte und schwenkte den zusammengeklappten Regenschirm wild durch die Luft. Vom vielen Lachen taten ihr die Wangenmuskeln weh. Dann aßen sie, bis sie nicht mehr konnten, und pulten all die Rosinen wieder raus.

»Attacke!« Andreas machte einen Ausfall mit Opas altem Spazierstock. Hanna parierte den Schlag mit dem Schirm.

»Still!« Hanna senkte den Schirm und sah zur Tür. Auf der Treppe waren Schritte zu hören, das musste Mama sein.

Andreas stieg aus den Stiefeln.

»Vielleicht sollten wir ein bisschen aufräumen«, meinte er und strich sich übers Gesicht, wobei seine Hand einen schwarzen Strich im weißen Puder hinterließ. Jetzt sah er eher wie ein Zebra aus. Hanna nahm die rosa Baskenmütze vom Kopf und starrte den Türgriff an, der heruntergedrückt wurde. Mama kam mit zwei schweren Einkaufstüten herein, über der Schulter hing ihr eine Tasche voller Bücher. Sie sah müde aus, wahrscheinlich waren die Kinder in der Schule anstrengend gewesen. An solchen Tagen wollte sie allein am Esstisch sitzen, Honigwasser trinken, ein Brot essen und die Post durchsehen. Dann wollte sie ein warmes Bad nehmen und vor sich hin dösen. Jetzt stellte sie die Tüten ab und starrte Hanna an, die mit der Baskenmütze in der Hand verlegen vor ihr stand.

»Hallo, Mama«, sagte Andreas mit einem vorsichtigen Lächeln.

»Hallo, Mama«, flüsterte Hanna und stieg aus den Schwimmflossen. Sie warf einen Blick in die Küche zurück, wandte den Kopf aber schnell wieder ab. Mama blieb schweigend stehen und sah Andreas und Hanna mit dunklem Blick an, der sich aber zusehends aufhellte. Andreas stieß Hanna unmerklich an und kicherte leise. Hanna kicherte zurück. Plötzlich kicherte auch Mama. Sie befreite sich von der Umhängetasche mit den Büchern und kam zu ihnen.

In der Woche vor Weihnachten ging Mama mit Hanna zur Elternsprechstunde. Sie mussten eine Weile vor dem Klassenzimmer sitzen und warten. Als die Tür aufging, kamen Karin und ihre Mutter heraus. Karin starrte Hanna wütend an, sie schien ihr am liebsten die Zunge rausstrecken zu wollen.

»Hallo, na, das ist aber lange her!« Karins Mutter nickte Hanna lächelnd zu. Karin stand bereits am Ausgang und drängte, sie wolle endlich nach Hause.

»Unglaublich, wie schnell die Zeit vergeht, jetzt kommen die Mädchen bald in die Siebte«, fuhr Karins Mutter fort. »Komm doch mal wieder bei Karin vorbei, ich habe dich schon so lange nicht mehr gesehen. Du bist tüchtig gewachsen.« Karins Mutter lächelte noch einmal und nahm dann ihren Mantel.

»Ja, das wäre doch nett.« Mama warf Karin noch ein Lächeln zu, bevor sie das Klassenzimmer betrat. Als sie nicht hersah, drehte Hanna sich um und streckte der Tür die Zunge raus.

»Hallo, Hanna«, sagte Frau Ström. Dann begrüßte sie Mama, und Mama setzte sich auf einen Stuhl.

»Nun, über Hanna zu reden, fällt nicht schwer. Sie ist eine sehr gute Schülerin und lernt fleißig!« Frau Ström blätterte in ihren Papieren und zog ein Blatt hervor, auf dem ganz oben HANNA stand. Dann ging sie Fach für Fach durch und konnte nur feststellen, dass Hannas Leistungen überall ausgezeichnet waren. Für Mama wurde es fast eintönig, die ganze Zeit nur dazusitzen und begeistert zu strahlen.

»Ja, sie lernt wirklich fleißig«, bestätigte Mama lächelnd. Hanna starrte Frau Ströms Bluse an, eine weiße Bluse mit blauen Knöpfen. Frau Ström und Mama redeten über ihren Kopf und ihre Gedanken hinweg, ab und zu drehten sie sich zu ihr um und wollten, dass sie nicken oder den Kopf schütteln sollte. Es kam ihr so vor, als würden sie sich immer weiter entfernen, wie in einen Nebel hinein. Summende Stimmen, die über eine andere Hanna sprachen, über eine Hanna, die mit ihr gar nichts zu tun hatte. Hanna musste heftig schlucken, um nicht loszuschreien.

»In den Pausen ist Hanna manchmal vielleicht ein bisschen allein«, hörte sie Frau Ström sagen. »Wie kommst du mit deinen Klassenkameraden zurecht?«

»Ich bin gern ab und zu allein«, flüsterte Hanna.

»Ja, das kann ich gut verstehen. Wahrscheinlich willst du lieber lesen.« Frau Ström und Mama sahen Hanna an und hofften, dass sie Ja sagen würde.

»Im Tischtennisverein hat sie viele Freunde«, erklärte Mama.

»Aha. Gut, damit wären wir wohl für diesmal fertig.« Frau Ström lächelte wieder und schob Hannas Papiere unter den Blätterstapel.

Draußen im Flur saß Sofia mit ihrem Vater. Mama grüßte freundlich und nahm ihren Mantel. Als sie ins Freie traten, schneite es. Mama seufzte über den vielen Schnee.

»So, komm jetzt, Hanna.« Mama stapfte zum Auto. Hanna blieb ein paar Sekunden stehen und ließ eine Schneeflocke auf der Zunge zergehen.

Wie ein Vogel schwebt sie über dem schwarzen Feld mit den roten Blumen – immer wieder tauchen diese roten Blumen auf. Es ist ein Traum, aber sie weiß, dass Träume mehr über die Wirklichkeit aussagen können als die wachen Stunden. Im Schlaf ist sie wacher als jemals sonst. Im Schlaf braucht sie sich nicht zu verstellen oder Gedanken, Wörter und Bilder zurückzuhalten. Im Schlaf ruht sie geborgen im Traum, der Wind streicht ihr durchs Haar, wagt es, sie zu liebkosen, ohne vor ihr zurückzuscheuen.

Jede einzelne Blume öffnet sich wie ein Blutstropfen und presst etwas Leben aus der toten Wüste. Die Blutstropfen wachsen, entfalten Blätter und werden zu grünen Inseln inmitten der Schwärze. Bald breitet sich eine Wiese aus, und die Wiese flüstert ihr zu, dass aus Asche und Feuer auch Schönheit entstehen kann, man muss nur Geduld haben. Dieses Flüstern begleitet sie in den Wachzustand, ins Zimmer, ins Bett hinein. In das Bett, an das sie gefesselt wurde. Die grauenhafte Erinnerung daran ist wie ein schneidender Schmerz, sie wagt kaum, in Gedanken daran zu rühren. Wie konnte es nur so weit kommen …

Sie erinnert sich an die Riemen, die, als sie nur noch sich selbst verletzen wollte, um ihren Körper gespannt wurden. Zu viert oder zu fünft hielten die Pfleger sie mit starken Händen. Sie wollte nicht leben, wagte es nicht. Die Pfleger hatten seltsam rote Gesichter. Inzwischen kann sie fast darüber lachen, dass sie die Pfleger, die doch immer so klinisch rein sein und anonym nach Seife und Medikamenten riechen wollen, zum Schwitzen gebracht hat.

Die Eltern standen damals im Zimmer und sahen zu. Nein, nur Mama sah hin, Papa wandte das Gesicht ab. Alles, was schmerzt, geht ihm zu nahe. Er fühlte sich selber festgebunden, als sie festgebunden wurde. Sie fühlt immer noch den scharfen Schmerz in den Handgelenken, als die

Riemen angezogen wurden. Ihre Haut war schon immer dünn und empfindlich. Dann wurde ihr eine Spritze verpasst – ein Segen. Sie schlief tagelang, wachte ab und zu auf und sah, dass eine Tropfflasche über ihrem Bett hing. Sie wollte die Nadel herausreißen, die in ihrem Arm steckte, war aber zu schwach, sich zu bewegen. Menschen kreisten um ihr Bett, ohne sie zu erreichen. Einmal in weiter Ferne Andreas' Gesicht, seine vertrauten Augen, seine ruhige Hand auf ihrer müden Haut. Warum ist sie nicht so geworden wie er? Wie ist es möglich, dass Geschwister so verschieden sein können? Doch das ist alles lange her, jetzt muss man sie nicht mehr anbinden.

Mit geschlossenen Augen sitzt sie im Bett, wölbt die Hand um die Erinnerung, biegt die Finger langsam nach innen, möchte kratzen, zudrücken. Da sieht sie Großvater vor sich, er gibt ihr Kraft. Er flüstert, dass sie aufstehen muss, um aus diesem künstlichen Raum, aus diesem Bild, diesem Gemälde hinauszutreten.

Das Frühjahrshalbjahr barg das Versprechen, dass alles bald überstanden wäre. Hanna überquerte sachte den Schulhof. Bald würde das Eis schmelzen. Bald waren Sportferien, bald die Wochen nach den Sportferien, bald Osterferien und Papas Geburtstag, bald würden Sommerlieder einstudiert werden, bald stand die Klassenfahrt bevor, bald war die Klassenfahrt überstanden und Hanna wieder zu Hause.

Fünf Eltern würden die Schüler auf der Fahrt begleiten und die ganze Klasse würde in einem großen Militärzelt schlafen. Alle würden die ganze Nacht durchquatschen, niemand würde schlafen, so musste es bei einer supertollen Klassenfahrt sein.

Die Versteigerung hatte kurz vor Weihnachten stattgefunden. Viele Eltern und Verwandte hatten Weihnachtsgeschenke und Lose erstanden. Papa hatte einen Schlitten gekauft, weil der alte durchgerostet war, Mama hatte Tischdecken ersteigert, die sie aufheben wollte, bis Andreas, Hanna und Emma groß waren und einen eigenen Hausstand gründeten.

Nächste Woche würde Hanna in der Schulmannschaft am Skirennen teilnehmen, ein Staffettenrundlauf von drei Kilometern. Jetzt im Winter hatte sie vor allem Langlauf trainiert, mehr als Tischtennis, weil das Alleinsein auf der Loipe ihr besser gefiel als das Gedränge in der Tischtennishalle. Vergangene Woche war die Staffettenmannschaft ausgewählt worden, Karl war neben der Loipe hergerannt und hatte Hanna angefeuert, als sie vorbeigefahren war. Vielleicht hatte er sie mit jemand anderem verwechselt. Sie seufzte und kickte einen Eisbrocken vor sich her. Eben erst war sie noch mit Eisbällen beworfen worden, die Jungen hatten geschrien, dass sie selbst schuld sei, sie hätte ja schneller wegrennen können. Hanna nahm sich vor, im Frühjahr wieder ernsthaft Lauftraining zu machen.

In der Zeitung hatte etwas über ein Mädchen gestanden, das in der Nähe des Supermarkts vergewaltigt worden war. Die Polizei hatte alle Leute aus der Nachbarschaft befragt. Als sie Hanna fragten, ob ihr etwas aufgefallen sei, hatte sie den Kopf geschüttelt. Erwachsene Männer waren gefährlich, die meisten Jungen auch.

Vor einiger Zeit hatte Torsten Pornohefte mitgebracht und den andern in der Pause gezeigt. Irgendwie wurde alles immer unbegreiflicher – die Jungen lachten über das, was hässlich und ekelhaft war, Torsten und Krister rauchten, die Erwachsenen trugen Geheimnisse mit sich herum, die Welt war voller Bilder und Wörter, die einem den Kopf mit Geklapper füllten, voller Stimmen, Töne, monotoner, hämmernder Musik. Aber das alles war nur eine Schale, die das Schweigen und die Leere umschloss, die große Leere im tiefsten Innern, die sich immer weiterfraß.

Als Hanna am Tag des Skirennens aufwachte, spürte sie den Sog in Armen und Beinen. Sie hatte eisern trainiert, in der Hoffnung, ein wenig kräftigere Arme zu bekommen. Papa behauptete allerdings immer noch, Hannas Arme sähen wie Streichhölzer aus. Jetzt richtete sie sich im Bett auf und gewöhnte sich langsam an das Verschwinden ihrer Träume. Die Nachttischlampe verbreitete einen warmen Schein. Als sie schließlich das Rollo hochzog, sah sie die Sterne und den funkelnden verharschten Schnee. Im Magen kribbelte es vor Spannung.

Die ersten Stunden fielen für alle aus, die am Skirennen teilnahmen. Um neun wurde Hanna mit dem Bus abgeholt, der die Teilnehmer zur Loipe brachte. Ganz vorn stand der Sportlehrer und erklärte den Ablauf. Die Schule hatte vier Mannschaften mit je vier Läufern und einer Reserve geschickt. Hanna gehörte zur Mannschaft der Fünft-

und Sechstklässler. Die Kleinen aus den unteren Klassen wirkten ängstlich, ein Mädchen hatte feuchte Augen und kaute an ihren Handschuhen herum. Vor sportlichen Herausforderungen würde sich Hanna nie fürchten, das wusste sie. Sie zog den Reißverschluss ihres Skianzugs zu und schielte zu den andern aus ihrer Mannschaft rüber – zwei Jungen aus der Fünften, Lars und David, und Helena, die ebenfalls in die Fünfte ging.

Sie saß allein, auf den Sitz neben sich hatte sie den Rucksack gestellt. Mama hatte Brote und eine Thermoskanne mit heißem Kakao eingepackt. Papa hatte ihr die Haare gezaust und ihr viel Glück gewünscht. Sie wusste, dass die ganze Klasse da sein würde, um sie anzufeuern. Als Skiläuferin war sie eine andere, dann gehörte sie plötzlich zur Klasse. Vor zwei Jahren war sie zum ersten Mal in der Mannschaft gewesen. Damals hatte sie alle begeistert, sogar Lina hatte ein paar Mal angerufen und gefragt, ob Hanna nicht mit ihr spielen wollte. Aber damals hatte Hanna Karin versprochen gehabt, nur mit ihr und mit niemand anderem zu spielen. Und Karin hatte das Gleiche Hanna versprochen.

Hanna war für die dritte Runde vorgesehen. Der Sportlehrer klopfte ihr auf die Schulter und sagte, er sei überzeugt, dass sie prima fahren werde. Bevor sie sich am Ziel aufstellte und auf die Übergabe wartete, trank sie einen Schluck Heidelbeersaft. Helena war nach der ersten Runde als Siebte eingetroffen, das war nicht gut, da es nur acht Mannschaften gab. Aber dafür fuhren Lars und David umso besser. Hanna glitt am Ziel hin und her, während sie auf ihren Einsatz wartete. Lars hing seine rote Mütze schief auf dem Kopf, als er ankam, seine Stirn war schweißüberströmt, er klopfte Hanna erschöpft auf die Schulter.

»Fahr los, Hanna, fahr einfach los!«, schrie er und sank am Ziel zusammen. Inzwischen lagen sie an fünfter Stelle,

Hanna sauste davon und heftete sich an die Spur eines Mädchens mit rotem Skianzug und rosa Mütze. Rosa Mütze! Karin, Lina und Sanna würden die Augen verdrehen und seufzen.

Die andern standen an der Spur und feuerten sie an.

»Hanna, Hanna, Hanna!«, schrien die Jungen und wedelten mit den Armen.

»Los, Hanna, überhol sie!«, schrie Karin, als Hanna dicht an ihr vorbeifuhr. Hanna war so wütend, dass sie wie ein Pfeil an dem roten Skianzug vorbeischoss und gleich den nächsten Läufer noch mit überholte und dann noch einen. Sie kam als Zweite ins Ziel und merkte erst da, wie ausgepumpt sie war.

»Gut, Hanna«, sagte Lars und reichte ihr einen Becher mit heißem Heidelbeersaft. Hanna schüttelte den Kopf, ihr war übel.

»Glaubst du, dass wir gewinnen?«, fragte sie nach einer Weile. Lars nickte lächelnd, schlürfte seinen Heidelbeersaft und legte ihr plötzlich den Arm um die Schultern.

»Du bist echt klasse gefahren«, sagte er und trank wieder einen Schluck aus seinem Plastikbecher. Hanna nahm seinen Atem neben sich wahr, spürte das Gewicht seines Arms, die Hand, die auf ihrer Schulter lag. Ihr war heiß und schwindlig, ihr Körper fühlte sich leicht und schwer zugleich an. Plötzlich durchlebte sie das ganze Rennen noch einmal – jede Kurve, jede Neigung, jede Abfahrt. Lars war ganz anders, schade, dass sie nicht in seine Klasse ging.

»Da kommt David!«, brüllte Lars. »Er führt!«

Hanna lief zum Ziel und feuerte David die letzten Meter an. David wirkte kaum erschöpft, er war ruhig und gleichmäßig gefahren, das hatte gereicht. Hanna bekam eine Medaille um den Hals, dann wurde ihr auch noch ein Diplom überreicht, auf dem ihr Name stand.

»Gewonnen, wir haben gewonnen!«, hörte Hanna Olle

begeistert rufen. Dann kam er zu ihr und wollte sich die Medaille ausleihen. Aber Hanna entzog sie ihm und ging davon. Sie war die, die gewonnen hatte, nur sie und nicht die Klasse.

Er sitzt auf der Bettkante und ist ganz normal. Sie ist auch ganz normal, abgesehen von den unsichtbaren Narben, die ihren Körper bedecken. Abgesehen davon, dass sie wahnwitzige Angst vor ihm hat, vor ihm und vor allen andern. Die Angst wird sie einfach nicht los, obwohl seine Augen so ruhig und aufrichtig sind, obwohl sie ihm ihr Vertrauen geschenkt hat. Ein Vertrauen, das nur darauf wartet, enttäuscht zu werden.

Er ist der Pfleger, der Psychiater werden will, und das, obwohl er weder starre wässrige Augen noch magere Hände hat. Nein, er hat schöne Hände, mit langen Fingern. Als sie ihn fragt, ob er Klavier spielt, erzählt er von dem Jazzclub, wo er mit einem schwarzen Klavier den Boden zum Wackeln bringt. Auch er trägt Schweres mit sich herum, doch er versucht immer so lange zu spielen, bis das Schwere versinkt. Es ist der einzige Trick, den er kennt.

Andreas spielt ebenfalls, bis die Saiten reißen. Das ist besser, als selbst zerrissen zu werden. Sie erzählt, dass sie früher auch gespielt hat, vor allem Klassisches, Sonaten. Jetzt male sie nur noch, die Bilder seien das einzig Wirkliche, das Einzige, wofür es sich zu leben lohne. Wenn sie den Pinsel in der Hand halte, sei sie glücklich, wenigstens glaube sie das.

Er schlägt vor, sie solle die Welt und die Menschen wie ein Bild sehen, in das sie selbst hineingehört. Ein besseres Bild als dieses Zimmer, diese weiße Welt, dieses Schweigen, dem sie entwachsen sei. Sie tritt ans Fenster, um die andere Welt zu sehen. Vielleicht kann sie die ja auch malen. Vielleicht braucht sie ja nicht mal zu malen, damit die andere Welt wirklich wird.

Er sagt, dass man sie probeweise entlassen will, man glaubt inzwischen nicht mehr, dass sie sich etwas antun wird. Sie nickt, denn das weiß sie schon lange. Der Ge-

danke an die Luft, die Erde und die Weite dort draußen lässt sie ganz leer werden. Eigentlich erwartet sie wenig – eine örtliche Veränderung, Menschen ohne weiße Kittel, ein Bett ohne fremde Leintücher, eine Schlafzimmertür ohne doppeltes Schloss. Fenster, die sich weit öffnen und den Wind hereinziehen lassen. Räume, wo die Seele nicht an Atemnot zu ersticken braucht. Ein unglaublicher Gedanke steigt in ihr auf, füllt sie ganz aus, legt sich wie eine Extrahülle um sie. Der Gedanke flüstert ihr das zu, was Großvater immer gesagt hat. Das Leben ist nicht einfach, aber man kann es schaffen. Es geht.

Frau Ström hatte zur Feier des Tages ein Kleid an. Ihre Augen waren gerötet. Sie hatte geweint, weil sie von ihrer tüchtigen, braven Klasse Abschied nehmen musste. Alle stellten sich auf, um sie der Reihe nach zu umarmen. Frau Ströms Parfum war dasselbe wie letztes Jahr. Hanna wand sich rasch aus der Umarmung, ehe sie sich anhören musste, wie tüchtig und brav gerade sie sei. Als Frau Ström Torsten umarmte, verschwand sie fast in dem großen, weichen Körper.

Schöne Ferien hatte sie mit ihrer ordentlichen Schreibschrift an die Tafel geschrieben. Die Bänke waren leer geräumt, die Sommerlieder klangen noch im Ohr, Eltern und Geschwister waren versammelt und alle würden jetzt Torte essen und es nett und gemütlich haben. Mama und Papa unterhielten sich mit Torstens breit lächelnden Eltern, die beide ganz verräucherte Stimmen hatten. Torsten hatte eine eigene Torte gebacken, mit extra viel Schokoladencreme und Sahne.

Hanna hörte, wie Frau Ström sich bei den anwesenden Eltern für die Beiträge zur Klassenkasse bedankte. Es sei doch wundervoll, dass die Kinder eine gemeinsame Floßfahrt vorhätten! Sie war so übertrieben begeistert, dass Hanna am liebsten weggerannt wäre.

Der Himmel leuchtete blau, und die Sonne schien, aber Hanna fror, als sie auf dem heißen Asphalt vor dem niedrigen weißen Schulgebäude umherwanderte. Als Mama ihr zulächelte, lächelte sie zurück. Die Luft flimmerte. Katarinas Mutter unterhielt sich angeregt mit Peters Mutter, sie schienen sich gut zu verstehen, lachten und lobten gegenseitig ihre Kinder. Jetzt sprach Mama mit Karins Mutter, beide waren immer noch der Meinung, dass die Mädchen den Kontakt unbedingt wieder aufnehmen müssten. Die

Sahne auf den Torten wurde ranzig, aber alle futterten trotzdem und waren guter Dinge. Hanna schenkte sich noch ein Glas Saft ein, um nicht unbeschäftigt auszusehen.

Am ersten Tag der Klassenreise fuhr die Klasse in mehreren Autos an die Uferstelle, wo dicke Stämme darauf warteten, zu Flößen zusammengezurrt zu werden. Hanna fuhr mit Ylva und Katarina im Auto von Ylvas Vater. Hinten auf dem Rücksitz war noch ein Platz frei. Im Auto von Sannas Mutter drängten sich vier Mädchen auf dem Rücksitz. Ylvas Vater hörte klassische Musik und schwieg, anstatt wie die meisten anderen Erwachsenen eine Menge Fragen zu stellen. Das war angenehm. Hanna zählte noch einmal die Tage bis zur Heimreise – sieben Tage auf dem Wasser. Der Wetterbericht hatte einen wolkenlosen Himmel versprochen. Hanna hatte den Fotoapparat dabei, weil Papa gemeint hatte, es sei doch schön, Erinnerungsfotos zu haben. Der Rucksack wog nicht viel, sie hatte mindestens die Hälfte von dem, was Mama eingepackt hatte, wieder rausgenommen. Emma hatte voller Neid neben ihr auf dem Bett gesessen, sie wollte auch eine Floßfahrt machen, wollte auch mit ihrer Klasse verreisen. Dann war sie zu Josefin rübergerannt, um mit ihr zum Reitstall zu fahren. Hanna seufzte leise vor sich hin. Eine ganze Woche Tischtennistraining würde sie versäumen. Mama und Papa saßen jetzt bestimmt daheim und waren ein wenig nervös, aber gleichzeitig auch froh. Wie schön für Hanna, mit ihren Freunden eine Floßfahrt machen zu dürfen!

Den Nachmittag verbrachten sie damit, sich zeigen zu lassen, wie man die Stämme mit verschiedenen Knoten aneinander zurrte. Es waren vor allem die Erwachsenen, die arbeiteten. Hanna half nach Kräften mit, schließlich war sie ja bei den Pfadfindern gewesen. Die Erwachsenen würden in eigenen Zelten schlafen, und beim Kochen und Abwaschen würden sich alle abwechseln. Am ersten Abend gab es Leberwurstbrote, dazu warme Hagebuttensuppe oder Kakao.

Jonas' Vater hatte seine Gitarre mitgebracht. Er spielte zwar gut, aber trotzdem fanden es alle ein bisschen doof. Jonas grinste verlegen und forderte seinen Vater auf, doch endlich mit diesen albernen Liedern aufzuhören und lieber was Cooles zu spielen. Sie seien schließlich keine kleinen Kinder mehr.

Das große Militärzelt war schon aufgestellt, aber niemand hatte vor zu schlafen. Erst wenn die Augenlider sich nicht mal mehr mit Zündhölzern offen halten ließen, war es gestattet einzuschlafen.

Das Zelt war voller Geräusche, überall wurde geraschelt und getuschelt. Irgendjemand kicherte, vielleicht Karin, die mit ihrem Schlafsack neben Jonas lag. Vielleicht machten sie schon aneinander rum. Hanna wusste zwar nicht genau, was sie sich darunter vorstellen sollte, irgendwie klang es eklig, aber zugleich auch ein bisschen spannend. Sie lag ein Stück von den andern entfernt neben der Zeltöffnung und atmete die Luft ein, die von außen kam. Katarina und Ylva lagen rechts von ihr, sie flüsterten und kicherten genau wie die Übrigen. Draußen war es immer noch ziemlich hell, obwohl es fast elf Uhr war. Hanna hatte sich auf den Schlafsack gelegt, es war zu warm, um in ihn reinzuschlüpfen, aber ohne Decke war es wieder zu kühl. Zusammengerollt, die Knie an die Brust hochgezogen, lag sie da und spähte hinaus. Die Grashalme bewegten sich, das Zelttuch flatterte im Sommerwind. Einmal sah sie Erwachsenenfüße vorbeigehen und überlegte, ob die Erwachsenen in ihren Zelten auch miteinander flüsterten und kicherten. Plötzlich hörte sie ein eigenartiges Lachen, das aus Sannas und Olles Ecke kam. Vielleicht durfte Olle Sanna an den Busen fassen, vielleicht küssten sie sich bloß oder knutschten, der Unterschied war ihr nicht ganz klar. Was das wohl für ein Gefühl sein mochte, so nah neben jemandem zu liegen, sich Gesicht an Gesicht zu unterhalten, sich zu berühren? Sie wollte nicht daran denken, wollte sich nur vorstellen, wie ekelhaft alles war. Und dann dachte sie doch daran.

Sie hatte Kopfschmerzen, ein anhaltender bohrender Schmerz, der auf die Augen drückte. Als sie das Kichern der andern, ihre Geräusche und Bewegungen hörte, wurde der Schmerz schlimmer. Sie ballte die Fäuste und stellte sich vor, sie läge daheim in ihrem Bett.

Jan und Pia küssten sich, sie lagen so nah, dass Hanna es sehen und hören konnte. Lina und Peter lagen auch nebeneinander. Lina, die Peters scheußlichen Mund küssen musste, tat ihr fast Leid. Wahrscheinlich war Lina nur mit Peter zusammen, weil es so sein musste. Wer beliebt sein wollte, musste mit jemand zusammen sein. Irgendwo lagen Sanna und Olle festumschlungen, Erika lag neben Stefan, und Sofia und Karl küssten sich. Inzwischen ließ Sofia sich die Haare wieder wachsen, aber so beliebt wie früher würde sie nie wieder werden. Sie musste sich mit Karl begnügen, der auch nur zu den Halbbeliebten zählte. Eva hatte niemanden zum Kuscheln, Simon auch nicht. Mit Simon konnte Eva nicht zusammen sein, weil er so weit unten auf der Liste stand. Eva war nicht unbeliebt, die anderen redeten mit ihr und sie war sowohl mit Pia als auch mit Sanna befreundet. Hanna rutschte vorsichtig näher zur Zeltöffnung, näher an das Licht und an die Luft, in der jetzt ein schwacher Kaffeeduft hing. Vielleicht saßen die Erwachsenen noch am Feuer und unterhielten sich.

Hanna wachte früh am nächsten Morgen auf, in dem großen Zelt war es warm und stickig. Sie schlich hinaus und hockte sich hinter einen großen Busch. Der Fluss lag still und funkelnd da, sie lief ans Ufer, wusch sich die Hände und rieb sich den Schlaf aus den Augen. Als sie wieder zurückkam, hatte Pias Mutter angefangen, mit Töpfen und Feuer zu hantieren. Aus dem Zelt drangen erste Geräusche. Hanna hatte Schlafsack und Isomatte bereits zusammengerollt. Sie wollte fort, weiter, zum nächsten Lagerplatz, zum nächsten Tag und schnell weiter zum folgenden. Bald wäre es überstanden.

Sie half Pias Mutter bei den Frühstücksvorbereitungen, schnitt das Brot auf und kochte Wasser für Kaffee und Tee. Pias Mutter lobte sie. Inzwischen begann das grüne Zelt sich zu bewegen, und schon ging das Gekicher wieder los. Aus dem grünen Dunkel kam Olle herausgerannt und stellte sich in einiger Entfernung gut sichtbar an einen Baum, um zu pinkeln. Hanna wandte den Kopf ab und konzentrierte sich auf die Tube mit Kaviarpaste. Um acht ging Simons Vater ins Zelt und rief, dass es gebratene Eier mit Speck zum Frühstück gebe. Davon konnte zwar keine Rede sein, aber es half als Wecker.

Hanna verzog sich mit einer Tasse Kakao und zwei Broten, setzte sich ins Gras und lauschte den Morgengeräuschen und den Stimmen der andern. Sie schloss die Augen und hörte die Großvaterstimme, die wie ein steter Ton in ihrem Kopf anwesend war.

Als sich Schritte näherten, stand sie auf, bürstete sich die Krümel von den Shorts und trank ihren Kakao aus. Pias Mutter sah sie fragend an, sagte aber nichts. Die andern frühstückten immer noch, saßen in kleinen Gruppen beisammen und unterhielten sich. Niemand schien die gebratenen Eier mit Speck zu vermissen, nicht einmal Torsten, der neben Krister saß und Brotkügelchen als Köder für seine Angel rollte. Torsten liebte Angeln über alles – noch mehr als Essen. Und weil es Torsten liebte, liebte auch Krister das Angeln.

Hanna ging ins Zelt und sah die zerknüllten Schlafsäcke, die dicht nebeneinander lagen, manche dichter als andere.

Als sie sich nach ihrem Rucksack bückte, spürte sie einen Schmerz im Kopf – als würde ein Eisenring eng um die Stirn gespannt. Sie wühlte in einer der Außentaschen und betastete den Troststein, der tief unten versteckt lag. Rasch zog sie ihren Kamm durchs Haar und lief wieder hinaus. Das Zelt wurde abgebaut und zusammengepackt, um an den nächsten Platz verfrachtet zu werden.

Ein Messer schnitt durch Hannas Kopf, sie schloss die Augen und versuchte den Schmerz wegzudenken, doch er war gekommen, um zu bleiben. Sonst hatte sie nie Kopfschmerzen. Vielleicht lag es an der Wärme oder an der Müdigkeit.

Mit langen Stangen wurden die Flöße vom Ufer weggestemmt. Hanna saß auf demselben Floß wie Katarina und Ylva, Simon, Karl und Jonas' Vater. Auf dem Wasser mussten alle Schwimmwesten tragen. Karin und Lina maulten, sie würden darin dick aussehen. Hanna beugte sich übers Wasser, strich über die schöne, türkis glänzende Weste. Während der ersten sonnigen Sommerwochen waren ihre Haare schon etwas heller geworden. Der Wind strich ihr leicht über Haare und Wangen. Sie setzte sich auf den Rand des Floßes, tauchte die Füße ins Wasser und überlegte, ob es jemand merken würde, wenn sie die Schwimmweste ausziehen und ins Wasser gleiten würde. Wenn sie einfach vergäße, wie man schwimmt? Wenn sie im Wasser einschlafen und sinken würde? Alles, was schwerer war als Wasser, sank auf den Grund, das hatte sie doch in der Schule gelernt. Sie schloss die Augen, spürte, wie das Wasser über ihre Haut strömte, hörte das Gelächter der andern, hörte, dass jemand ins Wasser fiel und schrie. Rasch zog sie die Füße heraus und öffnete die Augen.

Karl hatte Katarina geschubst, jetzt lag sie im Fluss und nur ihr Kopf schaute heraus. Jonas' Vater hatte natürlich nicht gesehen, wie es passiert war. Erwachsene hatten ein Gespür dafür, wann es bequemer war, wegzugucken. Auch auf den anderen Flößen hatten sie nichts bemerkt. Olle machte mit breitem Grinsen das Daumen-hoch-Zeichen. Karl hatte allen Grund, stolz zu sein.

Ylva streckte Katarina eine der Stangen hin. Sie sagte nichts, sah Karl nur müde an, der daneben stand und sich mit Simon unterhielt, ohne zu Katarina rüberzuschauen, so als ob nichts geschehen wäre.

»Wie ist das denn passiert?«, rief Jonas' Vater jetzt besorgt. »Wieso ist sie ins Wasser gefallen?« Er half Ylva mit der langen Stange, an die sich Katarina festklammerte. Bald saß sie wieder auf dem Floß, sagte keinen Ton, trocknete sich nur mit einem Handtuch ab und sah Ylva an.

»Bist du gestolpert?«, fragte Jonas' Vater und legte Katarina freundlich eine Hand auf die Schulter. Im Gegensatz zu Jonas hatte er warme braune Augen. Katarina nickte und schien einen dicken Kloß zu schlucken. Karl und Simon saßen auf der andern Seite des Floßes und unterhielten sich mit Peter und Olle auf dem Nachbarfloß. Jonas' Vater stand auf und sah auf das helle unruhige Wasser hinaus. Eigentlich war ja nichts passiert, alles war in bester Ordnung.

Katarina und Ylva kauerten jetzt mitten auf dem Floß, möglichst weit vom Wasser entfernt. Ylva hatte einen leichten Sonnenbrand und ihre blonden Haare waren noch heller geworden, eigentlich sah sie richtig gut aus, aber solange sie neben Katarina saß, spielte das keine Rolle. Jonas' Vater las ein Buch und erklärte Hanna, wovon es handelte. Ab und zu stand er auf und sorgte dafür, dass das Floß auf Kurs blieb. Er fragte, ob Hanna viele Bücher las. Sie sei ja so gut in der Schule, das habe Jonas erzählt.

»Manchmal«, antwortete sie und rückte etwas von ihm weg. Sie sah zu Jonas hinüber, der auf einem anderen Floß saß. Sie sah ihn an und fragte sich, warum er das gesagt hatte, obwohl er sie doch hasste.

Hanna biss auf ihre Nägel und hätte sich am liebsten

versteckt. Das Floß glitt jetzt auf die nächste Raststelle zu. Die Zeit glitt hinterher, bald war es Nachmittag. Würstchen grillen und Minigolf standen auf dem Plan.

Hanna sah die spitzen, glitschigen Steine, auf die man nicht treten durfte. Sie sollte dabei helfen, das Floß ans Ufer zu ziehen und durfte nicht auf die Steine treten, nur auf die Stellen im Wasser, wo weicher Lehm- und Sandboden war. Sie hielt ein Seil in der Hand, und Jonas' Vater zeigte ihr, wo sie an Land gehen sollte. Als sie ins Wasser glitt, reichte es ihr bis an die Hüften. Zwei andere Flöße lagen bereits am Ufer. Simons Vater watete ihr entgegen, um ihr zu helfen. Sie reichte ihm das Seil und beobachtete, wie sich seine glänzenden Armmuskeln unter der Haut bewegten. Jonas' Vater stakte das Floß mit der langen Stange aufs Ufer zu, und Katarina und Ylva stocherten mit einer anderen Stange ebenfalls im Wasser.

Hanna watete zu den spitzen Steinen hinüber, die unter der Wasserfläche lauerten. Sie berührte ihre glitschige Oberfläche, den feuchten Flussschleim. Sie wollte nur eben kurz ans Ufer balancieren, zu dem kleinen Wäldchen hinüber. Musste dringend hinter einem Busch verschwinden, brauchte ein paar Minuten für sich allein. Ohnehin nahm niemand Notiz von ihr, da konnte sie auch den ganzen Abend wegbleiben. Auf dieses dämliche Minigolf und die Grillwürste verzichtete sie gern. Vielleicht konnte sie später im Freien vor dem Zelt schlafen. Vorsichtig ging sie weiter, spannte die Beinmuskeln an, um das Gleichgewicht zu halten und umklammerte die glitschigen Flächen mit den Zehen. Sie würde ausrutschen, das wusste sie, aber es kümmerte sie nicht. Dann glitt sie aus und fiel direkt auf die harten, dunklen Wassersteine.

Hanna hatte das Gefühl zu fliegen, als sie aus dem Wasser getragen und auf den Rücksitz eines Autos gelegt wurde. Eine Erwachsenenstimme sagte, sie brauche keine Angst zu haben. Die ganze Zeit hielt sie die Augen geschlossen, denn das Licht würde ihr ein Loch in den Kopf bohren, wenn sie die Augen öffnete. Sie blutete, spürte aber keine Schmerzen. Mehr als alles andere wollte sie schlafen. Es war so einfach gewesen, hinzufallen, so einfach, nachzugeben. Die harten, glitschigen Steine waren schön gewesen. Sie glitt wieder in einen Dämmerzustand und lächelte Großvater zu, der neben ihr saß und seine unsichtbare Hand wie ein wohltuendes Gewicht auf ihre Stirn legte. Dann wurde sie wieder aufgehoben. Jetzt fuhren die andern mit dem Floß auf dem Fluss weiter und lachten über Hannas Blodheit. Jetzt wurde das grüne Militärzelt aufgeschlagen, jetzt wurden die Würstchen gegrillt. Vielleicht hatte jemand Mama und Papa angerufen.

Als Hanna aufwachte, lag sie in einem Bett mit dünnen weißen Leintüchern, die fremd rochen. Der Kopf, die Hände und Knie taten ihr weh. Ihre rechte Schläfe pulsierte schmerzhaft.

Eine freundlich lächelnde Krankenschwester kam herein und erklärte ihr, dass sie sich zwar ordentlich verletzt habe, aber nichts gebrochen sei. Ein tiefer Schnitt an der Stirn, aufgeschürfte Knie, Hände und Ellbogen, mehr eigentlich nicht. Außerdem war sie ohnmächtig geworden, und jetzt seien ihre Eltern unterwegs, sie dürfe heute schon nach Hause. Hanna nickte stumm.

»Schade, dass du den Rest der Klassenfahrt nicht mitmachen kannst«, sagte die Krankenschwester und berührte vorsichtig die Wunde auf der Stirn. »Das hier tut noch ein bisschen weh, wird aber bald verheilt sein. Der Arzt hat mit ein paar Stichen genäht, die Fäden musst du dann ziehen lassen.«

Hanna nickte wieder und wurde allein gelassen. Auf dem Tisch neben dem Bett stand ein Glas Wasser, das sie austrank. Ihre Hände waren von Schürfwunden bedeckt, aber sie fühlte sich trotzdem eigenartig froh. Es war besser, hier zu sein als auf dem Floß und im Zelt. Sie seufzte erschöpft und sah zum Fenster hinaus. Bald würden die Eltern kommen, um sie abzuholen. Sie würden sie trösten und sie bedauern, weil sie nicht mit ihren Klassenkameraden zusammen sein konnte. Sie würden fragen, ob sie es wenigstens die ersten beiden Tage schön gehabt habe. Und Hanna würde nicken und sagen: Ja.

Wieder in den Traum hinein unterwegs. Irgendwo hielt Großvater sich auf, sie nahm den Duft seiner Nähe war. Er war der Einzige, der wusste, dass sie das hier gewollt hatte. Es hätte nichts ausgemacht, wenn die Steine sich tiefer in sie hineingebohrt hätten. Sie dachte an die Rasierklinge in Papas Schreibtischschublade. Manchmal sei die einfachste Lösung die beste, das hatte sie oft Erwachsene sagen hören. Eine Weile dachte sie ans Tischtennis, dann ans Skilaufen, an die Briefmarken, die Bücher. Lauter Gedanken, die sie nur noch mehr erschöpften, surrten ihr durch den Kopf. Sie nahm sich vor, ein Bild zu malen: schwarzes Wasser und ein weißer Strand, auf dem Großvater stand und wartete. Dann rollte sie sich auf dem Bett zu einem Knäuel zusammen und hauchte Wärme auf ihre kalten Hände.

Tiefe Schatten fielen auf ihr Gesicht, auf der sommerlich gebräunten Haut leuchteten die Sommersprossen, ihre kurzen kastanienbraunen Haare lagen wirr um den Kopf. Der tiefe Riss auf der Stirn schmerzte leicht, doch der Schmerz verschwand mit den Träumen. Sie schlief im Bett unter den dünnen weißen Leintüchern ein.

Ein schwacher Wind zieht durchs Zimmer. Papa steht mit dem Koffer in der Hand da und wartet, sein Blick ist stolz, das Licht vom Fenster fällt schräg auf ihn. Er hat lange darauf gewartet, herkommen und sie abholen zu dürfen. Seine ganze Haltung strahlt Freude aus, aufrecht und stattlich steht er auf der Schwelle, schon nach draußen unterwegs. Dies ist ein Festtag. Er hat seinen besten Anzug an. Jetzt bückt er sich und greift nach dem zweiten Koffer. Seine Hände sind stark, genau wie sie selbst hat er die vielen Leberflecken von Großvater geerbt. Die geheimen Zeichen bilden ein Band zwischen ihnen. In seinem Haar schimmert noch mehr Silbergrau als früher, und er hat tiefe Geheimratsecken auf der Stirn, auch das ein Erbe von Großvater.

Er hat es eilig hinauszukommen, er will sie von anderen Wänden, anderen Düften umschlossen sehen. Mama ist zu Hause geblieben, wo sie mit dem Essen auf sie wartet. Andreas ist inzwischen erwachsen, er ist stabil wie ein Fels, aber dennoch voller Träume, die um die ganze Welt fliegen. Emma spielt Musik und stürmt durchs Leben. Verliert Sachen, findet Sachen, schreit vor Freude, vor Kummer, stets umgeben von einer Freundesschar, die sie für selbstverständlich hält. Mama ist so, wie sie immer gewesen ist, stark und zerbrechlich zugleich. Mamas Hände sind immer warm.

Ihre Wangen sehnen sich nach dieser Wärme, Mamas Hände sollen sich zu einer Schale um ihr Gesicht formen. Sie selbst will Mamas Wangen auch berühren, Licht über sie streichen, nicht Dunkelheit. Sie sieht Papa an und fragt sich, wie viel Dunkelheit er ihretwegen ertragen haben mag. Doch das ist jetzt vorbei. Das Licht vom Fenster lockt die Linien der Zeit auf seinem Gesicht hervor. Die Lachfalten sind zahlreicher als die Sorgenfalten. Das ist ein gutes

Zeichen. Er hat immer an ihre Kraft geglaubt, nicht an ihre Schwäche. Sie weiß selbst nicht, ob sie stark ist oder schwach. Die Pfleger haben gesagt, sie sei in der Zeit hier gewachsen. Wenn sie das hier bewältigt habe, könne sie alles bewältigen. Sie will glauben, dass es sich so verhält. Früher war sie einmal so wie alle andern. Bevor alles anfing. Vielleicht ist sie in dieses Bevor zurückgekehrt. Vielleicht kann sie von vorn anfangen, sich andern Menschen vorsichtig öffnen, jemand hereinlassen, vielleicht ein paar, ganz nah an sich heran. Sie wird Angst haben, schon jetzt hat sie Angst davor, draußen zu frieren. Aber vielleicht gewöhnt sich die Haut daran.

»Kommst du?«, fragt Papa und sieht sie an. Sie nickt, bleibt aber noch kurz auf dem Bett mit den dünnen weißen Leintüchern sitzen. Seltsam, das alles einfach zu verlassen. Sie sieht sich um, erinnert sich an die Zeit und die Wände, die sie mit ihrem Atem bemalt hat, sieht die Träume, die ans Fenster hämmern und hinauswollen. Jetzt wird sie sie hinauslassen, bald. Das Zimmer ist das Gemälde, in das sie ihre Zeit hineingeritzt hat, das Bild ist die Vergangenheit. Jetzt muss sie etwas ganz anderes malen. Haut, Wärme, Nähe, nicht nur Sehnsucht.

»Hanna?« Papas Stimme ist rau, als er sie ruft. Mama warte daheim. Sie nickt und steht auf, geht durch das Gemälde und aus dem Bild hinaus. Papa geht an ihrer einen Seite, Großvater an der andern, sie kann sich an beide anlehnen. Sie dreht sich kein einziges Mal um.

Friedrich Ani
Durch die Nacht, unbeirrt
Roman

Reihe Hanser dtv 62099

Der 16-jährige Mingo lebt am Rande der Großstadt. Er hat kein Geld, keine richtigen Freunde und keine Perspektive. Dann lernt er die 14-jährige Isa kennen, die so ganz anders ist als er. Und alles ändert sich plötzlich.
Ein fesselnder Roman über die erste große Liebe, über Verlust, über Trauer und die Kraft, dem Leben einen Sinn zu geben.

Tim Wynne-Jones
Brandspuren
Roman

Reihe Hanser dtv 62123

Was versucht Pastor Fisher zu verbergen? Seine Stieftochter Ruth behauptet, er werde erpresst und habe Hub Hawkins auf dem Gewissen. Natürlich glaubt niemand Ruth. Und selbst Jim, Hubs Sohn, will ihr nicht zuhören. Da ertappt Jim Pastor Fisher bei einer Lüge und sein Misstrauen ist geweckt. Er fasst Vertrauen zu Ruth, nach und nach entlocken sie der Vergangenheit schreckliche Geheimnisse. Jim muss einer Realität ins Auge sehen, mit der er nicht gerechnet hat …